E-Z Dickens Superhero Βιβλίο τρία

Κόκκινο δωμάτιο

CATHY MCGOUGH

Stratford Living Publishing

Πίνακας περιεχομένων

Αφιέρωση	VII
Επιγραφή	IX
ΠΡΟΛΟΓΟΣ	XI
ΚΕΦΑΛΑΙΟ 1	1
ΚΕΦΑΛΑΙΟ 2	8
ΚΕΦΑΛΑΙΟ 3	10
ΚΕΦΑΛΑΙΟ 4	13
ΚΕΦΑΛΑΙΟ 5	17
ΚΕΦΑΛΑΙΟ 6	28
ΚΕΦΑΛΑΙΟ 7	45
ΚΕΦΑΛΑΙΟ 8	47
ΚΕΦΑΛΑΙΟ 9	50
ΚΕΦΑΛΑΙΟ 10	54

ΚΕΦΑΛΑΙΟ 11 57

ΚΕΦΑΛΑΙΟ 12 59

ΚΕΦΑΛΑΙΟ 13 65

ΚΕΦΑΛΑΙΟ 14 71

ΚΕΦΑΛΑΙΟ 15 75

ΚΕΦΑΛΑΙΟ 16 80

ΚΕΦΑΛΑΙΟ 17 83

ΚΕΦΑΛΑΙΟ 18 91

ΚΕΦΑΛΑΙΟ 19 103

ΚΕΦΑΛΑΙΟ 20 108

ΚΕΦΑΛΑΙΟ 21 114

ΚΕΦΑΛΑΙΟ 22 123

ΚΕΦΑΛΑΙΟ 23 143

ΚΕΦΑΛΑΙΟ 24 152

ΚΕΦΑΛΑΙΟ 25 158

ΚΕΦΑΛΑΙΟ 26 165

ΚΕΦΑΛΑΙΟ 27 168

ΚΕΦΑΛΑΙΟ 28 174

ΚΕΦΑΛΑΙΟ 29 186

ΚΕΦΑΛΑΙΟ 30 193

ΕΠΙΛΟΓΟΣ 197

Ευχαριστίες 209

Σχετικά με τον συγγραφέα 211

Επίσης από: 213

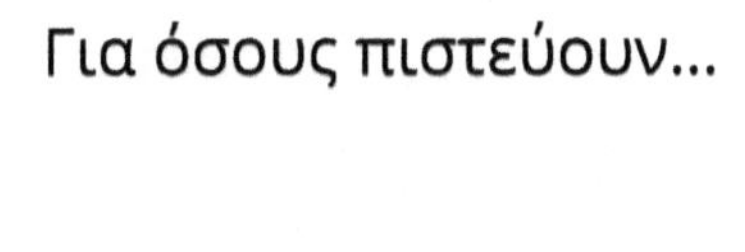
Για όσους πιστεύουν...

"Ήρωας είναι ένα συνηθισμένο άτομο που βρίσκει τη δύναμη να επιμένει και να υπομένει παρά τα συντριπτικά εμπόδια".

Christopher Reeve

ΠΡΟΛΟΓΟΣ

Είχαν περάσει δύο χρόνια και ήταν η πρώτη Δεκεμβρίου, τα δεκαπέντε γενέθλια του Ε-Ζ. Παρόλο που έξω έκανε τσουχτερό κρύο και οι νιφάδες του χιονιού έπεφταν γύρω τους, εκείνος και η οικογένεια και οι φίλοι του ήταν ανένδοτοι να διοργανώσουν το πάρτι του έξω, όπου είχαν στήσει μια φωτιά για να τους κρατήσει ζεστούς και ένα μπάρμπεκιου.

Τώρα που η Σαμάνθα και ο Σαμ είχαν παντρευτεί, το νοικοκυριό των Ντίκενς ήταν ακόμη πιο πολυάσχολο. Δεν υπήρχε ποτέ βαρετή στιγμή όταν τους επισκέπτονταν φίλοι.

Ο γάμος του Σαμ και της Σαμάνθα ήταν μια μικρή τελετή, που πραγματοποιήθηκε στο Ληξιαρχείο. Η Λία ήταν κουμπάρα, ο Ε-Ζ ήταν κουμπάρος και ο Άλφρεντ ο τρομπετίστας κύκνος ήταν ο κουδουνάκος.

Η Λία είχε κοροϊδέψει τον Άλφρεντ επειδή ήταν ντυμένος με ένα ναυτικό μπλε παπιγιόν και τίποτα άλλο. Ο Άλφρεντ δεν ταράχτηκε από αυτή την προσοχή, αφού ήξερε ότι βρισκόταν σε καλή παρέα με άλλους, όπως πρώην Βρετανούς πρωθυπουργούς.

"Αν ο μεγάλος Ουίνστον Τσόρτσιλ πίστευε ότι ένα παπιγιόν ήταν αρκετά καλό γι' αυτόν, τότε είναι αρκετά καλό και για μένα!" είπε ο Άλφρεντ.

"Κάπνιζε επίσης ένα μεγάλο χοντρό πούρο!" είπε ο E-Z. "Ελπίζω να μην αρχίσεις να καπνίζεις κι εσύ ένα τέτοιο".

Η Λία χασκογέλασε.

"Οι μπριζόλες είναι έτοιμες!" φώναξε ο Σαμ. "Αν σας αρέσουν σπάνιες, ελάτε να τις πάρετε τώρα".

Μόνο η Σαμάνθα ήρθε μπροστά με το πιάτο της έτοιμο. "Ο γιος σας λαχταράει σήμερα σπανιές", είπε χαϊδεύοντας την κοιλιά της.

"Ό,τι θέλει ο γιος μου, το παίρνει", είπε ο Σαμ, σηκώνοντας μια μπριζόλα στο πιάτο της γυναίκας του. Τρύπησε τη μέση, καθώς ο σύζυγός της πρόσθεσε δίπλα της μια ψητή πατάτα και μερικές κλωστές σπαραγγιών.

Η Σαμάνθα μάσησε τα σπαράγγια καθώς πήγαινε προς το τραπέζι του πικνίκ. Είχε σχεδιάσει τα γενέθλια του E-Z μέχρι τέλους και είχε αφιερώσει πολύ χρόνο για να διακοσμήσει το ίδιο το τραπέζι με αντικείμενα με θέμα τα Χρόνια Πολλά. Κάθισε και έκοψε τη ψητή πατάτα της στη μέση, στη συνέχεια πρόσθεσε ξινή κρέμα, σχοινόπρασο, βούτυρο και λίγο αλάτι.

Ο E-Z, η Lia, ο Alfred, ο PJ και ο Arden έμειναν στη θέση τους επειδή ήταν πιο ζεστά κοντά στη φωτιά κυρίως. Στον θείο Σαμ δεν άρεσε να τριγυρνάει κόσμος όταν είχε το μπάρμπεκιου, γι' αυτό έμειναν μακριά του. Άλλωστε, σε όλους άρεσαν τα παλούκια τους καλοψημένα και τους έδινε επίσης την ευκαιρία να κουβεντιάσουν μόνοι τους και να τα πουν.

"Πώς σας φαίνεται η ιστοσελίδα μας για τους υπερήρωες;" ρώτησε ο E-Z.

Ο Πι Τζέι και ο Άρντεν κοίταξαν ο ένας τον άλλον και μετά σήκωσαν τους ώμους τους.

"Ελάτε", είπε ο E-Z. "Τι πιστεύετε πραγματικά γι' αυτό; Ξέρω ότι ρίξατε μια ματιά στην ιστοσελίδα, γιατί ο θείος Σαμ με βοήθησε να κοιτάξω τα δεδομένα. Δεν είχα ιδέα ότι μπορούσαμε να μάθουμε τόσες πολλές πληροφορίες, όπως το ποιος επισκέπτεται την ιστοσελίδα μας, πόσο καιρό μένουν, τι κοιτάζουν. Και αναγνώρισα τις διευθύνσεις IP σας. Οπότε, πείτε μου τι γνώμη έχετε γι' αυτό;"

"Όλη η αλήθεια; Χωρίς φραγμούς;" ρώτησε ο Πι Τζέι.

"Ωμή αλήθεια;" Πρόσθεσε ο Άρντεν.

"Ναι", παρακίνησε ο E-Z. Χαμήλωσε τη φωνή του σε ψίθυρο. "Ο θείος Σαμ έκανε εξαιρετική δουλειά. Παρόλα αυτά, δεν στοχεύουμε στο σωστό κοινό, αφού δεν έχουμε σχεδόν καθόλου κίνηση. Εκτός από εσάς τους δύο, και μια διεύθυνση IP που βρίσκεται στη Γαλλία, δεν είχαμε σχεδόν καθόλου επισκέψεις.

"Λίγοι άνθρωποι, όπως εσείς, έχουν επιστρέψει και έχουν ελέγξει την ιστοσελίδα μερικές φορές, αλλά δεν μένουν για πολύ. Ο θείος Σαμ πρότεινε ίσως να ξεκινήσουμε ένα ενημερωτικό δελτίο, να κάνουμε τους ανθρώπους να εγγραφούν και να τους στέλνουμε ενημερώσεις, αλλά δεν ξέρω. Όλοι κάνουν ενημερωτικά δελτία αυτές τις μέρες και φαίνεται ότι είναι πολλή δουλειά. Ο θείος Σαμ μου έδειξε ότι έχει εγγραφεί σε περίπου πενήντα από αυτά!

"Όσον αφορά τα αιτήματα για βοήθεια -που είναι και ο λόγος για τον οποίο ξεκινήσαμε έναν ιστότοπο- μέχρι στιγμής το μόνο που μας έχουν ζητήσει να κάνουμε ήταν πράγματα που χειρίζονται οι τοπικοί αξιωματούχοι, όπως η αστυνομία και η πυροσβεστική. Δεν μου αρέσει η ιδέα να σπεύδουμε να σώσουμε μια γάτα πάνω σε ένα δέντρο και να εμφανίζεται η πυροσβεστική με πλήρη εξοπλισμό για να κάνει την ίδια δουλειά. Είναι αναποτελεσματικό για αυτούς και για εμάς. Και είναι ντροπιαστικό όταν εμφανίζονται την ώρα που εμείς τελειώνουμε. Ο χρόνος τους είναι πολύτιμος - σώζουν ζωές κάθε μέρα. Είναι ασεβές, αν καταλαβαίνετε τι εννοώ. Σώζουν ζωές και είναι σε ετοιμότητα είκοσι τέσσερις φορές το εικοσιτετράωρο.

"Νομίζω ότι χρειαζόμαστε αιτήματα που να βρίσκονται έξω από τη σφαίρα τους, ώστε, να μην σπαταλάμε το χρόνο τους ή να μην κάνουμε τη δουλειά τους πιο δύσκολη από ό,τι είναι ήδη. Συγγνώμη για τον μακρόσυρτο λόγο, αλλά, όταν σκέφτομαι όλα όσα έκαναν, μετά το ατύχημα με τους γονείς μου...".

Ο Πι Τζέι και ο Άρντεν έσκυψαν κοντά και ψιθύρισαν. Δεν ήθελαν να πληγώσουν τα αισθήματα του Σαμ - άλλωστε δεν ήταν ειδικοί - ούτε να πάρουν το ρίσκο να τους ακούσει και να κάψει τις μπριζόλες τους.

"Ε, καταλαβαίνουμε απόλυτα τι εννοείτε", είπε ο PJ. "Εξάλλου, η αστυνομία και οι πυροσβέστες είναι βασικές υπηρεσίες και πληρώνονται για να σώζουν ανθρώπους. Ενώ εσείς είστε εθελοντές".

"Οπότε, η ιστοσελίδα τους και η διαδικτυακή τους παρουσία στα μέσα κοινωνικής δικτύωσης είναι διαφορετική από ό,τι θα έπρεπε να είναι η δική σας", είπε ο Άρντεν. "Και έχουν πολύ προσωπικό, σε πολλά επίπεδα, για να τα συντηρούν και να τα ενημερώνουν όλα".

"Ενώ η δική σας ιστοσελίδα, χρειάζεται κάτι πιο υπερηρωικό - αν είναι καν αυτή η λέξη - και λιγότερο εταιρικό. Όπως οι θρύλοι, εκείνοι στα χνάρια των οποίων βαδίζετε. Κοιτάξτε μερικές από τις ιστοσελίδες που έχουν δημιουργηθεί γι' αυτούς - και είναι φανταστικοί χαρακτήρες. Φανταστείτε τι θα μπορούσαμε να κάνουμε αν ακολουθούσαμε το παράδειγμά τους", δήλωσε ο Arden.

"Σαν τι; Ξέρω ότι έχετε κάποιες ιδέες, οπότε μοιραστείτε τις", είπε ο E-Z.

"Λοιπόν, όπως ίσως καταλάβατε, κάναμε έναν καταιγισμό ιδεών μεταξύ μας. Και φτιάξαμε έναν ιστότοπο-σταθμό -δεν είναι ζωντανός και δεν θα είναι μέχρι να τον εγκρίνετε- για το πώς θα μπορούσε να είναι ο ιστότοπός σας. Είναι στο τηλέφωνό μου. Κοιτάξτε και δείτε τι εννοούμε και σκεφτείτε τις δυνατότητες, καθώς αυτό έγινε από εμάς αρκετά γρήγορα". Ο PJ πίεσε την εκκίνηση. Οι Τρεις έσκυψαν προς τα μέσα.

Στην οθόνη εμφανίστηκαν πρώτα οι λέξεις: "Καλώς ήρθατε στην ιστοσελίδα των Υπερηρώων των Τριών". Στη συνέχεια έκανε ζουμ στον E-Z σε μορφή κινούμενων σχεδίων. Καθόταν στην αναπηρική του καρέκλα, όπως θα περίμενε κανείς, φορώντας ένα μαύρο μπλουζάκι, ένα μπλε τζιν και ένα ζευγάρι αθλητικά παπούτσια.

Ο E-Z χτύπησε τα μαλλιά του όταν είδε πόσο μοιάζει με μπουκάλι η μαύρη λωρίδα στη μέση των ξανθών μαλλιών του. Δεν μπορούσε ποτέ να το συνηθίσει.

"Τι είναι αυτό, στο πουκάμισο, το τζιν και τα παπούτσια μου; Είναι λογότυπο; Και πώς με κάνατε καρτούν;"

"Ναι, είναι λογότυπο. Σκεφτήκαμε ότι το φτερό του αγγέλου ήταν ωραίο και κατάλληλο", είπε ο Άρντεν.

"Χρησιμοποιήσαμε μια εφαρμογή. για να σε κάνουμε καρτούν", είπε ο PJ. "Κάναμε κάποια επεξεργασία, στα χέρια σου. Ελπίζω να μην το παρακάναμε".

Ο E-Z's έριξε μια πιο προσεκτική ματιά καθώς η κινούμενη εκδοχή του εαυτού του σταύρωνε τα χέρια του. Τώρα τα μάλλον πιο ογκώδη αντιβράχια του τράβηξαν την προσοχή του και τα μάγουλά του κοκκίνισαν. Έμοιαζε με έναν πονηρό, έναν ποζεράκο. Οι φίλοι του πραγματικά πίστευαν ότι φαινόταν καλύτερος έτσι; Ανατρίχιασε όταν εμφανίστηκε το E-Z στα φτερά της οθόνης. Αιωρήθηκε στον αέρα και έδειξε το σημείο.

Αυτή ήταν η πρώτη γνωριμία με τη Λία. Έφτασε και αυτή σε κινούμενη μορφή. Η Λία ήταν ντυμένη από την κορυφή ως τα νύχια με μια μοβ φόρμα με φούστα. Τα ξανθά μαλλιά της ήταν πιασμένα σφιχτά σε αλογοουρά και πάνω από τα μάτια της είχε ένα ζευγάρι μωβ γυαλιά ηλίου. Έδειχνε ζωηρή, φιλική και χαριτωμένη καθώς περπατούσε στην οθόνη. Γύρισε και σταμάτησε, σαν μοντέλο σε πασαρέλα και πόζαρε.

Ο E-Z χλεύασε- δεν μπορούσε να κρατηθεί.

"Λοιπόν, τουλάχιστον δεν μοιάζω με πόζερ με ψεύτικους μύες!" είπε.

Ο E-Z δεν έκανε κανένα σχόλιο.

Η κινούμενη Λία τέντωσε τα χέρια της προς τα εμπρός, με τις παλάμες στραμμένες προς το έδαφος. Στη συνέχεια, ορίστε, τα γύρισε ανάποδα. Το αριστερό μάτι στην παλάμη της άνοιξε, ακολουθούμενο από το δεξί. Σε συγχρονισμό ανοιγόκλεισαν τα μάτια τους. Η Λία κράτησε τη στάση της και μετά σφύριξε μέσα από τα δάχτυλά της.

"Μακάρι να μπορούσα να το κάνω πραγματικά αυτό!" είπε, προσπαθώντας να μιμηθεί την κινούμενη εκδοχή του εαυτού της.

Ο E-Z σφύριξε.

"Κάνε φιγούρα", είπε, σπρώχνοντάς τον με τον αγκώνα.

Τώρα εμφανίστηκε στην οθόνη η Μικρή Ντόριτ. Ήταν κομψή και θηλυκή και λευκή σαν το χιόνι. Ο μονόκερος πέταξε προς τη Λία, προσγειώθηκε και έριξε το κεφάλι της για να μπορέσει το κοριτσάκι να τον χαϊδέψει. Η Λία πήδηξε πάνω, και η Μικρή Ντόριτ πέταξε δίπλα στον E-Z. Αιωρούνταν και μετά γύρισαν τα κεφάλια τους.

Αυτό ήταν το σύνθημα του Άλφρεντ. Σε μορφή καρτούν το φωτεινό πορτοκαλί ράμφος του έμοιαζε να γυαλίζει στο φως. Έρχονταν σε άμεση αντίθεση με το κόκκινο παπιγιόν του. Καθώς περπατούσε προς τη Λία και τον E-Z, τα πλεγμένα πόδια του έκαναν σαν να ήταν βεντούζες.

"Τα πόδια μου δεν κάνουν αυτόν τον ήχο!" είπε ο Άλφρεντ.

"Χμ, κάνουν και αυτά", είπε ο E-Z με ένα μειδίαμα, καθώς ο Alfred στην οθόνη άνοιξε τα φτερά του και πέταξε προς το μέρος των δύο συντρόφων του.

Οι τρεις πόζαραν. Ο E-Z βρισκόταν στη μέση και αντιμετώπιζε τη Lia στα αριστερά, τον Alfred στα δεξιά. Τότε συνέβη. Οι Τρεις - η Lia και ο E-Z σήκωσαν τον αντίχειρά τους ψηλά. Ο Alfred από την πλευρά του έκανε μια κίνηση με τα φτερά προς τα πάνω.

"Αυτό είναι ντροπιαστικό", ψιθύρισε ο E-Z στον Alfred.

"Χωρίς πλάκα!"

"Σσσσ", είπε η Λία καθώς άρχισε να ακούγεται η φωνή στην οθόνη. Ήταν η φωνή του Άρντεν, αλλά ο τόνος του ήταν χαμηλότερος. Ακουγόταν σαν παρουσιαστής τηλεπαιχνιδιού.

"Αν χρειάζεστε έναν υπερήρωα... ο E-Z, η Lia και ο Alfred -γνωστός και ως Οι Τρεις- είναι στη διάθεσή σας είκοσι τέσσερις ώρες την ημέρα, επτά ημέρες την εβδομάδα. Καλέστε στο ***-***-**** ή στείλτε μήνυμα μέσω των μέσων κοινωνικής δικτύωσης.

Όταν χρειάζεστε κάποιον να σας βοηθήσει... καλέστε τους Τρεις. Θα είναι εκεί για εσάς... αμέσως. Μπορείτε να βασιστείτε σε αυτούς... γιατί είναι οι καλύτεροι που θα δείτε. Εικοσιτέσσερις ώρες την ημέρα, επτά ημέρες την εβδομάδα...εγγυημένη ικανοποίηση".

"Και τώρα το μεγάλο φινάλε", είπε ο Άρντεν.

Οι Τρεις δίπλωσαν τα χέρια τους στα στήθη τους. Ο Άλφρεντ δίπλωσε τα φτερά του.

"Ε, αυτό δεν είναι δυνατόν", είπε ο Άλφρεντ.

"Σσσσ", είπε η Λία.

Ο καθένας με το πηγούνι του μπροστά το ένα μετά το άλλο Οι Τρεις πήραν μια πόζα.

Ο PJ πάτησε παύση.

"Λαμβάνοντας υπόψη αυτό που είπες για τις δικαιοδοσίες, ίσως χρειαστεί να αλλάξουμε αυτό το κομμάτι", είπε. Πάτησε το κουμπί εκκίνησης.

"Καμία δουλειά δεν είναι πολύ μεγάλη ή μικρή για εμάς!" Μια ηλεκτρονική εκδοχή της φωνής του E-Z είπε.

Στη συνέχεια, ένας κύκλος στο κέντρο της οθόνης έκανε κύκλους, σαν wi-fi που προσπαθούσε να βρει σήμα. Τώρα η λέξη BAM! γέμισε την οθόνη. Μετά η λέξη SOCKO!

Παρακολουθούσαν τον E-Z να σώζει μια γάτα που είχε κολλήσει ψηλά σε ένα δέντρο.

"Ω, αδελφέ μου", είπε.

Η φωνή του κινούμενου χαρακτήρα του συνέχισε.

"Είμαστε οι Τρεις

Είμαστε εδώ για σένα!

Γάτα κολλημένη σε δέντρο...

Θα τον κατεβάσουμε για σένα!"

Ο E-Z εμφανίστηκε να παραδίδει τη γάτα που διασώθηκε σε μια οικογένεια.

"Αυτό δεν συνέβη ποτέ", είπε.

"Πήραμε λίγη ποιητική άδεια", παραδέχτηκε ο Άρντεν.

"Μπορούμε να διορθώσουμε οτιδήποτε δεν σας αρέσει", είπε ο PJ.

Τώρα ο κύκλος εμφανίστηκε ξανά στην οθόνη, κάνοντας κύκλους. Όταν σταμάτησε, η οθόνη γέμισε με τη λέξη BANG! Ακολουθούμενη από τη λέξη ZIP!

Στην οθόνη ο κινούμενος E-Z έσωσε ένα αεροπλάνο γεμάτο επιβάτες. Καθώς κατέβαζε το αεροπλάνο, εκατοντάδες παρατηρητές που περίμεναν στον διάδρομο χειροκροτούσαν.

"Τώρα αυτό είναι το καλύτερο", είπε.

"Σσσς", είπε η Λία.

Στην οθόνη ο E-Z είπε,

"Γιατί είμαστε φίλοι σου!

Οι υπηρεσίες μας είναι δωρεάν.

24/7

Γιατί είμαστε οι Τρεις!"

Κύκλος και πάλι, γύρω-γύρω. Ακολουθεί BINGO! Και ΜΠΑΜ!

Τώρα η διάσωση με το τρενάκι του λούνα παρκ αναδημιουργήθηκε σε μορφή κινουμένων σχεδίων. Ήταν πολύ καλό. Τόσο ακριβές που μπορούσαν να μυρίσουν το μαλλί της καραμέλας και το καλαμπόκι καραμέλας.

"Ω!" είπε ο E-Z.

Η Λία χειροκρότησε.

Ο Άλφρεντ κούνησε το λαιμό του από άκρη σε άκρη σαν να τον είχαν ψεκάσει πρόσφατα με πολύ κρύο νερό.

"Το λατρεύω!" Είπε η Λία. "Και ευχαριστώ που συμπεριέλαβες το αγαπημένο μου χρώμα. Πώς το ήξερες;"

"Παρατήρησα ότι το φοράς συχνά", είπε ο Πι Τζέι. Τα μάγουλά του κοκκίνισαν. "Χαίρομαι πολύ που σου αρέσει".

"Εσύ τι λες, E-Z;" ρώτησε ο Άρντεν.

Ο Άλφρεντ έριξε μια ματιά προς την κατεύθυνση του E-Z.

"Αυτό ήταν ε", είπε ο E-Z, "ε... μια καλή προσπάθεια".

"Το δείπνο είναι έτοιμο, ελάτε να το πάρετε!" φώναξε ο Σαμ.

"Αφήστε τον εορτάζοντα να πάει πρώτος", είπε η Σαμάνθα.

Ο E-Z διέσχισε την αυλή, μαζί με τον Άλφρεντ.

"Μιλάμε για τέλειο συγχρονισμό", είπε.

"Ναι, αυτοί οι δύο είναι ακόμα βλάκες", απάντησε ο Άλφρεντ.

"Αλλά οι καρδιές τους είναι στο σωστό μέρος. Είναι μια έξυπνη ιδέα, απλά λίγο υπερβολική για εμάς".

"Λίγο;" Ο Άλφρεντ τσίριξε.

"Εντάξει, πολύ, αλλά έκαναν μια προσπάθεια. Μπορούμε να κρατήσουμε ό,τι μας αρέσει και να ξεφορτωθούμε τα υπόλοιπα".

Όταν όλοι έφαγαν το φαγητό τους, κάθισαν στο τραπέζι του πικνίκ και έφαγαν. Ο ουρανός άλλαξε και λαμπερά αστέρια γέμισαν τον ουρανό γύρω τους. Έφαγαν όλο το φαγητό τους, μετά η Σαμάνθα έφερε την τούρτα γενεθλίων που είχε φτιάξει και όλοι τραγούδησαν "Χρόνια πολλά!".

"Ομιλία! Ομιλία!" Ο Άρντεν κορόιδεψε και σύντομα όλοι συμμετείχαν.

Ο E-Z σκέφτηκε για λίγα δευτερόλεπτα.

"Ευχαριστώ που κάνατε τα δέκατα πέμπτα γενέθλιά μου ξεχωριστά. Θα ήθελα να αφιερώσω ένα λεπτό για να θυμηθώ τη μαμά μου και τον μπαμπά μου και να μοιραστώ μαζί σας μια ανάμνηση των γενεθλίων μου. Αν δεν έχετε αντίρρηση; Υπόσχομαι ότι δεν θα γίνω γλυκανάλατη".

Όλοι ένγεψαν.

Η Σαμάνθα που από τότε που έμεινε έγκυος ήταν πάντα γλυκανάλατη. Είτε επρόκειτο για δάκρυα χαράς είτε για δάκρυα που κάθονταν, σκούπισε ένα πριν καν αρχίσει. "Είμαι εντάξει", είπε, καθώς ο Σαμ έβαλε το χέρι του γύρω της.

"'Ήταν στα πέμπτα μου γενέθλια. Δεν ήθελα πάρτι και ζήτησα να πάω να δω ταινία αντ' αυτού. Αντί να κοιτάξουμε στην εφημερίδα, για να μάθουμε τι έπαιζε, αποφασίσαμε απλά να πεταχτούμε και να αποφασίσουμε τι θα δούμε επί τόπου. Είτε ήταν είτε ήταν είπαν ότι μπορούσα να διαλέξω, καθώς ήμουν το αγόρι των γενεθλίων".

Έκλεισε τα μάτια του για ένα δευτερόλεπτο.

Βρισκόταν ακριβώς εκεί πίσω στο θέατρο. Εκεί βρισκόταν η μαμά, ντυμένη με ένα παλτό. Φορούσε τις ωτοασπίδες της και έτριβε τα χέρια της μεταξύ τους, όπως έκανε πάντα. Η μαμά φορούσε πάντα γάντια και παραπονιόταν ότι τα δάχτυλά της κρύωναν.

Ο μπαμπάς φορούσε το μπλε παλτό του μέχρι το γόνατο πάνω από το τζιν. Δεν του άρεσε να φοράει καπέλο στην πόλη, γιατί θα του χάλαγε τα μαλλιά. Τα χέρια του δεν είχαν γάντια. Ήταν χωμένα στην τσέπη του παλτού του μαζί με τα κλειδιά του.

Ο E-Z μύρισε τον αέρα. Μπορούσε να μυρίσει το βουτυρωμένο ποπ κορν μέσα στο θέατρο, περιμένοντας να μπουν μέσα και να το παραγγείλουν.

Κοιτούσαν τις αφίσες.

"Τι λες γι' αυτό;" είπε η μαμά του.

"Όχι, ο E-Z προτιμάει αυτό;" είπε ο μπαμπάς του.

Άνοιξε ξανά τα μάτια του.

Αντί να βρίσκεται στην αυλή με την οικογένεια και τους φίλους του, βρισκόταν πάλι στο σιλό - πάλι. Είχε να επιστρέψει εκεί από τότε που οι αρχάγγελοι αθέτησαν τη συμφωνία τους.

"Χρόνια πολλά!" αναφώνησε η φωνή στον τοίχο.

Ένα πάνελ άνοιξε στον τοίχο δίπλα του και βγήκε ένα κεκάκι. Στην κορυφή έγραφε: "Χρόνια πολλά, E-Z". Στο κέντρο υπήρχε ένα μόνο κερί που ήταν ήδη αναμμένο.

"Απολαύστε το!" είπε η φωνή, αφήνοντας ένα μαχαίρι και ένα πιρούνι στο τραπέζι δίπλα του.

"Ευχαριστώ", είπε εκείνος. "Γιατί βρίσκομαι εδώ;"

"Ο χρόνος αναμονής είναι τέσσερα λεπτά", είπε η ενοχλητική φωνή. "Παρακαλώ παραμείνετε καθιστοί."

Λες και είχε άλλη επιλογή.

ΚΕΦΑΛΑΙΟ 1

ΔΙΑΚΟΠΉ ΓΕΝΕΘΛΊΩΝ

Ο E-Z δεν άγγιξε το κεκάκι που καθόταν μπροστά του, αν και φαινόταν και μύριζε ωραία. Αναρωτήθηκε τι συνέβαινε στο πάρτι του. Τουλάχιστον ήξερε ότι δεν μπορούσαν να κόψουν την τούρτα μέχρι να σβήσει τα κεράκια και να κάνει μια ευχή. Κάποιο πάρτι γενεθλίων πίσω στο σπίτι, ενώ δεν ήταν καν εκεί!

"Πάρτε με από εδώ!" φώναξε. "Χάνω το δικό μου πάρτι δεκαπέντεων γενεθλίων και ήμουν στη μέση μιας ιστορίας".

Η οροφή του σιλό χασμουρήθηκε και η Έριελ πετάχτηκε προς το μέρος του σαν αστραπή σε καταιγίδα.

"Χαίρομαι που σε ξαναβλέπω πρώην προστατευόμενο", είπε.

"Το συναίσθημα δεν είναι αμοιβαίο. Γιατί βρίσκομαι εδώ; Νόμιζα ότι είχα τελειώσει με όλους εσάς και είναι τα γενέθλιά μου - πρέπει να επιστρέψω σε αυτά".

"Ναι, ζητώ συγγνώμη για τη χρονική στιγμή - αλλά δεν μπορούσαμε να αφήσουμε τα γενέθλιά σου να περάσουν χωρίς τουλάχιστον να σου ευχηθούμε καλά".

"Χμ, ευχαριστώ, νομίζω".

"Και μιας και είσαι εδώ, γιατί δεν παίρνεις μέρος στο κεκάκι των γενεθλίων σου; Και μην ξεχάσεις να κάνεις μια ευχή - θα χρειαστείς όλη τη βοήθεια που μπορείς να πάρεις!" είπε ο αρχάγγελος με ένα χαχανητό.

Εκτός από τον E-Z άνοιξε ένα παράθυρο και βγήκε ένας μηχανικός βραχίονας που κρατούσε ένα αναμμένο σπίρτο. Άναψε το φυτίλι και μετά υποχώρησε πίσω στον τοίχο τόσο γρήγορα που το σπίρτο ξεφούσκωσε μόνο του. ο E-Z κοίταξε το κερί που τρεμόπαιζε. Αναρωτήθηκε τι σήμαινε αυτό το τελευταίο σχόλιο, αλλά σκέφτηκε ότι ο Eriel τον κορόιδευε. Το μυαλό του έμεινε κενό. Δεν μπορούσε να σκεφτεί ούτε ένα πράγμα για να ευχηθεί. Εκτός από αυτό, ήταν πίσω στο σπίτι με τους φίλους και την οικογένειά του και γιόρταζε τα γενέθλιά του. Καθώς έσβηνε το κερί, η Eriel ξέσπασε σε τραγούδι. Ήταν μια καταιγιστική ερμηνεία του: "Γιατί είναι ένας πολύ καλός άνθρωπος, που κανείς δεν μπορεί να αρνηθεί".

"Χωρίς παρεξήγηση", είπε ο E-Z, "αλλά είναι γραφτό να τραγουδάς το Happy Birthday".

"Η σκέψη είναι που μετράει", είπε ο Έριελ. "Τώρα που ολοκληρώσαμε το κομμάτι των γενεθλίων της επίσκεψής σας, θα θέλαμε να μάθουμε, έχετε λύσει τον γρίφο;"

"Τον γρίφο; Ποιο αίνιγμα;"

"Ναι, σας προτείναμε να προσπαθήσετε να κάνετε συνδέσεις - στις προηγούμενες δίκες σας. Θυμάστε όταν είπαμε ότι δεν θέλουμε να σας ταΐζουμε με το κουτάλι; Είχατε καμία τύχη με αυτό;"

"Ω, δεν μου φάνηκε ως προτεραιότητα ή ως γρίφος για να τον λύσω, ειδικά από τη στιγμή που υποχώρησες στην προσφορά σου. Αλλά ναι, έγραφα στο σημειωματάριό μου, κάνοντας μια καταγραφή των πραγμάτων που έχουμε καταφέρει μέχρι στιγμής, και εντόπισα μερικές συνδέσεις με τα τυχερά παιχνίδια, αλλά ήταν καθαρά συμπτωματικές".

"Τυχαία! Σίγουρα όχι. Τα περιστατικά συνδέονται - ο καθένας μπορεί να το δει αυτό!" είπε ο Eriel, κρατώντας τη φωνή του χαμηλά για να μη χάσει την ψυχραιμία του.

"Ε, συγγνώμη, αλλά οι συμπτώσεις συμβαίνουν συνέχεια. Ξέρεις πόσα παιδιά παίζουν ηλεκτρονικά παιχνίδια; Έψαξα στο διαδίκτυο. Από το 2011 έλεγε ότι το ενενήντα ένα τοις εκατό των παιδιών μεταξύ δύο και δεκαεπτά ετών παίζουν κάθε μέρα. Αυτό είναι περίπου εξήντα τέσσερα εκατομμύρια παιδιά παγκοσμίως".

"Α, άρα το έχεις μηδενίσει. Αυτό είναι καλό. Βρήκες τίποτα άλλο σχετικά με αυτό; Ή κάποια ανησυχία που μπορεί να έχεις; Οποιοσδήποτε λόγος για τον οποίο θα πρέπει να κάνετε περισσότερη έρευνα - η έρευνα είναι καλή. Η πρωτοβουλία είναι πολύ, πολύ, καλή".

"Όχι, είμαι αρκετά απασχολημένος, με άλλα πράγματα - το σχολείο και ό,τι άλλο. Εξάλλου, αν θέλεις να το ψάξω περισσότερο - πρώτα θα πρέπει να με πείσεις ότι είναι κάτι περισσότερο από σύμπτωση. Έλεγξα μερικές ακόμα στατιστικές. Για παράδειγμα, υπάρχουν περισσότερα κορίτσια παίκτες από ποτέ. Πολλές έχουν δημιουργήσει επιχειρήσεις στο YouTube και κερδίζουν τα προς το ζην. Όχι παιδιά φυσικά, αλλά από τα στατιστικά που διάβασα στο διαδίκτυο από το 2019 και μετά το 46% των gamers είναι κορίτσια".

Ο Έριελ χτύπησε το μακρύ και κοκάλινο δάχτυλό του στο πηγούνι του, σαν να σκεφτόταν αυτά που του είχε πει ο Ε-Ζ. "Α, και πάλι εντυπωσιάστηκα. Δεν βρίσκεις αυτά τα στατιστικά στοιχεία ανησυχητικά;"

"Ε, όχι, δεν το βρίσκω". Εισέπνευσε βαθιά χάνοντας την υπομονή του να χάσει τα γενέθλιά του. "Είναι σημαντικό να το κάνουμε αυτό σήμερα; Δεν μπορείς να με φέρεις εδώ μια άλλη φορά; Τίποτα από αυτά που συζητάμε δεν ακούγεται κρίσιμο".

Ο Έριελ σταμάτησε να χτυπάει και το δεξί του φρύδι πετάχτηκε προς τα πάνω. Κοίταξε επίμονα τον εορτάζοντα.

"Ή μήπως είναι;" ρώτησε ο Ε-Ζ.

Ο Έριελ περίμενε πριν απαντήσει. Τύλιξε τη γλώσσα του γύρω από τις λέξεις, σαν να δυσκολευόταν να τις βγάλει. Αν-ι-τ-ιν-γ να-χρησιμοποιή-σει α-λ-αρμ; Για να βάλω ένα φ-ίρ-ο σε σένα;"

Ο E-Z ευχήθηκε ο Έριελ να το συλλαβίσει και να μπει στο θέμα. Δεν ήθελε να φέρει τον εαυτό του σε δύσκολη θέση λέγοντας το προφανές ή κάνοντας λάθος.

"Ο Ραφαήλ είχε δίκιο, είσαι κάπως χοντρόπετσος".

"Έι!" φώναξε ο E-Z. "Αν χρειάζεσαι τη βοήθειά μου, πηγαίνεις για να την πάρεις με έναν πολύ περίεργο τρόπο". Πέρασε το δάχτυλό του μέσα από το γλάσο του κεκάκι και ρούφηξε το δάχτυλό του. Είχε ωραία γεύση, σαν μαλλί της γριάς. "Σκοτώνοντας. Ο ένας προσπαθούσε να με σκοτώσει και ο άλλος σκότωνε ανθρώπους σε ένα μαγαζί. Και οι δύο είπαν ότι τα κίνητρά τους είχαν σχέση με το παιχνίδι".

"Διάνα", είπε η Έριελ.

"Και;"

"Δεν πειράζει!" Η Eriel εξαφανίστηκε μέσα από το ταβάνι, τραγουδώντας: "Χοντρό σαν τούβλο, χοντρό σαν τούβλο, χοντρό σαν τούβλο, χοντρό σαν τούβλο".

Ο E-Z σήκωσε τις γροθιές του στον αέρα. "Έλα πίσω και πες το αυτό κατάμουτρα!"

Τα γέλια της Έριελ ακούστηκαν, αναπηδώντας από τους τοίχους.

PFFT.

"Ε, ευχαριστώ", είπε ο E-Z, και μετά βρέθηκε πίσω στο σπίτι του, στο πάρτι του. Όλοι ήταν απασχολημένοι, έπαιζαν παιχνίδια, έκαναν τα δικά τους - σαν να μην ήταν καθόλου εκεί - που δεν ήταν.

Παρακολουθούσε καθώς ο Σαμ έπαιρνε τη σειρά του στην μπάλα της σκάλας. Δεν ήταν ιδιαίτερα καλός σε αυτό, αλλά ο E-Z πήγε και παρακολούθησε τη δεύτερη προσπάθειά του ούτως ή άλλως. Αφού τελείωσε το πέταγμά του, χάνοντας εντελώς τον στόχο, πήγε στο πλευρό του ανιψιού του.

"Βλέπω ότι ακόμα προσπαθείς να μάθεις να παίζεις αυτό το παιχνίδι", είπε ο E-Z.

"Ναι, είναι ένα επίκτητο ταλέντο. Παρεμπιπτόντως, πού πήγες;"

"Ο Έριελ ήθελε να μου ευχηθεί για τα γενέθλιά μου, μεταξύ άλλων".

"Πολύ ευγενικό εκ μέρους του. Έτσι δεν είναι;"

"Λοιπόν, ξέρεις τον Έριελ. Ποτέ δεν κάνει τίποτα χωρίς κίνητρο. Σε αυτή την περίπτωση, ήθελε να κάνω μια σύνδεση βασισμένη σε μια ανάμνηση".

"Μια ανάμνηση από τι; Των γονιών σου; Το ατύχημα;":

"Όχι, ήθελε να κάνω μια σύνδεση ανάμεσα σε δύο από τους υποκινητές της δίκης. Κάτι που παρεμπιπτόντως έκανα. Μετά έφυγε λέγοντας ότι ήμουν χοντρός σαν τούβλο".

"Τι αγένεια!" Αναφώνησε η Λία. Άκουγε από τότε που βαριόταν ανόητα από το παιχνίδι ρίψης της μπάλας.

"Και μάλιστα στα γενέθλιά σου", είπε ο Άλφρεντ. Ήταν ακόμα πιο απελπισμένος από τον Σαμ, αφού έπρεπε να πετάει τις μπάλες χρησιμοποιώντας το ράμφος του.

"Θέλεις να δοκιμάσεις;" ρώτησε ο PJ, δίνοντας την μπάλα στον E-Z, ο οποίος επανατοποθέτησε την καρέκλα του μπροστά από τον στόχο και μετά πέταξε την μπάλα. Χτύπησε το πάνω σκαλί, στριφογύρισε μερικές φορές και προσγειώθηκε στην πριμοδοτημένη θέση.

"Έτσι το κάνεις!" είπε ο Σαμ.

"Ο PJ και εγώ ρίχναμε τέτοιες βολές καθ' όλη τη διάρκεια του παιχνιδιού", είπε ο Άρντεν.

"Α, αλλά δεν είσαι ο ανιψιός μου", απάντησε ο Σαμ.

Το πάρτι συνεχίστηκε μέχρι που σκοτείνιασε πολύ για να παίξουν άλλα παιχνίδια και όλοι αποφάσισαν να μην τραγουδήσουν μαζί. Ο Πι Τζέι και ο Άρντεν πήραν το δρόμο για το σπίτι τους, ενώ ο E-Z και η υπόλοιπη παρέα πήγαν για ύπνο.

ΚΕΦΑΛΑΙΟ 2
ΠΡΟΒΛΗΜΑ

Δύο ημέρες μετά το πάρτι γενεθλίων του E-Z, ο PJ και ο Arden βρέθηκαν σε μπελάδες.

Ήταν η Λία, η οποία είχε ένα όραμα ότι κάτι δεν πήγαινε καλά. Θυμήθηκε το όραμα στον Άλφρεντ και τον E-Z: "Ήταν σαν να ήταν σε έκσταση. Και οι δύο κάθονταν στα γραφεία τους και κοιτούσαν κενές οθόνες υπολογιστών".

"Τίποτα ασυνήθιστο σε αυτό", είπε ο E-Z. " Παίζουν συχνά παιχνίδια μαζί, και ίσως κοιμόντουσαν".

"Με τα μάτια τους ανοιχτά;"

"Εντάξει, ας πάμε εκεί πέρα", είπε ο E-Z.

"Είναι μεσάνυχτα!" Αναφώνησε ο Άλφρεντ.

"Παρ' όλα αυτά, καλύτερα να το ελέγξουμε".

Οι Τρεις βγήκαν κρυφά από το σπίτι, αποφασίζοντας να πάνε πρώτα στου Πι-Τζέι, καθώς το δικό του ήταν το πιο κοντινό.

"Δεν νομίζω ότι οι γονείς του θα εκτιμήσουν μια τόσο καθυστερημένη επίσκεψη", είπε ο Άλφρεντ.

"Θα καταλάβουν", είπε η Λία, καθώς χτύπησε το κουδούνι της εξώπορτας.

Λίγες στιγμές αργότερα, ένας πολύ νυσταγμένος άντρας, τρίβοντας τα μάτια του, έριξε την πόρτα με τις πιτζάμες του - ο πατέρας του PJ.

"Ποιος είναι;" φώναξε η μητέρα του από μέσα.

"Είναι οι φίλοι του PJ", είπε ο πατέρας του. "Συμβαίνει κάτι;"

"Εεε", είπε ο E-Z, "συγγνώμη που σας ενοχλούμε, αλλά, πρέπει πραγματικά να δούμε τον Πι-Τζέι. Είναι επείγον".

"Καλύτερα να περάσετε μέσα τότε", είπε ο πατέρας του PJ.

ΚΕΦΑΛΑΙΟ 3

ΠΡΙΝ

Νωρίτερα το απόγευμα, ο PJ και ο Arden εργάζονταν στον ιστότοπο Superhero. Είχαν ενημερώσει τις πληροφορίες και είχαν προσθέσει μερικά νέα στοιχεία.

Στο παρελθόν, όταν ερχόταν ένα αίτημα για βοήθεια, ένα μήνυμα ηλεκτρονικού ταχυδρομείου έστελνε στα εισερχόμενα. Την επόμενη φορά που θα έμπαινε κάποιος, θα το έβλεπε και θα απαντούσε αναλόγως. Με το νέο σύστημα, ο E-Z, ο Arden και ο PJ θα λάμβαναν άμεσα μηνύματα κειμένου.

Επιπλέον, το άτομο που ζητούσε το αίτημα θα λάμβανε μια αυτόματη απάντηση με χρονοσφραγίδα. Ο PJ και ο Arden ήταν σίγουροι ότι αυτή η αυτοματοποιημένη αναβάθμιση θα αύξανε την εμπιστοσύνη και θα έφερνε περισσότερη επισκεψιμότητα στον ιστότοπο.

Ο PJ και ο Arden εγκατέστησαν επίσης ένα κανάλι YouTube με ένα podcast. Αυτό ήταν κάτι καινούργιο που είχαν σκεφτεί σε ένα brainstorming. Ήταν ενθουσιασμένοι που θα έλεγαν στην E-Z γι' αυτό. Θα ήταν ένας εξαιρετικός τρόπος για να αυξήσουν τη διαδικτυακή παρουσία των Τριών. Δημιούργησαν επίσης ένα Community Board για ανοιχτή συζήτηση.

Το σύστημα κατηγοριοποιούσε επίσης τα εισερχόμενα μηνύματα. Για παράδειγμα, η διάσωση μιας γάτας από ένα δέντρο. Οι Τρεις είχαν λάβει πολλαπλά αιτήματα για αυτή την υπηρεσία. Δεδομένου ότι οι τοπικοί αξιωματούχοι ήταν περισσότερο εξοπλισμένοι για να απαντήσουν σε αυτές τις κλήσεις, ο PJ και ο Arden το έκαναν Code Blue.

Ένας μπλε κώδικας σήμαινε ότι μέχρι να φτάσει εκεί η E-Z για να σώσει τη γάτα, αυτή είχε ήδη διασωθεί. Ένας μπλε κώδικας σήμαινε ότι θα έπρεπε να περιμένει, για να δει αν η κατάσταση είχε επιλυθεί πριν βγει έξω.

Ένας Κίτρινος Κώδικας θα μπορούσε να σημαίνει ότι κάποιος ξέχασε τα κλειδιά του ή κλείδωσε τα κλειδιά του μέσα στο αυτοκίνητό του. Και πάλι, μέχρι να φτάσει εκεί ο E-Z, η κατάσταση είχε ήδη αντιμετωπιστεί. Και πάλι, η συμβουλή ήταν να περιμένετε και να ελέγξετε πριν φύγετε.

Με την κατηγοριοποίηση των μπλε και κίτρινων, ο E-Z και η ομάδα του θα μπορούσαν να επικεντρωθούν στις πιο σημαντικές κλήσεις, δηλαδή στους κόκκινους κωδικούς.

Ένας Κόκκινος Κώδικας ήταν όταν κινδύνευαν ζωές ή άκρα. Από τότε που δημιουργήθηκε ο ιστότοπος, οι Τρεις είχαν λάβει μηδέν αιτήματα σε αυτή την κατηγορία.

Ικανοποιημένοι με το πόσα είχαν καταφέρει αποφάσισαν να ξεσκάσουν λίγο. Μπήκαν σε ένα παιχνίδι για πολλούς παίκτες.

"Τρία κορίτσια", πληκτρολόγησε ο PJ στον Arden.

"Μπορούμε να τις νικήσουμε!" απάντησε εκείνος.

Το παιχνίδι ξεκίνησε και στην αρχή όλα κύλησαν όπως πάντα. Χτυπούσαν τα κορίτσια, ανέβαιναν το ένα επίπεδο μετά το άλλο, σκοτώνοντας ό,τι έβρισκαν μπροστά τους. Τότε ξαφνικά όλα σταμάτησαν.

ΚΕΦΑΛΑΙΟ 4

ΣΠΊΤΙ ΤΟΥ PJ

Τώρα οι Τρεις και οι γονείς του PJ κατέβηκαν στο διάδρομο και μπήκαν στο δωμάτιό του. Αυτό που είδαν ήταν κυρίως όπως το είχε οραματιστεί η Λία. Η διαφορά ήταν ότι η οθόνη του υπολογιστή ήταν ακόμα αναμμένη. Αναβόσβηνε και τρεμόπαιζε, ενώ ο PJ φαινόταν να κοιμάται βαθιά.

"Τι του συμβαίνει;" ρώτησε η μητέρα του PJ. "Θα έπρεπε να είναι στο κρεβάτι και να κοιμάται. Κοιτάξτε τη στάση του σώματός του. Μάλλον είναι αφυδατωμένος. Θα του φέρω ένα ποτήρι νερό".

Ο πατέρας του PJ πέρασε απέναντι από το δωμάτιο και κούνησε τους ώμους του γιου του. Περίμενε ότι ο γιος του θα ξυπνούσε, αλλά δεν το έκανε. Αντιθέτως, γλίστρησε στην καρέκλα του και θα είχε πέσει στο πάτωμα, αν δεν τον είχε πιάσει ο πατέρας του. Κουβάλησε το γιο του και τον έβαλε στο κρεβάτι του.

Η μητέρα του PJ επέστρεψε, έβαλε το νερό στο τραπεζάκι και έπειτα ακούμπησε τα χείλη της στο μέτωπο του γιου της. "Δεν έχει πυρετό", είπε.

Ο πατέρας του PJ σήκωσε το δεξί βλέφαρο του γιου του και είδε ότι φαινόταν μόνο το άσπρο των ματιών του. "Κάλεσε το 100", αναφώνησε.

"Όχι, νομίζω ότι πρέπει να καλέσουμε τον οικογενειακό μας γιατρό, τον γιατρό Φανέλα", είπε η μητέρα του PJ. "Έχει ξανάρθει εδώ για επίσκεψη στο σπίτι. Όταν επρόκειτο για κάτι επείγον - και αυτό είναι σίγουρα επείγον".

"Κυρία Χειρολαβή", είπε ο E-Z, "θα γίνει καλά".

"Φυσικά και θα γίνει", απάντησε εκείνη, καθώς ο κ. Handle βγήκε από το δωμάτιο για να καλέσει τον γιατρό Φανέλα".

Όταν επέστρεψε, περίμεναν όλοι μαζί σιωπηλοί, παρακολουθώντας τον Πι Τζέι καθώς κοιμόταν. Σαν να περίμεναν ότι θα πεταγόταν πάνω και θα άρχιζε να χαζολογάει. Θα του ταίριαζε πολύ να το παίξει. Να τους κοροϊδεύει.

Ο κύριος Χειρολαβή ήταν νευρικός, ανεβοκατέβαζε το πόδι του πάνω-κάτω ενώ καθόταν. Σηκώθηκε, πέρασε απέναντι από το δωμάτιο και έσκυψε να κοιτάξει τον σκληρό δίσκο. Σήκωσε το πόδι του, σαν να πήγαινε να τον κλωτσήσει, αλλά την τελευταία στιγμή άλλαξε γνώμη και έβγαλε το καλώδιο από την πρίζα.

Κοιτούσαν, καθώς ο κύριος Handle άρχισε να τρέμει σε όλο του το σώμα, μέχρι που του έπεσε το φις. Γύρισε και περπάτησε προς το μέρος τους. Πίσω του βγήκε καπνός από τον σκληρό δίσκο. Δευτερόλεπτα αργότερα η οθόνη της οθόνης έσπασε.

"Πιάστε τον πυροσβεστήρα!" φώναξε ο Άλφρεντ, αλλά ο E-Z είχε ήδη αρπάξει το ποτήρι με το νερό και το πέταξε πάνω στο κουτί. Τσιτσίλισε και ενώθηκε με την οθόνη και τα δύο απολύτως νεκρά.

Η μητέρα του PJ έτρεξε στον άντρα της και τον βοήθησε να καθίσει. "Ο γιατρός μπορεί να σε κοιτάξει κι εσένα όταν φτάσει", είπε. "Είσαι πολύ τυχερός. Δεν μπορώ να αντέξω να χτυπήσετε και οι δυο σας".

"Είμαι καλά", είπε ο κύριος Χερούλι.

Αλλά για τους Τρεις δεν φαινόταν καλά. Ήταν χλωμός, λίγο πράσινος και λίγο γκρίζος.

"Μην κάνεις φασαρία", είπε ο κ. Χερούλι. "Ευχαριστώ για τη γρήγορη σκέψη, E-Z." Και μετά στη γυναίκα του: "Ευτυχώς που έφερες αυτό το νερό".

"Ο Πι Τζέι θα θυμώσει πολύ όταν δει ότι ο υπολογιστής του καταστράφηκε".

"Έλα, έλα", είπε ο κ. Handle. "Θα καταλάβει."

Σαφώς γέμιζε καλύτερα, καθώς οι Τρεις παρατήρησαν ότι η αναπνοή του είχε επανέλθει στο φυσιολογικό, όπως και η χλωμάδα του.

Αφού όλα έδειχναν να είναι εντάξει, ο E-Z ανέφερε τον Άρντεν. "Όσο περιμένετε τον γιατρό, πρέπει πραγματικά να ελέγξουμε τον Άρντεν. Πιστεύουμε ότι μπορεί να βρίσκεται σε παρόμοια κατάσταση".

"Παίζουν συχνά παιχνίδια μαζί, αλλά τι στο καλό μπορεί να το προκάλεσε αυτό;" ρώτησε ο κ. Handle.

"Δεν ξέρω, αλλά σας πειράζει να πάω να ελέγξω τον Άρντεν;"

"Πήγαινε εσύ", είπε η κυρία Handle.

"Η Λία θα μείνει εδώ μαζί σου", είπε ο E-Z. "Μπορεί να μας κρατάει ενήμερους, και αν μας χρειαστείτε, θα επιστρέψουμε αμέσως".

"Σ' ευχαριστώ, E-Z, και Alfred", είπε ο κ. Handle, καθώς τους συνόδευε στην μπροστινή πόρτα.

ΚΕΦΑΛΑΙΟ 5

ΣΠ'ΙΤΙ ΤΟΥ ARDEN

Ο Ε-Ζ και ο Άλφρεντ πήγαν στο σπίτι του Άρντεν. Πριν καν προλάβουν να χτυπήσουν, ο πατέρας του Άρντεν, ο κ. Λέστερ, άνοιξε την πόρτα.

"Πώς το ήξερες;" ρώτησε.

Ο Ε-Ζ δεν μπορούσε να του πει την αλήθεια. Έτσι, αντί γι' αυτό, αυτοσχεδίασε ένα ψέμα. "Εεε, είμαι ο καλύτερος φίλος του Άρντεν σε όλη μου τη ζωή, οπότε καταλαβαίνω κατά κάποιο τρόπο όταν κάτι δεν πάει καλά. Μπορώ να τον δω;"

"Φυσικά, έλα στο δωμάτιό του", είπε η μητέρα του Άρντεν, η κυρία Λέστερ. "Μην ανησυχείτε. Απλώς κοιμάται. Θα είναι μια χαρά το πρωί".

Ο κ. Λέστερ πήρε το χέρι της γυναίκας του και την οδήγησε στο διάδρομο, όπου ο Άρντεν κοιμόταν βαθιά.

"Ω", αναφώνησε ο Άλφρεντ, όταν τον είδε. "Μοιάζει σαν να έχει πάθει σοκ".

"Κοιτάξτε κάτω από τα βλέφαρά του", είπε ο κ. Λέστερ.

Ο Ε-Ζ τράβηξε το βλέφαρο του φίλου του προς τα πίσω. Η κόρη του Πι Τζέι ήταν ορατή, αλλά ήταν μεγαλύτερη και έμοιαζε σαν να μπορούσε να εκραγεί από την κόγχη του ματιού του ανά πάσα στιγμή. Έκλεισε ξανά το βλέφαρο πάνω της.

Ο Άλφρεντ χού-χου-χου. Αυτό άκουσαν οι Λέστερς. Αυτό που είπε ήταν: "Τι στο καλό θα μπορούσε να το προκαλέσει αυτό; Ο φόβος; Ή κάτι πιο σοβαρό όπως μια κρίση;"

Ο Ε-Ζ σήκωσε τους ώμους χωρίς να απαντήσει. Οι Λέστερ ήταν ήδη αρκετά φοβισμένοι και αγχωμένοι, συν το ότι το μόνο που θα έκαναν θα ήταν να μαντεύουν.

"Πού ακριβώς τον βρήκατε;" ρώτησε ο Ε-Ζ.

"Καθόταν μπροστά στον υπολογιστή του", είπε η κυρία Λέστερ.

"Ήταν αναμμένη η οθόνη;" ρώτησε.

"Ναι, ήταν", είπε ο κ. Λέστερ. "Τηλεφωνήσαμε στον οικογενειακό μας γιατρό. Είναι απασχολημένος αυτή τη στιγμή, σε άλλη κλήση, αλλά θα μας καλέσει".

"Κάλεσαν ήδη έναν γιατρό στο σπίτι του Πι Τζέι, έναν γιατρό Φανέλα. Κάτσε να τηλεφωνήσω στη Λία να δω αν έχει κάνει ακόμα διάγνωση".

"Είναι σχεδόν το ίδιο", είπε.

"Τι εννοείς, σχεδόν;"

Βγήκε με το τροχό από το δωμάτιο. Δεν χρειαζόταν να ανησυχήσουν οι Λέστερ περισσότερο από ό,τι ήδη ανησυχούσαν. Ψιθύρισε στο τηλέφωνο: "Οι κόρες του είναι ακόμα ορατές, αλλά είναι τεράστιες. Σαν πληγές, έτοιμες να σπάσουν!"

"Αηδία!" Είπε η Λία. "Μήπως πρέπει να πάει στο νοσοκομείο;" "Τηλεφώνησαν στον οικογενειακό τους γιατρό, αλλά δεν είναι διαθέσιμος. Οπότε, ενημέρωσέ με μόλις ο γιατρός Φανέλα δώσει τη γνώμη του και θα τη μεταβιβάσω. Ίσως να θέλεις να του πεις για το μάτι του Άρντεν και να δεις αν θα συμβούλευε άμεση νοσηλεία".

"Θα το κάνω. Θα είμαι σε επαφή μαζί σας".

Εξήγησε τα πάντα στους Λέστερ. Εκείνοι κοίταζαν μπροστά, με άδεια πρόσωπα. Ανησυχούσε για το πώς τα πήραν όλα αυτά.

"Θα ήθελε κανείς ένα φλιτζάνι τσάι;" ρώτησε η κυρία Λέστερ.

"Όχι, ευχαριστώ", είπε ο E-Z. Η κυρία Λέστερ ήταν από εκείνες τις μαμάδες που πίστευαν ότι το τσάι μπορούσε να λύσει τα περισσότερα προβλήματα.

Ο κ. Λέστερ ακολούθησε τη γυναίκα του στην κουζίνα.

"Συνήθως δεν συμμετέχετε στα παιχνίδια τους;" ρώτησε ο Άλφρεντ τώρα που αυτός και ο E-Z ήταν μόνοι τους με τον Άρντεν.

"Μερικές φορές", είπε ο E-Z, "αλλά τελευταία, αν έχω ελεύθερο χρόνο, τον περνάω συνήθως γράφοντας. Δεν έχω πολύ χρόνο για τον εαυτό μου αυτές τις μέρες".

"Κατανοητό. Συγγνώμη αν τριγυρνάω πολύ".

"Όχι, δεν πειράζει. Πρέπει να οργανωθώ περισσότερο. Οι σχολικές εργασίες γίνονται όλο και πιο περίπλοκες, ξέρεις ότι βρισκόμαστε στο δρόμο για την καριέρα και την αποφοίτηση. Θέλουν να ξέρουμε πού πηγαίνουμε, και εμείς δεν ξέρουμε καν πού βρισκόμαστε ακόμα".

"Θυμάμαι εκείνες τις μέρες, αλλά θα το καταλάβεις. Τέλος πάντων, χαίρομαι που δεν έπαιζες το παιχνίδι μαζί τους - αλλιώς μπορεί να βρισκόσουν στην ίδια κατάσταση με αυτούς".

"Πράγματι. Δεν μπορώ να φανταστώ τι θα τους τρόμαζε τόσο πολύ... αν αυτό συνέβη. Εννοώ ότι το παιχνίδι είναι παιχνίδι - όχι πραγματικότητα. Πρέπει να ήταν ένας φοβερός διαγωνισμός".

Οι Λέστερ επέστρεψαν στο δωμάτιο του γιου τους.

"Τι συνέβη;" Τσίριξε η κυρία Λέστερ.

Τα βλέφαρα του Άρντεν ήταν πλέον ανοιχτά, αποκαλύπτοντας όλο λευκό εσωτερικό. Όπως και η Πι Τζέι, οι κόρες των ματιών του είχαν εξαφανιστεί.

Ο E-Z είχε μια αίσθηση déjà νu, καθώς ο κ. Λέστερ διέσχισε το δωμάτιο και έσκυψε να το βγάλει από την πρίζα.

"Σταμάτα!" φώναξε ο E-Z. "Μην το αγγίζεις!"

Ο κύριος Λέστερ πάγωσε στη θέση του.

"Ο κύριος Χειρολαβή παραλίγο να πάθει ηλεκτροπληξία όταν το άγγιξε. Το καλύτερο που έχετε να κάνετε είναι να το αφήσετε ήσυχο".

"Ευτυχώς που ήσουν εδώ και με προειδοποίησες", είπε ο κ. Λέστερ.

"Ναι, σας ευχαριστώ, E-Z. Δεν θα μπορούσα να το διαχειριστώ αν ο γιος μου και ο σύζυγός μου τραυματίζονταν και οι δύο. Απλά δεν θα μπορούσα". Διέσχισε το δωμάτιο και αγκάλιασε τον σύζυγό της.

"Στη συνέχεια ο υπολογιστής του κατέρρευσε, η οθόνη έσπασε και βγήκε καπνός", εξήγησε ο E-Z. "Οπότε, ο υπολογιστής του PJ είναι τσιγαρισμένος, τηγανισμένος - ψημένος. Ενώ ο υπολογιστής της Άρντεν είναι ακόμα άθικτος. Αν βρούμε τρόπο να μπούμε σε αυτόν - με ασφάλεια - ίσως, μπορέσουμε να μάθουμε τι τους συνέβη. Πρώτα, πρέπει να καλέσω τον θείο Σαμ και να ζητήσω τη βοήθειά του. Είναι τεχνίτης της πληροφορικής, οπότε θα ξέρει τι να κάνει".

"Περιμένετε", είπε η κυρία Λέστερ. "Μας λέτε ότι και ο Πι Τζέι και ο Άρντεν είναι, το ίδιο;"

Εκείνος έγνεψε.

"Πάντα έλεγα ότι οι υπολογιστές είναι κακοί!" είπε. "Ο δικός μου Άρντεν είναι αθλητής. Θα έπρεπε να είναι έξω και να αθλείται, όχι να κάθεται στον υπολογιστή του και να χάνει τον χρόνο του". Έκλαιγε με λυγμούς στο στήθος του συζύγου της και εκείνος την αγκάλιαζε.

"Οι υπολογιστές είναι απαραίτητοι για το σχολείο", είπε ο κ. Λέστερ. "Ο γιος μας δεν έκανε τίποτα κακό και είμαι σίγουρος ότι από στιγμή σε στιγμή θα επιστρέψει στον παλιό του εαυτό. Χρειάζεται να κλείσει λίγο τα μάτια του. Λίγη ξεκούραση, αυτό είναι όλο. Θα γίνει καλά".

Alfred Hoo-hoo'd.

Ο E-Z έλαβε ένα μήνυμα στο τηλέφωνό του. "Η Λία λέει ότι ο γιατρός Φανέλα τους είπε να αφήσουν τον Πι Τζέι εκεί που είναι. Είπε ότι τα μάτια του θα επανέλθουν στο φυσιολογικό από μόνα τους. Λέει ότι ο PJ δεν φαίνεται να πονάει καθόλου. Οι καρδιακοί παλμοί και οι σφυγμοί του είναι φυσιολογικοί. Χρειάζεται ξεκούραση".

"Σας ευχαριστώ", είπε ο κ. Λέστερ.

"Σας ευχαριστώ που περάσατε", είπε η κυρία Λέστερ. "Θα σας ενημερώσουμε αν υπάρξουν αλλαγές".

Ο E-Z και ο Άλφρεντ έφυγαν μετά από μια μακρά επίσκεψη και συναντήθηκαν με τη Λία και πήγαν όλοι μαζί στο σπίτι.

"Δεν μπορώ να μην αναρωτιέμαι", είπε ο E-Z, "αν αυτό το πράγμα με τον PJ και τον Arden έχει σκοπό να είναι μια δοκιμασία. Ο Έριελ υπαινίχθηκε ότι θα έπρεπε να ανησυχώ για κάτι. Ότι θα έπρεπε ακόμη και να θέλω να το επιδιώξω. Αν είναι έτσι, δεν είμαι σίγουρος πώς υποτίθεται ότι πρέπει να το διορθώσω. Έχεις καμιά ιδέα; Εκτός από το να βάλω τον θείο Σαμ να μας βοηθήσει να μπούμε στον υπολογιστή του Άρντεν - είμαι εντελώς χαμένος εδώ".

"Είναι περίεργο, αν πρόκειται για δίκη", είπε ο Άλφρεντ. "Γιατί οι δίκες ανήκουν στο παρελθόν, έτσι δεν είναι;"

"Είναι, αλλά αν ο Πι Τζέι και ο Άρντεν έχουν πάθει κακό, τότε δεν έχω άλλη επιλογή από το να εμπλακώ.

Ακόμα κι αν οι αρχάγγελοι αθέτησαν τη συμφωνία μας".

"Και οι δύο φαίνονται τόσο, εκτός εαυτού. Τι περιμένουν από εσένα να κάνεις; Δεν είναι σαν να έχεις θεραπευτικές δυνάμεις ή κάτι τέτοιο", είπε ο Άλφρεντ.

"Μα ΕΣΥ έχεις!" Η Λία είπε.

"Έχω, αλλά, όταν είναι χρησιμοποιήσιμες. Προσπάθησα, να επικοινωνήσω με το μυαλό τους. Αλλά ήταν σαν να ήταν άδεια. Δεν μπορούσα να τους προσεγγίσω. Για να τους θεραπεύσω, θα έπρεπε να υπάρχει κάποιου είδους σύνδεση. Και δεν υπήρχε τίποτα για να συνδεθώ.

"Αναρωτιέμαι συνέχεια αν θα έπρεπε να ζητήσω βοήθεια από την Άριελ. Είναι ο Άγγελος της Φύσης. Ίσως υπάρχει κάτι που μπορεί να προτείνει, ή κάτι που μπορεί να κάνει που εγώ δεν μπορώ".

"Αυτή είναι μια πολλά υποσχόμενη ιδέα", είπε ο E-Z.

WHOOPEE

Η Άριελ έφτασε.

"Τι συμβαίνει;" ρώτησε.

Ο Άλφρεντ εξήγησε την κατάσταση.

Ο E-Z ρώτησε αν αυτή ήταν μια δίκη που οι αρχάγγελοι προσπαθούσαν να περάσουν εκ των υστέρων.

"Όπως και να 'χει, πρέπει να βοηθήσεις τους φίλους σου", είπε. "Θέλεις να τους βοηθήσεις, έτσι δεν είναι;"

"Φυσικά, το θέλω, αλλά το τι πρέπει να κάνω, τι δράση πρέπει να αναλάβω σε μια δίκη είναι συνήθως πιο προφανές".

"Δεν άκουσα ψιθύρους, ότι δεν είσαι ικανός να αναλάβεις πρωτοβουλίες;" ρώτησε η Άριελ.

"Υπονοείς", ρώτησε ο E-Z, κρατώντας τη φωνή του χαμηλά για να μη χάσει την ψυχραιμία του. "Ότι οι αρχάγγελοι έβαλαν τους φίλους μου σε κώμα για να δοκιμάσουν την πρωτοβουλία μου;"

Ο Άριελ χαμογέλασε. "Όχι, δεν υπονοώ κάτι τέτοιο. Αλλά, αν ήταν μια δοκιμασία, τότε τι θα έκανες για να τους βοηθήσεις;"

"Όταν τίθεται μπροστά μου μια δοκιμασία, το μυαλό μου μπαίνει σε λειτουργία. Ξέρω τι πρέπει να κάνω για να το διορθώσω και προχωρώ και το κάνω. Με αυτό, δεν έχω ιδέα τι να κάνω για να το διορθώσω. Βρίσκονται σε ιατρικό κίνδυνο. Δεν είμαι γιατρός".

Η Άριελ σταύρωσε τα χέρια της. "Τι δοκίμασες, Άλφρεντ;"

"Προσπάθησα να συνδεθώ με το μυαλό και των δύο. Συνήθως, αν μπορώ να θεραπεύσω ανθρώπους ή πλάσματα, υπάρχει μια σύνδεση - η οποία δεν έχει διακοπεί από κάποια εξωτερική δύναμη. Και στις δύο περιπτώσεις τους, ήταν σαν να είχε κλείσει η πόρτα και δεν μπορούσα να τη σπάσω".

"Τότε απάντησες στην ίδια σου την ερώτηση", είπε η Άριελ. "Μπορώ να σε βοηθήσω σε κάτι άλλο;"

"Δεν ήσουν ακριβώς βοήθεια", είπε η Λία.

Ο Άλφρεντ ζήτησε συγγνώμη.

WHOOPEE

Και η Άριελ είχε εξαφανιστεί.

"Δεν θα έπρεπε να της μιλάς έτσι", είπε ο Άλφρεντ. "Αν μπορούσε να μας βοηθήσει, θα μας βοηθούσε".

"Λυπάμαι, αλλά είναι απογοητευτικό όταν δεν ξέρουν περισσότερα από όσα ξέρουμε εμείς. Είναι αρχάγγελοι! Θα έπρεπε να ξέρουν κάτι που δεν ξέρουμε εμείς, αλλιώς ποιο είναι το νόημα;" ρώτησε η Λία.

"Εννοείς ότι ο Χάνιελ είναι πάντα σε θέση να λύσει οποιοδήποτε πρόβλημα;"

Η Λία σήκωσε τους ώμους. "Δεν είχα πολλά να συζητήσω".

Ο E-Z είπε: "Ο Έριελ είναι άχρηστος. Κάθε φορά που του ζήτησα βοήθεια, μου την απέκρυψε. Ναι, έδωσε συμβουλές. Μου είπε να τα βρω μόνος μου.

"Όπως όταν με κάλεσε την τελευταία φορά, μου υπαινίχθηκε κάτι σαν συνωμοσία, ή σύνδεση, όπως την αποκάλεσε.

"Όταν μάντεψα τι ήταν αυτό -παιχνίδια- ότι υπήρχε μια σύνδεση, εξακολουθούσε να είναι άχρηστος. Μακάρι να το έλεγαν. Με τον έναν ή τον άλλο τρόπο, τότε μπορώ να επικεντρωθώ στο να βγάλω τους δύο φίλους μου από αυτή την κατάσταση".

"Βλέπεις τι εννοώ;" Είπε η Λία. "Όλοι οι αρχάγγελοι είναι εντελώς άχρηστοι".

"Ο Χάνιελ σε βοήθησε, όταν χτύπησες τα μάτια σου", της υπενθύμισε ο Άλφρεντ.

Η Λία του γύρισε την πλάτη.

"Ας ελπίσουμε ότι ο γιατρός είχε δίκιο και ότι το πρωί θα είναι και οι δύο οι εαυτοί τους", είπε ο E-Z. "Είναι το μόνο που μπορούμε να κάνουμε".

Φτάνοντας πλέον στο σπίτι, πήγαν στην πίσω αυλή. Είπαν ένα γεια στη Μικρή Ντόριτ και είδαν τον ήλιο να ανατέλλει και συζήτησαν για την επόμενη κίνησή τους.

Ο E-Z ανέλυσε μερικά πράγματα που τον ενοχλούσαν. Στο Λευκό Δωμάτιο τον είχαν ενθαρρύνει να συνδέσει τις τελείες. Πιο πρόσφατα η Έριελ τον βοήθησε να τα περιορίσει.

Ξανακοίταξε όλα όσα του είχε πει η κοπέλα στο μαγαζί. Πώς είχε πάρει ομήρους, όπως σε ένα παιχνίδι. Πώς φορούσε κοστούμι, ώστε να μοιάζει με κυνηγό επικηρυγμένων στο παιχνίδι.

Στη συνέχεια, ανέλυσε τις λεπτομέρειες για το αγόρι έξω από το σπίτι του. Το παιδί είχε πει ευθέως ότι τον είχαν στείλει φωνές μέσα στο παιχνίδι να σκοτώσει τον E-Z και ότι αν δεν το έκανε θα σκότωναν την οικογένειά του.

Στη συνέχεια σκέφτηκε την εμπλοκή του Eriel και των άλλων Αρχαγγέλων στις δίκες. Τώρα ο PJ και ο Arden ήταν αναμεμειγμένοι.

Θα τους τραβούσαν οι Αρχάγγελοι για να τον πιάσουν; Ήταν δικό του λάθος - επειδή άργησε πολύ να λύσει τον γρίφο, που του είχαν δώσει; Οι Αρχάγγελοι είπαν ότι είχαν τελειώσει μαζί του. Ακύρωσαν τις δοκιμασίες και ήταν ευτυχής που τους είδε πίσω του. Γιατί επέστρεψαν, προσπαθώντας να κάνουν μια νέα σύνδεση μαζί του; Δεν θα μπορούσε να είναι σύμπτωση.

Άνοιξε το στόμα του για να πει στον Άλφρεντ και τη Λία τι σκεφτόταν - αντ' αυτού, προσγειώθηκε ξανά στο σιλό. Μόνο που αυτή τη φορά, αντί το δοχείο να είναι φτιαγμένο από μέταλλο, ήταν από γυαλί και ήταν χωρίς την καρέκλα του.

ΚΕΦΑΛΑΙΟ 6

UPSIDE DOWN (ΑΝΆΠΟΔΑ)

Ο E-Z ήταν κρεμασμένος ανάποδα μέσα σε μια γυάλινη φούσκα και έβλεπε το πράσινο, πράσινο γρασίδι της γης. Βρισκόταν ψηλά από πάνω και το κεφάλι του πονούσε τόσο πολύ, που φοβόταν ότι θα σκάσει και θα πιτσιλιστεί σε όλο το δοχείο. Αλλά ευτυχώς κάτι τον κρατούσε ψηλά. Τι ήταν, δεν ήξερε.

Σε αντίθεση με τις άλλες φορές που βρισκόταν στο σιλό, δεν ήταν στερεωμένος (ή δεν ήταν στερεωμένη η καρέκλα του) στη θέση της. Το άλλο πράγμα που τον ανησυχούσε, κρεμασμένος ανάποδα έτσι, ήταν ότι δεν θα έβλεπε την Έριελ να έρχεται. Ούτε θα μπορούσε να τον μυρίσει.

Τη στιγμή που σκέφτηκε τον Eriel, το δοχείο μετατοπίστηκε. Φοβόταν ότι θα έπεφτε. Ήθελε να πιαστεί από κάτι, αλλά δεν υπήρχε τίποτα για να πιαστεί, εκτός από τον αέρα. Τύλιξε τα χέρια του γύρω από τον εαυτό του. Τότε ένιωσε μια κίνηση. Ο γυάλινος θάλαμος στράφηκε δεξιόστροφα κατά εκατόν ογδόντα μοίρες. Το κεφάλι του ένιωσε αμέσως καλύτερα, πιο καθαρό, και έβαλε την προσοχή του να βγει έξω. Όσο πιο γρήγορα τόσο το καλύτερο.

Πολύ αργά όμως, το πράγμα μετατοπίστηκε, και στη συνέχεια στράφηκε άλλες εκατόν ογδόντα μοίρες. Τον έφερε ακριβώς εκεί απ' όπου ξεκίνησε.

"Γεια σου, Ντούντι", φώναξε ο Έριελ καθώς πίεζε το πρόσωπό του στο τζάμι. Μετά χτύπησε και τραγούδησε: "Αφήστε με να μπω, αφήστε με να μπω".

"Βγάλε με από εδώ!" Φώναξε ο E-Z.

"Ηρέμησε", γουργούρισε ο Έριελ. "Είσαι εδώ από την καλοσύνη της καρδιάς μου. Ήθελα να σου πω προσωπικά: οι φίλοι σου βρίσκονται σε κίνδυνο".

"Εννοείς τον Πι Τζέι και τον Άρντεν;" Η Έριελ έγνεψε. "Λοιπόν, αυτό το ξέρω ήδη! Μεγάλε καραγκιόζη!"

"Ραβδιά και πέτρες θα μου σπάσουν τα κόκαλα, αλλά τα ονόματα δεν μπορούν ποτέ να με βλάψουν", τραγούδησε η Eriel.

"Αν δεν με βγάλεις από εδώ - αμέσως τώρα - τότε θα σου κάνω περισσότερα απ' όσα μπορούν να κάνουν τα ξύλα και οι πέτρες!"

Ο Eriel χτύπησε το κοκάλινο δάχτυλό του στο πηγούνι του. Ήταν άλλωστε ακόμα με τη δεξιά πλευρά προς τα πάνω, πράγμα που αποτελούσε πλεονέκτημα σε σχέση με την προοπτική στην οποία βρισκόταν ο E-Z.

"Ήθελα να ξέρεις ότι, παρόλο που οι φίλοι σου βρίσκονται σε κίνδυνο, δεν χρειάζεται να ανησυχείς.

Δεν κινδυνεύουν από υπερήρωες". Έκανε μια παύση. "Ένα πουλάκι μου είπε ότι νομίζεις ότι προσπαθούμε να σου ξεγλιστρήσουμε άλλη μια δίκη... λοιπόν, δεν το κάνουμε. Αφήστε τους στην τύχη τους".

"Τι εννοείς ότι δεν κινδυνεύουν από υπερήρωες;" Ο E-Z ούρλιαξε.

Ο Έριελ εξαφανίστηκε και το γυάλινο δοχείο έπεσε. Χτυπήθηκε και σταθεροποιήθηκε. Έπεσε ξανά. Αυτό συνεχιζόταν και συνεχιζόταν, μέχρι που ήταν σίγουρος ότι το κρανίο του σύντομα θα έσπαγε σαν αυγό στο πεζοδρόμιο.

Τότε είδε τον Άλφρεντ, στην άκρη του γκαζόν, να τσιμπολογάει το γρασίδι.

"Έι!" φώναξε ο E-Z. "Έι!"

Ο Άλφρεντ σταμάτησε να τρώει και κούρνιασε προς τα εκεί. Είδε τον φίλο του να κρέμεται ανάποδα μέσα σε μια γυάλινη φούσκα.

"Τι κάνεις εκεί μέσα;" ρώτησε ο κύκνος τρομπετίστας.

"Έριελ!" αναφώνησε ο E-Z.

"Αρκετά είπαμε. Θα πάω να ξυπνήσω τον Σαμ. Ελπίζω να ξέρει τι να κάνει για να σε βγάλει από εκεί".

"Καλή ιδέα και πες του να φέρει την καρέκλα μου".

Ενώ περίμενε, ο E-Z κατατριόταν τον εαυτό του. Είχε χάσει την ευκαιρία να ζητήσει περισσότερες πληροφορίες από την Έριελ. Είχε συμπεριφερθεί σαν θύμα. Είχε απογοητεύσει τους δύο καλύτερους φίλους του.

Συνέταξε ένα σχέδιο. Όταν βγω από εδώ, θα βρω τον Eriel και θα τον κάνω να μου πει πώς να σώσω τον PJ και τον Arden. Θα τον κάνω να ορκιστεί ότι δεν θα με βάλει ποτέ ξανά σε αυτή τη θέση.

Περίμενε ένα λεπτό. Αν ο Πι Τζέι και ο 'ρντεν δεν κινδύνευαν από υπερήρωες... Σε τι είδους κίνδυνο βρίσκονταν; Χρειάζονταν καν διάσωση; Ή είχε δίκιο ο γιατρός Φανέλα που έλεγε ότι θα το ξεπερνούσαν και θα επέστρεφαν σύντομα στον παλιό τους εαυτό;

Δεν του άρεσε η δήλωση "αφήστε τους στην τύχη τους". Πίστευε ότι εμείς φτιάχνουμε τη μοίρα μας, και οι δύο φίλοι του ήταν σε κώμα. Δεν μπορούσαν να βοηθήσουν τους εαυτούς τους, οπότε θα τους βοηθούσε αυτός. Ό,τι κι αν έλεγε η Έριελ.

Τελικά, ο θείος Σαμ βγήκε κρατώντας ένα μεγάλο εργαλείο στο χέρι του. "Είναι ένας κόφτης γυαλιού", είπε. "Ήξερα ότι θα μου φανεί χρήσιμο μια μέρα, όταν το αγόρασα σε μια από εκείνες τις διαφημίσεις στην τηλεόραση. Είπαν ότι μπορεί να κόψει το γυαλί σαν βούτυρο. Για να δούμε αν ήταν ψεύτικη διαφήμιση". Έκοψε γύρω από το κάτω μέρος. Αργά. Προσεκτικά.

"Έι, βιάσου, πνίγομαι εδώ μέσα! Αν βγει ο ήλιος, θα ψηθώ".

"Υπομονή, αγαπητό μου αγόρι", γουργούρισε ο Άλφρεντ.

"Σχεδόν φτάσαμε", είπε ο Σαμ. Είχε γονατίσει, προχωρώντας προς τα εμπρός, καθώς ο κόφτης έκοβε τον πάτο του δοχείου. Στο μεταξύ τα γόνατα της πιτζάμας του ρουφούσαν από το δροσερό γκαζόν.

"Υποθέτω ότι η Έριελ είχε κάποια σχέση με το ότι είσαι εκεί μέσα;"

"Καταφατικό."

Ο Σαμ τελείωσε το κόψιμο και άφησε τον ανιψιό του ελεύθερο, έπειτα τον βοήθησε να μπει στο αναπηρικό καροτσάκι του.

"Ευχαριστώ, θείε Σαμ".

"Παρακαλώ. Τώρα εξήγησέ μου, σε παρακαλώ;"

"Είμαι πολύ κουρασμένος. Και είμαι πολύ ενοχλημένος για να εξηγήσω. Μπορούμε, σε παρακαλώ, να το κάνουμε αυτό το πρωί;"

Ο ήλιος αιμορραγούσε κόκκινο καθώς έσπρωχνε τον δρόμο του προς τον ορίζοντα.

Σε λίγες ώρες, ο E-Z θα έπρεπε να ελέγξει τους φίλους του. Ήλπιζε ότι θα ήταν καλά. Πίσω στο φυσιολογικό. Τότε δεν θα χρειαζόταν να το σκεφτεί ούτε λεπτό. Αν όχι... αν δεν ήταν... Λοιπόν, όπως και να 'χει, όλα θα ήταν καλύτερα αφού κοιμηθεί λίγο.

"Μπορώ να του εξηγήσω τα πάντα", προσφέρθηκε ο Άλφρεντ.

"Τι ξέρεις εσύ γι' αυτό; Έπρεπε να σου φωνάξω, για να τραβήξω την προσοχή σου".

"Ω, τα είδα όλα. Τι νομίζεις ότι έκανα εδώ έξω; Σε περίμενα να ζητήσεις βοήθεια. Δεν ήθελα να διακόψω τον χρόνο σου με την Έριελ".

"Διακόπτω. Πολύ αστείο. Εντάξει, ενημέρωσέ τον. Πάω να κοιμηθώ λίγο. Είμαι πολύ κουρασμένη για να σκεφτώ άλλο". Ανέβηκε με το ροδάκι τη ράμπα και μπήκε στο σπίτι και έπεσε στο κρεβάτι πλήρως ντυμένος.

Ο E-Z ονειρεύτηκε ότι ήταν τα έβδομα γενέθλιά του. Οι γονείς του είχαν νοικιάσει το κλειστό πάρκο εικονικών παιχνιδιών. Είχε καλέσει συνολικά δώδεκα παιδιά, οπότε ήταν δεκατρείς και η μία ομάδα έπρεπε να έχει έναν επιπλέον παίκτη. Καθώς ήταν η μέρα του, κάλεσαν ομάδες και ο τελευταίος που επιλέχθηκε μπήκε στην ομάδα του. Αυτοαποκαλούνταν "Ball Breakers". Η άλλη ομάδα, με επικεφαλής τον Κάιλ Μάρσαλ, αυτοαποκαλούνταν Bat Shitz.

"Δεν μπορείτε να χρησιμοποιήσετε αυτό το όνομα", κατηγόρησε η ομάδα του E-Z. "Είναι σχεδόν βρισιά".

"Α, ξανασκεφτείτε το", είπε ο Μάρσαλ. "Η ορθογραφία είναι Shitz. Πήραμε το όνομά μας από τον σκύλο μου. Είναι μια Shitz-hu".

"Ας παίξουμε", είπε ο E-Z.

Ο Πι Τζέι και ο Άρντεν ήταν στην ομάδα του E-Z. Η ομάδα του τρίο του ανεμοστρόβιλου κλώτσησε τους πισινούς της ομάδας του Bat Shitz μέχρι που όλοι τους ήταν πολύ κουρασμένοι για να κινηθούν.

"Το φαγητό σερβίρεται", φώναξε η μητέρα του E-Z. Οι γονείς περίμεναν στο διπλανό εστιατόριο. Είχαν παραγγείλει ένα σωρό πίτσες, κουβάδες με αναψυκτικά και τελικά μια τούρτα φορτωμένη με κεριά.

Τα παιδιά έφυγαν από το χώρο των παιχνιδιών μαζί. Σύντομα ο Άρντεν συνειδητοποίησε ότι είχε αφήσει πίσω του το καπέλο του μπέιζμπολ.

"Δεν μπορώ να το αφήσω! Πρέπει να γυρίσω πίσω!"

"Θα έρθουμε μαζί σου", είπε ο E-Z. "Δώσε μου ένα λεπτό να το πω στη μαμά μου".

"Θα την ενημερώσω", είπε ο Κάιλ που βρισκόταν κοντά.

Ο E-Z, ο PJ και ο Άρντεν πήραν τον δρόμο της επιστροφής. Όταν δεν μπόρεσαν να βρουν το καπάκι, συνέχισαν να περπατούν.

"Κάπου εδώ πρέπει να είναι!" Είπε ο Άρντεν.

"Σίγουρα δεν πίστευα ότι ήταν τόσο μακριά", είπε ο E-Z.

"Αυτοί οι γύπες θα φάνε όλη την πίτσα πριν γυρίσουμε πίσω", είπε ο PJ.

"Μην ανησυχείτε, η κυρία Ντίκενς θα μας φυλάξει λίγο φαγητό. Ξέρει ότι δεν θα αργήσουμε".

Ο διάδρομος επεκτάθηκε σε ένα άλλο κτίριο, σε ένα άλλο μέρος. Μπροστά τους ήταν μια γιγάντια γκιλοτίνα. Στην κορυφή, πάνω από τη λεπίδα, βρισκόταν το καπέλο του Άρντεν. Πάνω στην ίδια τη λεπίδα υπήρχε μια επιγραφή. Έσταζε ακόμα κόκκινη μπογιά ή αίμα. Έλεγε, "Το κεφάλι πάει εδώ."

"Ονειρευόμαστε;" ρώτησε ο Άρντεν. "Γιατί πραγματικά δεν χρειάζομαι τόσο πολύ το καπέλο του μπέιζμπολ".

"Ακούστε. Φωνές", είπε ο E-Z.

Ψίθυροι, πολύ σιγά, αλλά ψίθυροι. Πρώτα, ήταν μια μοναχική γυναίκα. Ύστερα, μια άλλη μπήκε μέσα, για ντουέτο. Μετά άλλη μία για ένα τρίο. Οι ψίθυροι μετατράπηκαν σε ψαλμωδία.

"Δεν μπορώ να διακρίνω καμία λέξη", είπε ο Πι Τζέι.

"Σσσς", είπε ο E-Z, κρατώντας το δάχτυλό του στα χείλη του.

Καθώς οι φωνές τραγουδούσαν,

"Β-σύνδεσμος και είσαι νεκρός.

B-link and you're dead.

B-link and you're dead, B-link and you're dead", με τη μελωδία του Happy Birthday to you.

"Αυτό είναι ανατριχιαστικό!" Είπε ο PJ.

"Ας γυρίσουμε πίσω", είπε ο Άρντεν, καθώς η πόρτα από την οποία είχαν μπει έκλεισε και βήματα αντηχούσαν στον διάδρομο.

Τα βήματα έγιναν πιο δυνατά.

ΚΛΑΝΚ. ΚΛΑΝΚ. ΚΛΑΝΚ.

Αλυσοπρίονο. Πλησιάζουν. Πόδια με μπότες. Ένας στρατιώτης. Μια πολύ ψηλή φιγούρα, με κουκούλα. Κουβαλάει κάτι ασημένιο: ένα ακονιστήρι μαχαιριών.

Όταν έφτασε στο πόδι της γκιλοτίνας, η κουκουλοφόρος έβγαλε ένα φτερό από την τσέπη του. Το ακούμπησε στη λεπίδα. Το έκοψε σαν βούτυρο. Παρόλα αυτά, προχώρησε και το ακόνισε περισσότερο. Ενώ ακόνιζε τη λεπίδα, σιγοτραγουδούσε κάτω από την αναπνοή του, σαν να απολάμβανε τη δουλειά του.

"Λες και η λεπίδα της γκιλοτίνας δεν είναι αρκετά κοφτερή!" ψιθύρισε ο Πι Τζέι. "Βγάλτε με από εδώ!"

Ο Άρντεν έτρεξε προς την πόρτα και άρχισε να τη σφυροκοπάει. "E-Z πρέπει να μας βγάλεις από εδώ!

Πρέπει να μας βοηθήσεις! Σε παρακαλώ, βοήθησέ μας!"

ΦΌΡΤΩΣΗ ΜΗΝΎΜΑΤΟΣ.

Τα πρόσωπα του Πι Τζέι και του Άρντεν εμφανίστηκαν στην οθόνη. Είπαν δύο λέξεις:

"ΠΡΟΕΙΔΟΠΟΙΗΣΤΕ ΤΟΥΣ".

Ο E-Z ξύπνησε για να ακούσει τον θείο Σαμ να χτυπάει με γροθιές την πόρτα του υπνοδωματίου του. "Σήκω, E-Z, δεν μπορούμε να βρούμε τη Λία!"

Τώρα που ήταν ξύπνιος, συνειδητοποίησε ότι είχε επικοινωνήσει προσπαθώντας να έρθει σε επαφή μαζί του. Για να τον ενημερώσει. Έλεγξε το τηλέφωνό του. Ένα μήνυμα με ενημέρωση.

"Δεν πειράζει", είπε ο E-Z, "είναι με τον PJ. Πες στη Σαμάνθα ότι είναι καλά. Πρέπει να πάω να δω αυτόν και τον Άρντεν σύντομα. Πού είναι ο Άλφρεντ;"

"Είναι στον κήπο", είπε η Σαμ. "Θέλεις πρωινό πριν φύγεις;"

"Ένα σάντουιτς με ψητό τυρί θα ήταν ό,τι πρέπει. Ευχαριστώ."

Καθώς ο E-Z ντυνόταν, σκέφτηκε το όνειρό του. Τα παιδιά του μιλούσαν, μέσω ενός κοινού γεγονότος που είχαν μοιραστεί όταν ήταν επτά ετών. Έπρεπε να καταλάβει περί τίνος επρόκειτο. Να τους προειδοποιήσει; Να ζεστάνει ποιον ακριβώς; Αυτό ήταν ένα σίγουρο στοιχείο, αλλά ποιον ακριβώς ήθελαν να προειδοποιήσει;

Ναι, ήταν απολύτως βέβαιος ότι προσπαθούσαν να του πουν κάτι, αλλά τι ακριβώς; Για άλλη μια φορά είχε μια κρυφή υποψία ότι όλα αυτά είχαν να κάνουν με την Eriel.

Πρώτα πήγε στο σπίτι του Άρντεν και ο καημένος όπως και πριν ήταν ζόμπι στο κρεβάτι του. Ένας γιατρός ήταν στο πλευρό του όταν ο E-Z και ο Άλφρεντ μπήκαν μέσα.

"Ποια είναι η διάγνωση;" ρώτησε ο E-Z.

"Πρώτον, πάρτε αυτό το κοτόπουλο από εδώ!" αναφώνησε ο γιατρός.

Ο Άλφρεντ χούχου-χούχου διαμαρτυρήθηκε και μετά απομακρύνθηκε. Έξω έφαγε λίγο γρασίδι και καθάρισε τα φτερά του.

Ο γιατρός κοίταξε τον κύριο και την κυρία Λέστερ: "Πόσα θέλετε να μάθει αυτό το παιδί;".

"Αυτός είναι ο E-Z, είναι ένας από τους καλύτερους φίλους του Άρντεν".

"Ξέρω ποιος είναι, τον έχω δει στην τηλεόραση να σώζει ανθρώπους".

Ο E-Z δεν ήξερε τι να πει και δεν είπε τίποτα, αλλά δεν του άρεσε η συμπεριφορά αυτού του γιατρού.

"Ο Άρντεν βρίσκεται σε κώμα".

"Ναι, το φαντάστηκα. Ω, οπότε πότε θα συνέλθει; Ο δρ Φανέλα στο σπίτι της Χειρολαβής -όπου ο Πι Τζέι βρίσκεται στην ίδια κατάσταση- είπε ότι σύντομα θα επανέλθει στα φυσιολογικά του".

"Αυτό δεν το ξέρω. Το σώμα του τον προστατεύει από κάτι, οπότε θα ξυπνήσει όταν θα είναι αρκετά καλά για να το κάνει. Στο μεταξύ, θα πρότεινα να είναι κάποιος μαζί του είκοσι τέσσερις φορές το εικοσιτετράωρο". Στη συνέχεια, προς τους Λέστερ: "Ίσως θα ήταν καλύτερο να εργαστείτε και οι δύο για να προσλάβετε μια νοσοκόμα. Μπορώ να σας συστήσω κάποιον. Αν μπορείτε να δουλέψετε από το σπίτι, αυτό θα ήταν το καλύτερο. Θα επικοινωνήσω μαζί σας σε μερικές μέρες".

"Σε δύο ημέρες", επανέλαβε ο κ. Λέστερ.

Η κυρία Λέστερ οδήγησε τον γιατρό έξω από το σπίτι.

Ο E-Z ακολούθησε. "Αν μπορώ να βοηθήσω, να κάνω μια βάρδια στο πλευρό του, μη διστάσετε να μου το ζητήσετε. Πάω τώρα στου Πι Τζέι. Η Λία είναι ήδη εκεί και μου έστειλε μήνυμα ότι είναι το ίδιο".

"Κρατήστε μας ενήμερους και δώστε την αγάπη μας στην οικογένεια του PJ".

"Θα το κάνω", είπε ο E-Z, καθώς αυτός και ο Άλφρεντ ξανασμίξανε. Και οι δύο σηκώθηκαν από το έδαφος και πέταξαν προς το σπίτι του PJ.

Καθώς πετούσαν δίπλα-δίπλα ο Άλφρεντ είπε: "Δεν μου άρεσε καθόλου αυτός ο γιατρός. Όταν ένα άτομο δεν είναι ευγενικό με τα ζώα... δεν τον εμπιστεύομαι".

"Σε καταλαβαίνω, αλλά έκανε μόνο τη δουλειά του".

"Εμείς οι κύκνοι δεν έχουμε προκαλέσει καμία επιδημία ή... δεν πειράζει. Ξέχασα τη γρίπη των πτηνών - αλλά αυτή συνέβη εξαιτίας των ανθρώπων".

Προσγειώθηκαν στο σπίτι του Πι Τζέι, όπου η Λία τους περίμενε με την πόρτα ανοιχτή.

"Πώς πάνε τα πράγματα με εσάς τους δύο;" ρώτησε.

"Καλά", είπε ο Άλφρεντ.

"Α, είναι λίγο εκνευρισμένος καθώς ο γιατρός του Άρντεν τον πέταξε έξω από το δωμάτιο, αλλά εγώ είμαι μια χαρά, ευχαριστώ. Κι εσύ;"

"Εγώ είμαι καλά, αλλά οι γονείς του Πι Τζέι έχουν χάσει το μυαλό τους και δεν υπάρχει κανένα σημάδι ανάκαμψης".

"Κάλεσαν πίσω τον γιατρό;" ρώτησε ο Άλφρεντ.

"Όχι. Τους έδωσε ελπίδα, αλλά τίποτα άλλο, κυρίως ότι θα συνέλθει. Αλλά ανησυχώ ότι κάνει λάθος". Έκανε μια παύση, κοκκινίζοντας λίγο.

"Α, και κάτι ακόμα, όταν του κρατούσα το χέρι". Τους κοίταξε επίμονα και τους δύο. "Εκείνος, λοιπόν, δεν είμαι σίγουρη αν το φαντάστηκα ή αν το έκανε πραγματικά - αλλά μου φάνηκε ότι το έσφιξε".

"Χμ, ευχαριστώ που έμεινες μαζί του. Πρέπει να κάνουμε βάρδιες με τους γονείς του, για να μην κουραστεί κανείς πολύ. Μπορείς να πας σπίτι τώρα και να περάσεις λίγο χρόνο με τη μαμά σου. Πιθανότατα θα αναρωτιέται για σένα". Δεν υπήρχε περίπτωση να αναφερθεί στο κράτημα του χεριού.

"Θα φύγω όταν φύγεις, λοιπόν", είπε η Λία καθώς πήγαιναν μαζί προς το δωμάτιο του Πι-Τζέι.

Ο Άλφρεντ, η Λία και ο E-Z ήταν τώρα μόνοι τους με τον Πι-Τζέι.

"Είδα ένα παράξενο όνειρο χθες το βράδυ. Ο Πι-Τζέι, ο Άρντεν κι εγώ ήμασταν στα έβδομα γενέθλιά μου - αλλά τα πράγματα δεν συνέβαιναν όπως τότε. Προσπαθούσαν να επικοινωνήσουν μαζί μου μέσω ενός γεγονότος που μοιραστήκαμε, αλλά δεν είμαι σίγουρη τι προσπαθούσαν να μου πουν".

"Πες μας το όνειρο", είπε ο Άλφρεντ. "Και μην παραλείψεις τίποτα".

"Ναι, πες μας και θα δούμε αν μπορούμε να σε βοηθήσουμε να το ερμηνεύσεις".

"Λοιπόν, ξεκίνησε φυσιολογικά. Όλα ήταν όπως πήγαιναν εκείνη τη μέρα, μέχρι που ο Άρντεν ξέχασε το καπέλο του μπέιζμπολ και εμείς, οι τρεις μας, επιστρέψαμε να το πάρουμε".

"Δηλαδή, δεν έχασε το καπέλο του μπέιζμπολ στο πραγματικό πάρτι;"

"Όχι, δεν το έχασε. Στην πραγματικότητα, είχε τέτοια εμμονή με αυτό το καπέλο που συχνά τον πειράζαμε ότι ήταν κολλημένο στο κεφάλι του. Έτσι, αυτό ήταν ένα σημαντικό μέρος του ονείρου. Και εκεί που επιστρέφαμε στον χώρο του παιχνιδιού, ο διάδρομος φαινόταν να συνεχίζεται πολύ μακρύτερα απ' ό,τι όταν τον αφήσαμε.

Περπατούσαμε για πολλή ώρα. Κουβεντιάζοντας όπως συνηθίζαμε να κάνουμε. Δεν το καταλάβαμε στην αρχή, περπατούσαμε για αρκετή ώρα. Ο Άρντεν σκέφτηκε να αφήσει το καπέλο εκεί που ήταν, γιατί το να φτάσουμε εκεί έπαιρνε τόσο πολύ χρόνο, αλλά αποφασίσαμε να το πάρουμε. Είπε ότι το καπέλο είχε συναισθηματική αξία γι' αυτόν".

"Ενδιαφέρον", είπε η Λία. "Ξέρετε γιατί αγαπούσε τόσο πολύ το καπέλο;"

"Το φορούσε συνέχεια επειδή του άρεσε η ομάδα. Δεν ήξερα ποτέ ότι υπήρχε συναισθηματική προσκόλληση στην πραγματική ζωή εκτός από την ίδια την ομάδα. Και στο όνειρο, σε εκείνο το σημείο, όχι μέχρι να το πει. Τότε, λοιπόν, ο διάδρομος επεκτάθηκε σε μέγεθος και βρεθήκαμε σε μια μεγάλη ευάερη αίθουσα, σαν αμφιθέατρο. Στο κέντρο της αίθουσας υπήρχε μια γιγαντιαία γκιλοτίνα".

"Τι! Τι παράξενο!" είπε ο Άλφρεντ.

"Είναι κάπως τρομακτικό", είπε η Λία.

"Υπάρχουν κι άλλα. Στην κορυφή, πάνω από τη λεπίδα ήταν το καπέλο του Άρντεν και από κάτω μια πινακίδα που έγραφε: Το κεφάλι πηγαίνει εδώ".

Η Λία και ο Άλφρεντ αγκομαχούσαν.

"Ο Άρντεν είπε ότι δεν του άρεσε πια τόσο πολύ το καπέλο. Και τότε ήταν που σκοτείνιασε και ακούσαμε βαριά βήματα να έρχονται προς το μέρος μας. Μπότες. Κλικ σε αλυσίδες ή πανοπλίες. Μετά τα φώτα ξαναβγήκαν, καθώς ένας τύπος μπήκε μέσα με μια κουκούλα στο κεφάλι. Πήγε στην γκιλοτίνα και ακόνισε τα μαχαίρια του, το ένα μετά το άλλο".

"Και μετά τι έγινε;" ρώτησε ο Άλφρεντ.

"Μετά εμφανίστηκε μια οθόνη υπολογιστή που έλεγε LOADING και εμφανίστηκε μια εικόνα των δύο τους. Είπαν δύο λέξεις:

"ΠΡΟΕΙΔΟΠΟΙΗΣΤΕ ΤΟΥΣ".

"Και μετά τι;" Ρώτησε ξανά ο Άλφρεντ.

"Τότε ο θείος Σαμ με ξύπνησε και με ρώτησε αν ήξερα πού ήταν η Λία".

"Αυτό δεν είναι και πολλά για να συνεχίσουμε", είπε η Λία, "Μήπως αγαπούσε αυτό το καπέλο; Και ποιος πρέπει να προειδοποιηθεί;"

"Η αγαπημένη ομάδα του Άρντεν ήταν και εξακολουθεί να είναι οι Boston Red Sox. Το καπέλο ήταν ένα δώρο γι' αυτόν - αυθεντικό - δεν θα το άφηνε ποτέ πίσω του, ό,τι κι αν γινόταν. Ωστόσο, σκέφτηκε να το αφήσει στο όνειρο τουλάχιστον δύο φορές".

"Αλλά δεν ήταν αρκετά πρόθυμος να χώσει το κεφάλι του στη γκιλοτίνα για να το πάρει", είπε ο Άλφρεντ.

"Ποιος θα ήταν!" ρώτησε η Λία.

"Μακάρι να μπορούσαμε να χρησιμοποιήσουμε τον υπολογιστή του Άρντεν. Στοιχηματίζω ότι υπάρχει κάποιο στοιχείο εκεί μέσα. Σίγουρα έχει ένα αρχείο, κάτι κρυμμένο που θα μπορούσα να βρω. Ίσως αυτό να ήταν το θέμα του ονείρου. Και γιατί μου έδωσε το στοιχείο".

Η Λία έλεγξε στο διαδίκτυο τη σημασία ενός ονείρου με μια γκιλοτίνα στο τηλέφωνό της. "Λέει ότι αντιπροσωπεύει φόβο ή άγχος. Το να είσαι ξεχωρισμένη ή να ντρέπεσαι για κάτι".

"Νομίζω ότι έχω μια ιδέα", είπε ο E-Z καθώς ξεφύλλιζε τη λίστα με τις επαφές του στο τηλέφωνό του.

"Περίμενε ένα λεπτό", είπε ο Άλφρεντ, "πάρε τον Σαμ".

"Έχεις δίκιο, ίσως θα έπρεπε πρώτα να το συζητήσω μαζί του". Κάλεσε γρήγορα τον Σαμ και του εξήγησε την κατάσταση. Ο Σαμ είπε ότι θα ερχόταν αμέσως στου Άρντεν και ότι θα έπρεπε να τον συναντήσουν εκεί.

"Όλα καλά εδώ μέσα;" Ρώτησε η μαμά του Πι Τζέι. "Θέλεις ένα ποτό ή κάτι άλλο;"

"Όχι, ευχαριστώ, αλλά ο θείος Σαμ πηγαίνει στου Άρντεν και θα τον συναντήσουμε εκεί. Θα ρίξουμε μια ματιά στον υπολογιστή του Άρντεν και θα μάθουμε τι έκανε τελευταία. Κρίμα που ο υπολογιστής του Πι Τζέι είναι απενεργοποιημένος".

"Πολύ έξυπνη ιδέα. Ακούσαμε ότι οι γονείς του Άρντεν κάλεσαν και έναν γιατρό, βοήθησε καθόλου;"

"Όχι, δεν βοήθησε."

"Θα σας ενημερώνουμε αν μάθουμε κάτι", είπε η Λία, καθώς ψηλάφιζε το μέτωπο του PJ.

"Είσαι καλό κορίτσι", είπε η μητέρα του PJ. Μετά έφυγε από το δωμάτιο, παλεύοντας με τα δάκρυα.

Όταν έφτασαν στο σπίτι του Άρντεν, ο Σαμ τους περίμενε απ' έξω. Είχε το λάπτοπ του, και μια τσάντα γεμάτη εργαλεία για υπολογιστές και κάποια άλλα μικροπράγματα.

Μαζί μπήκαν μέσα, όπου ο Σαμ έστησε τον δικό του υπολογιστή εκεί κοντά, έναν φορητό υπολογιστή, τον έβαλε στην πρίζα στην άλλη πλευρά του δωματίου και μετά έριξε μια ματιά στη ρύθμιση του Άρντεν. Ήταν συνδεδεμένος κατευθείαν στην πρίζα του τοίχου. Χωρίς καμία προστατευτική μπάρα ρεύματος για τις ανυποψίαστες υπερτάσεις. Ευτυχώς που είχε πάντα μία στην τσάντα του.

Αφού ασφάλισε την προστατευτική μπάρα ρεύματος, σύνδεσε τον υπολογιστή του Άρντεν σε αυτήν. Περίμεναν - και τίποτα δεν συνέβη. Θεωρώντας το ως καλό σημάδι, άνοιξε το ρεύμα και ο υπολογιστής του Άρντεν ζωντάνεψε. Απαιτήθηκε ένας κωδικός πρόσβασης. Ένας κωδικός που κανείς τους δεν γνώριζε.

"Καμιά εικασία;" ρώτησε ο Σαμ.

Ο E-Z πληκτρολόγησε το Boston Red Sox. Δοκίμασε το μεσαίο όνομα του Άρντεν που ήταν Ντάνιελ. Δεν είχε αποτέλεσμα.

"Δοκίμασε την γκιλοτίνα", πρότεινε ο Άλφρεντ.

"Μπίνγκο!" Είπε ο E-Z, τώρα το μόνο που είχε να κάνει ήταν να ψάξει στην ιστορία.

"Αφήστε με", είπε ο Σαμ, καθώς έκανε κλικ στις ρυθμίσεις, ψάχνοντας για κάτι ασυνήθιστο. Δεν υπήρχε τίποτα το ασυνήθιστο.

"Ποιο ήταν το τελευταίο πράγμα που έκανε; Έπαιζε κάποιο παιχνίδι;" ρώτησε ο E-Z.

Καθώς ο Σαμ έκανε κλικ για να το μάθει, η μπάρα υπερτάσεων χωρίς υπερτάσεις έπιασε φωτιά. Ο θείος Σαμ έτρεξε να σβήσει τη φωτιά, μέχρι να επιστρέψει ο E-Z την είχε ήδη πνίξει με μια κουβέρτα. "Καλή σκέψη", είπε.

"Ελπίζω η μαμά του Άρντεν να έχει την ίδια γνώμη!"

"Πιάσε τον σκληρό δίσκο!" Ο Σαμ είπε, πράγμα που έκανε πριν καεί. "Τώρα θα το πάρουμε μαζί μας και θα δούμε τι μπορούμε να δούμε".

ΚΕΦΑΛΑΙΟ 7

ΣΥΖΗΤΗΣΗ

Καθώς επέστρεφαν στο σπίτι τους, ο E-Z εξακολουθούσε να σκέφτεται το μήνυμα "Προειδοποιήστε τους". Θα μπορούσε να ήταν κάτι περισσότερο από ένα όνειρο;

"Αναρωτιέμαι", είπε.

"Για ποιο πράγμα;" Ρώτησε ο Σαμ.

Ο E-Z εξήγησε για το όνειρό του και το μήνυμα, και στη συνέχεια πρόσθεσε τη νέα του ιδέα για να δει τι σκέφτονταν γι' αυτό.

"Ο PJ και ο Άρντεν έστησαν πράγματα στην ιστοσελίδα ώστε να μπορούμε να κάνουμε Podcasts στο μέλλον. Αναρωτιέμαι αν πρέπει να το χρησιμοποιήσω, μόλις βρούμε ποιον να προειδοποιήσουμε. Σίγουρα θα μπορούσαμε να φτάσουμε σε πολύ κόσμο".

"Αυτή είναι μια λαμπρή ιδέα!" είπε ο Σαμ, "Αλλά δεν θα έπρεπε να χτίσουμε ένα κοινό τώρα; Έτσι, όταν θα είμαστε έτοιμοι να μεταδώσουμε την προειδοποίηση, θα έχουμε ήδη κάποιους συνδρομητές;"

"Τι θα έλεγα;"

"Ας το σκεφτούμε", είπε η Λία. "Και εμείς θα είμαστε δίπλα σου".

"Δεν με πειράζει να αναλάβω μέρος της ομιλίας".

Φτάνοντας πλέον στο σπίτι, μπήκαν μέσα.

ΚΕΦΑΛΑΙΟ 8

Η BRANDY ΖΕΙ

Όταν τον είδε για πρώτη φορά, ήταν η μουσική που είχαν κοινό. Έπαιζε πιάνο, καλύτερα από το μέσο όρο, αλλά όχι εξαιρετικά καλά. Ο καθηγητής μουσικής της είπε ότι είχε μια φυσική ικανότητα - ό,τι κι αν σήμαινε αυτό. Αλλά μπορούσε να παίξει μόνο τραγούδια που σήμαιναν κάτι γι' αυτήν. Τότε τα θυμόταν και μπορούσε να τα παίξει αμέσως. Ωστόσο, ο εξαναγκασμός της να παίζει κάτι που δεν της άρεσε την έκανε να μισεί τα μαθήματα.

Έμεινε σε αυτό. Αναγκάστηκε να το κάνει ακόμα και όταν το μισούσε. Ελπίζοντας ότι θα κατάφερνε να μπει στη σχολική μπάντα.

Οι γονείς της ήθελαν κάτι να δείξουν για όλα τα μαθήματα που πλήρωσαν. Επέμεναν να δοκιμάσει να μπει στην μπάντα - για να συμμετέχει περισσότερο στις σχολικές δραστηριότητες.

"Θα φανεί καλό στην αίτησή σου για το κολέγιο", είπε ο πατέρας της.

"Βάλε τα δυνατά σου, αυτό είναι το μόνο που σου ζητάμε. Κάνε ό,τι καλύτερο μπορείς!" είπε η μητέρα της.

Ωστόσο, οι φετινές ακροάσεις στο λύκειο ήταν γεμάτες με ταλαντούχα παιδιά. Ένας ταλαντούχος ντράμερ βρισκόταν ήδη στη σκηνή και έπαιζε όταν εκείνη μπήκε στην αίθουσα.

Με ιδρωμένες παλάμες και μια καρδιά που χτυπούσε δυνατά, κινήθηκε κατά μήκος της γραμμής. Μια σειρά από μαθητές και καθηγητές χειροκροτούσαν και χτυπούσαν τα δάχτυλα των ποδιών τους. Ένιωθε το πάτωμα να πάλλεται με κάθε χτύπο.

Σαν ρομπότ, συνέχισε να περπατάει κατά μήκος της άκρης του αμφιθεάτρου, μέχρι που έφτασε όσο πιο κοντά μπορούσε στη σκηνή.

Τώρα βγήκε κρυφά από την πόρτα και πήγε στα παρασκήνια. Στάθηκε μαζί με τους άλλους καλλιτέχνες του καταστρώματος και χειροκροτούσε σαν να ήταν πάντα εκεί.

Ήταν ένα λαμπρό σχέδιο. Όλοι ήταν τόσο απορροφημένοι στην οντισιόν του, που δεν είχαν καν προσέξει ότι είχε κόψει τη γραμμή.

"Ποιος είναι αυτός;" ψιθύρισε στην κοπέλα που βρισκόταν μπροστά της στην ουρά.

"Σσσσσσ!" απάντησαν οι υπόλοιποι καλλιτέχνες που περίμεναν.

Εκείνος συνέχισε να τυμπανίζει, ντυμένος με τζιν, με τα ξανθά μαλλιά του να λικνίζονται και να αναπηδούν. Μετά έσκυψε πιο κοντά στο μικρόφωνο και η βαθιά μελωδική φωνή του ενώθηκε με τον ρυθμό.

Σπρώχτηκε λίγο πιο κοντά, και καθώς το έκανε, παρατήρησε μια φαγούρα που δεν υπήρχε πριν. Στις παλάμες της, στα χέρια της, στα πόδια της. Ξύστηκε και δεν βρήκε ανακούφιση. Στην πραγματικότητα, χειροτέρευε και σύντομα ήταν σαν το δέρμα της να είχε πάρει φωτιά. Τότε η αναπνοή της επιδεινώθηκε και ο καρδιακός της παλμός επιβραδύνθηκε.

"Ηρέμησε", ψιθύρισε τόσο δυνατά όσο και μέσα στο κεφάλι της.

Ήταν το τελευταίο πράγμα που θυμόταν πριν ξυπνήσει μέσα σε ένα κινούμενο όχημα.

ΚΕΦΑΛΑΙΟ 9

ΠΕΡΙ BRANDY

Το όχημα έτρεχε με μεγάλη ταχύτητα στον αυτοκινητόδρομο. Ήταν στο πίσω κάθισμα. Σε ποιανού το αυτοκίνητο ήταν; Δεν ήταν ένα όχημα που αναγνώριζε.

Προσπάθησε να σηκωθεί- το κεφάλι της πονούσε - σαν να το διαπερνούσε τρένο. Έκλεισε τα μάτια της για ένα δευτερόλεπτο και άκουσε, προσπαθώντας να καταλάβει πώς είχε φτάσει εκεί. Το ίδιο το αυτοκίνητο μύριζε περίεργα, καινούργιο και παλιό ταυτόχρονα.

PFFT.

Ο αεραγωγός απέβαλε μια μυρωδιά που έκανε το στομάχι της να ανατριχιάσει και έκανε εμετό.

"Έι, πρόσεχε το εσωτερικό", είπε μια ανδρική φωνή. "Είναι δέρμα, το πραγματικό". Το τηλέφωνό του χτύπησε και μίλησε σε αυτό μέσω ενός μικροφώνου στο γείσο. "Ναι, θα είμαστε εκεί σύντομα", είπε. Αποσυνδέθηκε και μετά ανέβασε το ραδιόφωνο.

Τα χέρια της ήταν δεμένα, όχι πίσω της, όπως είχε δει στις ταινίες, αλλά μπροστά της, ακριβώς πάνω από τη ζώνη ασφαλείας που ήταν δεμένη. "Θέλω να πάω σπίτι!"

"Σύντομα", απάντησε η ανδρική φωνή πάνω από το ρεφρέν ενός τραγουδιού του Ντρέικ.

Αφού ταξίδεψε για τριάντα περίπου λεπτά, όπως νόμιζε, σταμάτησε σε βενζινάδικο. Την κλείδωσε μέσα, έπειτα έκλεισε την πόρτα πίσω του και την άφησε μαζί του χωρίς να πει λέξη.

Κοίταξε έξω από το παράθυρο, προσπαθώντας σκληρά να μην ξεράσει ξανά. Ο απαγωγέας της ή ο απαγωγέας της, ό,τι κι αν ήταν, είχε μπει μέσα. Ήλπιζε ότι δεν ήταν απαγωγέας που σχεδίαζε να ζητήσει λύτρα. Οι γονείς της δεν είχαν χρήματα να πληρώσουν για την επιστροφή της. Συγκεντρώθηκε στη στιγμή, παρατηρώντας ότι οι πόρτες δεν είχαν χερούλια και τα κουμπιά για να ανοίξει το παράθυρο δεν λειτουργούσαν.

Στην άλλη πλευρά του αυτοκινήτου που έβαζε βενζίνη, είδε έναν άντρα.

"ΒΟΗΘΕΙΑ!" φώναξε, δίνοντας ό,τι είχε και δεν είχε. Γνωρίζοντας ότι αυτή μπορεί να ήταν η μόνη της ευκαιρία.

Όταν εκείνος δεν ανταποκρίθηκε, χτύπησε τα δεμένα της κομμάτια στα κλειστά παράθυρα. Ήταν δύσκολο να βγάλει ήχους εδώ μέσα σ' αυτό το ενυδρείο του αυτοκινήτου. Κοίταξε πίσω και ο απαγωγέας της επέστρεφε στο αυτοκίνητο κουβαλώντας μαζί του ένα κουτάκι αναψυκτικά και δύο σοκολάτες. Όταν μπήκε πίσω από το τιμόνι, της πέταξε μια σοκολάτα πάνω από τον ώμο του. Δεν μπορούσε να την πιάσει, μισούσε αυτό το είδος, άσε που είχε κάνει πρόσφατα εμετό.

"Διψάω", είπε.

"Τι θέλεις;" ρώτησε, και μετά μπήκε μέσα, βγαίνοντας σχεδόν αμέσως με ένα μπουκάλι νερό.

Ξεκλείδωσε το καπάκι και της το έβαλε στα χέρια. Παρόλο που ήταν δεμένα, κατάφερε μετά από μερικές προσπάθειες να βάλει λίγο νερό στο στόμα της. Το μπροστινό μέρος του μπλουζιού της έσταζε νερό. Δεν την πείραξε, της ξέπλυνε λίγη από τη μυρωδιά του μπαρφούτη.

"Σας ευχαριστώ", είπε.

Λίγα λεπτά αργότερα, ήταν και πάλι στον αυτοκινητόδρομο. Επιτάχυνε, μπήκε στη λωρίδα ταχείας κυκλοφορίας και η ζώνη ασφαλείας της λύθηκε. Εκείνη στριφογύριζε στο πίσω μέρος του αυτοκινήτου, σαν ένα μονό ζάρι που κυλούσε χωρίς κατεύθυνση.

"Σταμάτα το αυτό, τρελή!" είπε ο άντρας, καθώς εκείνη προσπαθούσε να ξαναδεθεί η ζώνη ασφαλείας με τα χέρια της δεμένα.

Τα λάστιχα, καθώς ο οδηγός άλλαζε απερίσκεπτα λωρίδα. Οι άλλοι οδηγοί πάτησαν φρένο, για να τον αποφύγουν. Στη συνέχεια, κατευθύνθηκε προς την έξοδο. Πάτησε τα φρένα και σταμάτησε. Βγήκε από το μπροστινό κάθισμα, άνοιξε την πίσω πόρτα.

Ήταν έτοιμη με τα πόδια της στραμμένα προς το μέρος του και τον χτύπησε με όλη της τη δύναμη σε μια μεγάλη κλωτσιά με τα δύο πόδια. Εκείνος έπεσε στο έδαφος και εκείνη βγήκε από το αυτοκίνητο, τρέχοντας άγρια, όταν την χτύπησε ένα αυτοκίνητο, μετά ένα άλλο, μετά ένα άλλο.

Μπήκε ξανά στο αυτοκίνητο και έφυγε με ταχύτητα.

"Ηλίθιο κορίτσι!" αναφώνησε.

ΚΕΦΑΛΑΙΟ 10

ΑΝΑΜΝΉΣΕΙΣ ΤΟΥ BRANDY

"Συνέβη πάλι, έτσι δεν είναι;" ρώτησε η μητέρα της, καθώς βοηθούσε την Μπράντι να βγει από το καρότσι με τα ψώνια. "Τι συνέβη αυτή τη φορά;"

"Συγγνώμη, μαμά", είπε η έφηβη, σκύβοντας να δέσει το παπούτσι της. Τα χέρια της ένιωθαν τόσο όμορφα, τώρα που δεν ήταν πια δεμένα.

Η μητέρα της έσκυψε και ψιθύρισε: "Ήταν το ίδιο με τις άλλες φορές; Λιποθύμησες;"

Σηκώθηκε όρθια και κοίταξε προς την πόρτα.

"Πες μου", είπε η μητέρα της, μετακινώντας την κόρη της μπροστά της ώστε να είναι κοντά και να μην ακούει κανείς άλλος. Εξάλλου, κανείς άλλος δεν βρισκόταν στο διάδρομό τους.

"Ήμουν στο σχολείο, στις οντισιόν. Ένα αγόρι έπαιζε σόλο στα ντραμς και τραγουδούσε. Ήταν πραγματικά εξαιρετικός".

"Και ονειροπόλος επίσης, φαντάζομαι;" ρώτησε η μητέρα της.

Ένιωσε τα μάγουλά της να ζεσταίνονται. "Η καρδιά μου επιταχύνθηκε, έτρεχε και οι παλάμες μου ίδρωσαν και ένιωσα περίεργα. Το επόμενο πράγμα που κατάλαβα ήταν ότι ήμουν δεμένη στο πίσω μέρος ενός κινούμενου οχήματος!"

"Δεμένη; Σε ένα αυτοκίνητο; Ποιανού αυτοκίνητο; Ποιος οδηγούσε; Πού πήγαινες;"

"Δεν αναγνώρισα ούτε το αυτοκίνητο ούτε τον οδηγό. Μιλούσε σε κάποιον, χρησιμοποιώντας ένα από εκείνα τα μικρόφωνα χωρίς χέρια. Ήταν εντάξει οδηγός μέχρι που βγήκε στον αυτοκινητόδρομο. Τότε οδηγούσε σαν μανιακός και προσποιήθηκα ότι είχε λυθεί η ζώνη ασφαλείας. Όταν βγήκε από τον δρόμο και σταμάτησε, τον κλώτσησα τόσο δυνατά που έπεσε και έφυγα τρέχοντας".

"Δόξα τω Θεώ, ξέφυγες. Σταμάτησε κανείς να σε βοηθήσει; Ελπίζω να έχεις τον αριθμό τους, για να μπορέσω να τους τηλεφωνήσω και να τους ευχαριστήσω".

Η Μπράντι δεν μίλησε, γιατί θυμόταν τα αυτοκίνητα, ένα, δύο, τρία, καθώς την χτύπησαν και πέθανε. Και πάλι. Και κατέληξε στο μπακάλικο με τη μητέρα της, ξανά.

"Μίλα μου", είπε η μητέρα της Μπράντι.

"Πέθανα - πάλι", είπε η Μπράντι "και κατέληξα εδώ. Πάλι."

Κάθισε στο πάτωμα, ή μάλλον τα γόνατά της εξασθένησαν και έπεσε στα γόνατα. Η μητέρα της ακολούθησε, σαν ντόμινο.

Κάθισαν μαζί, κρατώντας τα χέρια τους χωρίς να μιλούν.

ΚΕΦΑΛΑΙΟ 11

BRANDY ΠΡΙΝ

"Βιάσου, Μπράντι!", είχε πει η μητέρα της την τελευταία φορά. Την τελευταία φορά που η μοναχοκόρη της είχε πεθάνει - και είχε αναστηθεί.

Όταν οι περισσότεροι γονείς έπρεπε να πάνε στο μπακάλικο με τα παιδιά τους στη ρυμούλκηση - δεν μπορούσαν να φύγουν από εκεί αρκετά γρήγορα.

Η Μπράντι δεν ήταν ένα από αυτά τα παιδιά. Προτιμούσε τα καταστήματα από τα πάρκα, τα σπορ - σχεδόν κάθε δραστηριότητα. Το να την πάμε για ψώνια ήταν ο μόνος τρόπος για να βγει από το σπίτι.

Δεν έφταιγε αποκλειστικά η Μπράντι. Είχε γεννηθεί με μια σπάνια καρδιακή πάθηση. Από την οποία έλεγαν ότι θα ξεπερνούσε. Έτσι, το να τρέχει και να παίζει με τα άλλα παιδιά δεν ήταν επιλογή γι' αυτήν.

Κατά συνέπεια, αγαπούσε το εμπορικό κέντρο, αλλά αυτό που αγαπούσε περισσότερο απ' όλα ήταν το παντοπωλείο. Και τα πράγματα ήταν πάντα αρκετά ήρεμα στους διαδρόμους με τα τρόφιμα. Εκτός από μια φορά που μοίραζαν δωρεάν DVD. Η Μπράντι ενθουσιάστηκε τόσο πολύ που δεν μπορούσε να αναπνεύσει και χρειάστηκε να την πάνε εσπευσμένα στο νοσοκομείο.

Ήταν τριών ετών τότε.

ΚΕΦΑΛΑΙΟ 12

BRANDY ΤΩΡΑ

Τώρα που η κόρη της ήταν δεκατεσσάρων ετών, αυτό φαινόταν να συμβαίνει όλο και λιγότερο. Παρόλα αυτά, αναρωτιόταν τι θα συνέβαινε όταν θα ήταν πολύ μεγάλη για να χωρέσει στο καρότσι του παντοπωλείου.

"Γιατί εδώ, νομίζεις;" ρώτησε η μητέρα της Μπράντι, "Γιατί πάντα εσύ και εγώ μόνο και εδώ;".

"Δεν ξέρω μαμά, αλλά ξέρω ένα πράγμα. Θέλω να ψωνίσω. Θέλω να αγοράσω φαγητό και ποτά και, φεύγω. Εσύ μείνε εδώ αν θέλεις, θα γυρίσω σε ένα λεπτό. Ορίστε, παίξε πασιέντζα στο τηλέφωνό σου. Θα ηρεμήσει τα νεύρα σου και τα ψώνια θα ηρεμήσουν τα δικά μου".

Η γυναίκα κάθισε στο πάτωμα, καθώς τα καροτσάκια πηγαινοέρχονταν εστιάζοντας όλη της την προσοχή στο παιχνίδι της πασιέντζα. Η κόρη της την ήξερε τόσο καλά. Παρόλα αυτά, αυτό που προσπαθούσε να μην την απασχολεί ήταν το πόσα -όχι πόσα λίγα- να πει στον άντρα της. Δεν του το είχε πει ούτε την προηγούμενη φορά, όταν είχε πεθάνει η κόρη της, ούτε την προηγούμενη φορά, ούτε την προηγούμενη φορά. Του είχε πει μόνο ότι είχαν πάει για ψώνια και ότι ήταν αγχωτικό.

"Είμαι έτοιμη", είχε πει η Μπράντι, εκείνη τη φορά που ήταν μικρό κορίτσι με τα χέρια γεμάτα δημητριακά και τάρτες ποπ.

Τότε κατευθύνθηκαν προς την ουρά του αυτοεξυπηρετούμενου ταμείου.

"Άσε με να το κάνω εγώ, μαμά!"

Αυτό έλεγε πάντα η Μπράντι. Της άρεσε να παρακολουθεί τον υπάλληλο του ταμείου να σκανάρει κάθε αντικείμενο. Και ο Θεός να τους βοηθήσει αν η σάρωση ήταν λάθος.

Η Μπράντι και η μητέρα της, που είχαν πλέον τελειώσει για σήμερα, επέστρεψαν στο αυτοκίνητο. Η Μπράντι κάθισε μπροστά και δέθηκε. Ξεκίνησαν και σταμάτησαν για λίγο μόνο στο drive-through για να πάρουν δύο παγωτά με καυτό παγωτό.

"Κάναμε μερικές πραγματικά εξαιρετικές ευκαιρίες σήμερα", είπε η Μπράντι τότε και το είπε ξανά τώρα.

"Ξέρω ότι αγαπάς, αλλά και πάλι θα ήθελα να ακούσω περισσότερα για το σημερινό σου, ε, περιστατικό. Μπορείς να θυμηθείς τίποτα άλλο από αυτό που συνέβη; Θα πρέπει να ήσουν τρομοκρατημένη, όντας ολομόναχη σε ένα αυτοκίνητο με έναν άγνωστο; Αυτό που δεν καταλαβαίνω είναι, πώς συμβαίνει αυτό το πράγμα. Ήταν αυτό διαφορετικό από τις άλλες φορές; Είπες ότι τη μια στιγμή ήσουν στην οντισιόν της σχολικής μπάντας και την επόμενη ήσουν σε ένα αυτοκίνητο;"

"Ναι, περίμενα τη σειρά μου να παίξω, μαζί με τους άλλους μαθητές. Όλοι ακούγαμε ένα αγόρι στα ντραμς. Ήταν απίστευτος, τραγουδούσε και έπαιζε. Πλησίαζα στο μπροστινό μέρος της ουράς, όταν, ΖΑΠ, εξαφανίστηκα".

"Ω, δεν μου αρέσει ο ήχος αυτού του ΖΑΠ".

"Έτσι συνέβη, μαμά. Πρώτα με έτρωγαν τα χέρια μου, μετά τα πόδια μου, τα χέρια μου".

"Δεν μου είχες πει για τη φαγούρα πριν;"

"Συμβαίνει. Συνήθως, ηρεμώ τον εαυτό μου. Αυτή τη φορά τίποτα δεν λειτούργησε και, λοιπόν, ξέρεις, η λέξη Ζ".

"Πρέπει να ρωτήσω, αλλά πιστεύεις ότι ίσως αυτό συνέβη επειδή ήθελες να αποφύγεις την οντισιόν; Εννοώ να περάσεις οντισιόν μόνος σου. Δεν είναι κάτι που ήθελες πολύ να κάνεις".

Η Μπράντι χτύπησε τα δάχτυλά της στο μπράτσο της πόρτας. "Δεν θα έμπαινα σε ένα αυτοκίνητο με έναν άγνωστο για να αποφύγω μια οντισιόν", είπε.

"Εντάξει, αγαπητή μου", είπε η μητέρα της δακρύζοντας. Είχε πει το λάθος πράγμα - πάλι. Πάντα έλεγε τα λάθος πράγματα όταν επρόκειτο για την κόρη της... πώς να το πει; Τις περιπέτειες της κόρης της στα ταξίδια.

"Δεν πειράζει, μαμά".

Οδήγησαν σιωπηλά για λίγο. Ήταν μια άνετη σιωπή.

"Θέλω να ξέρω πώς να σε βοηθήσω", είπε η μητέρα της Μπράντι. "Για την επόμενη φορά..."

"Το ξέρω, μαμά, αλλά δεν είσαι εκεί όταν συμβαίνει. Πρέπει να μπορώ να το χειριστώ μόνη μου".

"Υπάρχει κάποιο πράγμα που συμβαίνει πάντα - πριν εξαφανιστείς;"

"Μακάρι να μπορούσα να θυμηθώ, μαμά, αλλά όπως και την προηγούμενη φορά δεν μπορώ". Κοίταξε έξω από το παράθυρο και μετά σταύρωσε τα χέρια της.

"Λοιπόν, όταν είμαστε στο σπίτι μπορείς να κάνεις εξάσκηση εξάσκηση εξάσκηση εξάσκηση. Τότε θα είσαι ακόμα πιο προετοιμασμένη για την αυριανή σου οντισιόν".

"Ήταν οντισιόν για μία μόνο μέρα. Οπότε, δεν υπάρχει καμία πιθανότητα για μένα φέτος. Εξάλλου, στον μπαμπά δεν αρέσει, όταν κάνω εξάσκηση, ειδικά όταν δουλεύει από το σπίτι. Λέει ότι του προκαλεί πονοκέφαλο".

"Ο μπαμπάς δεν το εννοεί έτσι", είπε εκείνη. "Θα του μιλήσω. Εξάλλου, θέλεις να παίζεις πιάνο, ως δουλειά, ναι; Εννοώ μια μέρα, αφού αποφοιτήσεις. Και θα τηλεφωνήσω στον καθηγητή σου - θα ζητήσω μια εξαίρεση από τον κανόνα".

"Θα ήθελα να ακούσω πώς πήγε αυτή η συζήτηση!" γέλασε. "Γεια σας, κ. Χόπερ, είμαι η μαμά της Μπράντι και η κόρη μου, λοιπόν, έκανε ένα ταξίδι στο χρόνο με ένα αυτοκίνητο που έτρεχε με έναν άγνωστο και μετά, πέθανε. Οπότε, θα μπορούσε, παρακαλώ, να περάσει από οντισιόν για εσάς αύριο;"

"Αυτό είναι σκληρό", είπε η μητέρα της. "Έχεις αλλάξει γνώμη, σχετικά με το αν θέλεις να ακολουθήσεις καριέρα στη μουσική; Σίγουρα, κάνουν συνέχεια εξαιρέσεις για τους μαθητές;"

"Ίσως το κάνουν, αλλά δεν με ενοχλεί. Ότι το έχασα. Υπάρχει πάντα το επόμενο αυτί. Εξάλλου, θα ήθελα να γίνω ψωνίστρια, νομίζω ότι γι' αυτό επιστρέφω πάντα στο μανάβικο ή στο κατάστημα ρούχων. Θυμάσαι εκείνη τη φορά;"

Η μητέρα της έγνεψε.

"Μετά από ψώνια, πιανίστας, μετά δάσκαλος", είπε η έφηβη, ανοίγοντας τα χέρια της και τρώγοντας τα νύχια της.

Η μητέρα της την κοίταξε: "Μην το κάνεις, αγάπη μου. Το να τρως τα νύχια είναι τόσο ανθυγιεινό". Η Μπράντι κάθισε πάνω στα χέρια της. "Με αυτή τη σειρά;" είπε η μητέρα της γελώντας.

"Ίσως με την όπισθεν", φώναξε η Μπράντι καθώς μπήκαν στο δρόμο. "Ο μπαμπάς δεν έχει γυρίσει ακόμα".

Χρησιμοποίησε το αυτόματο άνοιγμα της γκαραζόπορτας χωρίς να απαντήσει στην κόρη της. Ναι, ο σύζυγός της είχε αργήσει πάλι. Γύριζε σπίτι όλο και αργότερα κάθε βράδυ. Έλεγε ότι η δουλειά τον κρατούσε, τον ανάγκαζε να δουλεύει παραπάνω χωρίς να πληρώνει υπερωρίες. Το μισούσε όταν δεν γύριζε ποτέ στο σπίτι για να δει τη Μπράντι πριν πάει για ύπνο. Τουλάχιστον είχαν ετοιμάσει ένα σνακ για να φάνε. Θα της ετοίμαζε το δείπνο, θα την τακτοποιούσε στο δωμάτιό της. Έτσι θα μπορούσαν να δειπνήσουν μαζί με τον άντρα της. Θα ήταν μια υπέροχη βραδιά, μόνο οι δυο τους.

"Πάρε τις τσάντες", είπε.

"Εντάξει, μαμά", απάντησε η Μπράντι καθώς μπήκαν μέσα.

ΚΕΦΑΛΑΙΟ 13

ΑΥΣΤΡΑΛΙΑΝΉ ΕΝΔΟΧΏΡΑ

Το αγόρι στην Outback, στο βόρειο τμήμα της Αυστραλίας, ζούσε σε ένα κουτί. Ήταν δώδεκα ετών όταν τον βρήκαν. Το σώμα του ήταν παραμορφωμένο, αφού καθόταν με την πλάτη του κυρτωμένη και τα γόνατά του ψηλά - σαν κουτί. Ακόμα και όταν το άνοιξαν και τον άφησαν έξω.

Δεν μπορούσε να μιλήσει ή δεν ήθελε να μιλήσει. Μέχρι που άρχισε να εμπιστεύεται ξανά. Τότε τεντώθηκε και το σώμα του χαλάρωσε.

Προτιμούσε τις ήσυχες φωνές, τις ψιθυριστές φωνές. Τα δυνατά πράγματα, οι δυνατοί ήχοι κάθε είδους τον τρόμαζαν. Τρέμει και κλείνεται στον εαυτό του. Έψαχνε και φώναζε "κουτί".

Το είχαν κρατήσει εκεί, στη γωνία. Μέχρι που οι άνθρωποι στο Σίδνεϊ είπαν ότι δεν θα γινόταν ποτέ καλύτερα αν δεν το κατέστρεφαν.

Τους βοήθησε να το κάνουν, με μια βαριοπούλα, σχεδόν τόσο μεγάλη όσο ο ίδιος. Όταν το έσπασαν σε μικροσκοπικά κομμάτια, τα μάτια του γύρισαν πίσω στο κεφάλι του και χάθηκε. Έφυγε. Κάπου στο μυαλό του. Απρόσιτος.

Κανείς δεν ήξερε ποιος ήταν. Ή σε ποιον ανήκε. Τι είδους γονείς θα κλείδωναν το παιδί τους σε ένα κουτί, σαν ζώο;

Παρόλα αυτά, δεν είχε πεινάσει. Όχι για φαγητό, τουλάχιστον. Και δεν ήταν αφυδατωμένος.

Που σήμαινε ότι κάποιος ήταν κοντά. Περίμεναν, δασοφύλακες, αξιωματικοί, να επιστρέψουν - αλλά δεν επέστρεψαν. Οπότε, θα πρέπει να ήξεραν ότι το κουτί στο κουτί είχε βγει.

Μια ομάδα ψυχολόγων είχε εγκαταστήσει κάμερες στο σπίτι, ώστε να μπορούν να παρακολουθούν το αγόρι εξ αποστάσεως από το Σίδνεϊ.

Άλλοι, από όλο τον κόσμο ήθελαν να "μπουν" στην παρακολούθηση του αγοριού. Κάποιοι έγραφαν διατριβές για την παιδική κακοποίηση, για την παραμέληση. Πάλεψαν για να φτάσουν στην κορυφή της λίστας.

Το αγόρι κουνιόταν μπρος-πίσω χωρίς να λέει λέξη. Το "Box!" ήταν η μόνη του προσπάθεια. Αλλά ήξερε τι συνέβαινε. Τους άκουσε να ψιθυρίζουν. Εκατομμυριούχοι που ήθελαν να τον υιοθετήσουν. Δεν θα πήγαινε πουθενά. Θα έμενε στη θέση του. Αυτό ήταν το σπίτι του.

Το αγόρι, που δεν είχε ξανακοιμηθεί ποτέ σε κρεβάτι -ή αν είχε κοιμηθεί, δεν θυμόταν- δεν ήθελε να κοιμηθεί σε κρεβάτι τώρα. Αντ' αυτού, μαζεύτηκε σε μια μπάλα και κοιμήθηκε στη γωνία στο πάτωμα. Του ήταν χρήσιμο το μαξιλάρι και η κουβέρτα που του άφησαν. Αυτές οι πολυτέλειες έμειναν ανέγγιχτες.

Όσο αποφάσιζαν τι θα έκαναν μαζί του, ορίστηκε μια Αδελφή. Στην Αυστραλία, οι Αδελφές ονομάζονται επίσης Νοσηλεύτριες. Σε ορισμένες περιπτώσεις, μια Αδελφή είναι επίσης Αδελφή (Μοναχή.) Επίσης, μια Αδελφή που είναι Νοσηλεύτρια μπορεί να είναι αδελφός. Αν η εν λόγω Αδελφή/Νοσοκόμα ήταν άνδρας.

Η Αδελφή/Νοσηλεύτρια του αγοριού ήταν μια ευγενική κυρία, που είχε πάντα τα μαλλιά της σε κότσο. Φορούσε λευκή στολή με ασορτί παπούτσια που έτριζαν σε κάθε της βήμα.

Την πρώτη φορά που προσπάθησε να του ρίξει μια κουβέρτα, εκείνος ούρλιαξε σαν να του είχε επιτεθεί ένα θυμωμένο σύννεφο.

"Έλα, έλα", είπε η Αδελφή. Ανατρίχιασε και μετά σήκωσε την κουβέρτα. Την έριξε γύρω από τους ώμους της και το αγόρι αγκομαχούσε.

"Είναι μαλακό", είπε.

Αγκαλιάστηκε μέσα της. Τη μύρισε.

"Είναι πολύ απαλή και ζεστή", γουργούρισε.

Το αγόρι άπλωσε το χέρι του και άγγιξε την άκρη της κουβέρτας. Τη χάιδεψε, σαν να ήταν ακόμα πάνω στο πρόβατο από όπου είχε προέλθει.

"Θα σου άρεσε;" ρώτησε η αδελφή.

Εκείνος είπε όχι για δύο μέρες, και μετά της επέτρεψε να τη βάλει γύρω από τους ώμους του.

Μετά από αυτό κοιμήθηκε μαζί της, σαν να ήταν ένα ζωντανό πράγμα. Το αγκάλιαζε σαν μωρό, του ψιθύριζε. Στο τέλος ανακουφίστηκε από αυτό και δεν άφησε την Αδελφή να το πάρει ή να το πλύνει.

Το τέταρτο πρωινό της ελευθερίας του αγοριού, τα ζώα άρχισαν να συγκεντρώνονται έξω στο μπροστινό γκαζόν του κτήματος. Πρώτα έφτασε ένα θηλυκό καγκουρό. Πήδηξε στο κάτω μέρος των σκαλιών της βεράντας, μετά κάθισε στα καπούλια της και παρακολουθούσε την πόρτα. Στη συνέχεια, ένα emu έφτασε και έκανε το ίδιο. Στη συνέχεια ήρθαν μια καρακάξα, ένα κακατού και ένα γκαλά. Τα πουλιά τραγουδούσαν εναλλάξ και οι φωνές τους έμοιαζαν να καλούν το αγόρι έξω από την πόρτα. Πριν δεν είχε την τάση να ανοίξει την πόρτα ή να βγει από αυτήν. Ωστόσο, όταν είδε τα ζώα και τα πουλιά, βγήκε χωρίς δισταγμό για να τα συναντήσει.

Η αδελφή τον παρακολουθούσε πίσω από τη σίτα της μπροστινής πόρτας. Δεν της άρεσαν τα σκυλιά, οι γάτες ή τα πουλιά -στην πραγματικότητα, την τρόμαζαν- αλλά αυτά τα άγρια ζώα την τρόμαζαν. Θα τολμούσε να βγει έξω αν χρειαζόταν. Ήλπιζε να στείλουν κάποιον να τη βοηθήσει σύντομα.

Το αγόρι στάθηκε στη βεράντα και εισέπνευσε τον αέρα. Άνοιξε τα χέρια του διάπλατα, πιο πλατιά, και μετά γέμισε τα πνευμόνια του με εξωτερικό αέρα. Τον εισέπνευσε, άπληστα.

Η Αδελφή που ευχόταν να ήταν ο δικός της γιος, παρακολουθούσε το στήθος του να διαστέλλεται μέσα στο μικρό του σώμα.

Τότε συνέβη.

Το αγόρι άρχισε να ανεβαίνει, σαν να ήταν ένα μπαλόνι που πετούσε, μόνο που δεν ήταν μπαλόνι, και δεν ήταν πάνω σε σπάγκο - ήταν ένα μικρό αγόρι.

Η Αδελφή έτρεξε έξω. Τον αγαπούσε - και αυτός έφευγε. Πίσω της έσπασε η πόρτα της σήτας.

"Περιμένετε!" φώναξε, απλώνοντας τα δάχτυλά της προς το μέρος του.

Καθώς το αγόρι γλίστρησε μακριά. Τα ποδαράκια του σηκώθηκαν. Τον έβγαζαν έξω, πιο μακριά. Καθώς τα τρία πουλιά τον μετέφεραν, όλο και πιο μακριά.

Τον άρπαξε, αλλά είχε απομακρυνθεί πολύ. Και έτσι, παρακολουθούσε, καθώς μια μητέρα καγκουρό σήκωνε τα μάτια της.

Και το αγόρι έπεσε κάτω, στους ώμους της μητέρας. Εκείνη κάθισε ψηλά, με τα χέρια του γύρω από το λαιμό του καγκουρό, και έφυγε χοροπηδώντας. Δίπλα τους ένα emu ακολουθούσε το ρυθμό.

Η Αδελφή, μη ξέροντας τι άλλο να κάνει - έτρεξε μέσα να πάρει τα κλειδιά του αυτοκινήτου της. Έβαλε μπροστά τη μηχανή και ακολούθησε το αγόρι, μέχρι που δεν μπορούσε πια να το δει.

Το αγόρι που κάποτε ζούσε σε ένα κουτί, το είχαν πάρει από τον κόσμο των ανθρώπων. Είχε πάει στον κόσμο όπου τα ζώα φρόντιζαν τα δικά τους. Και αυτό το παιδί, ήταν ένα από τα δικά τους. Ήταν οικογένεια.

Και το αγόρι τραγουδούσε τραγούδια, με τις φωνές που ήξερε βαθιά μέσα του. Και γέλασε δυνατά και ήταν ευτυχισμένο, καθώς μεταφερόταν μακριά, στο μέρος της καρδιάς του. Το μέρος όπου ήταν, αυτό που ήταν πάντα γραφτό να είναι.

ΚΕΦΑΛΑΙΟ 14

ΠΑΙΔΙ ΜΟΝΟ

Στο απαγορευμένο δάσος της Ιαπωνίας, ακούστηκε η κραυγή ενός παιδιού. Τα πουλιά μαζεύτηκαν, ενώνοντας το τραγούδι, ενισχύοντας το αίτημα του μοναχικού αγοριού για βοήθεια. Μια κουκουβάγια έφτασε, τρομάζοντας τα υπόλοιπα πουλιά. Κάθισε, κοντά, φυλάσσοντας και περιμένοντας.

Ένας συναγερμός αυτοκινήτου ακούστηκε. Ο θρήνος του έπνιξε τις κραυγές του παιδιού. Ήταν σε βρεφικό κάθισμα. Ένα που συνηθιζόταν να βρίσκεται στο πίσω κάθισμα ενός αυτοκινήτου.

"Κλικ, κλικ", και ο συναγερμός του αυτοκινήτου σταμάτησε, για αρκετή ώρα ώστε ο οδηγός να ακούσει τα αμυδρά κλάματα του παιδιού. Εκείνη και ο σύζυγός της έσπευσαν στο δάσος, όπου βρήκαν το παιδί που ήταν φοβισμένο και ολομόναχο. Μαζί το παρηγόρησαν.

Αρκετά κεριά παρέμειναν, παρακολουθώντας. Αξιολογώντας την κατάσταση. Τίναζαν τα φτερά τους και τιτιβίζανε. Σαν να αναφέρουν ζωντανά τη διάσωση του παιδιού.

Η γυναίκα έλυσε το παιδί. Το κράτησε κοντά της και του έκανε ερωτήσεις που ήταν πολύ μικρό για να απαντήσει. Ερωτήσεις όπως: "Πού είναι η Χάχα σου, Κο; Πού είναι ο Οτοσάν σου;" (Μεταφράζεται: Πού είναι η μητέρα σου, παιδί μου; Πού είναι ο πατέρας σου;"

Ο σύζυγός της έψαξε την περιοχή. Φώναξε. Όταν κανείς δεν απάντησε, έψαξε για σημάδια. Αποτυπώματα ενηλίκων. Κανένα δεν βρέθηκε.

"Κανένα ίχνος ποδιού", είπε κουνώντας το κεφάλι του με δυσπιστία. Γι' αυτόν το δάσος δεν ήταν το αγαπημένο του μέρος. Προτιμούσε τις πόλεις και τον θόρυβο. Αυτός ήταν που είχε ενεργοποιήσει κατά λάθος τον συναγερμό του αυτοκινήτου. Ήλπιζε ότι η γυναίκα του θα ήθελε να φύγει. Της είχε υποσχεθεί γεύμα στο αγαπημένο της εστιατόριο. Τότε ήταν που είχε ακούσει το παιδί και είχε τρέξει στο δάσος.

Είχε ακολουθήσει τη γυναίκα του, για την ασφάλειά της. Στην πόλη, απέφευγαν τις περιοχές όπου θα μπορούσαν να παραμονεύουν αρπακτικά. Παρασύροντας ανυποψίαστους, έμπιστους ανθρώπους -όπως η γυναίκα του- σε κίνδυνο.

Το δάσος, αυτό το συγκεκριμένο δάσος, ήταν γεμάτο ήχους. Ζωντανό, με φως. Και το παιδί, δεν μπορούσαν να αφήσουν το παιδί.

"Πάμε", είπε. "Θα το πάμε στο νοσοκομείο, για να βεβαιωθούμε ότι είναι καλά και ότι μπορούν να το ελέγξουν με την αστυνομία για να δουν σε ποιον ανήκει".

Κρατούσε το παιδί κοντά στο στήθος της, περνώντας το χέρι της πάνω στην πλάτη του, όπως θα έκανε μια μητέρα στο δικό της παιδί. Στο μυαλό της, ήταν ακριβώς αυτό, το παιδί της. Το παιδί που δεν μπόρεσε ποτέ να αποκτήσει, την είχε φωνάξει και είχε έρθει στο απαγορευμένο δάσος και το είχε διεκδικήσει.

"Είναι δικός μου", είπε, αρχικά προκλητικά, μετά πιο σιγά, "εννοώ, δικός μας. Το μωρό μας. Ο γιος που πάντα ήθελες".

Ο σύζυγός της κοίταξε το αγόρι. Τους χρειαζόταν. Και ήταν πολύ μικρός, πολύ νέος για να θυμάται τίποτα πριν. Τους εμπιστευόταν ήδη. Κανείς δεν θα το μάθαινε, σκέφτηκε. Κι όμως, ήταν σωστό να πάρουν αυτό το παιδί σαν δικό τους;

"Κανείς δεν θα το μάθει", είπε η γυναίκα του, σαν να διάβαζε τις σκέψεις του.

Αυτό συνέβαινε συχνά, μετά από δώδεκα χρόνια μαζί. Σκεφτόντουσαν παρόμοια πράγματα. Μιλούσαν την ίδια στιγμή. Τελείωναν ο ένας τις προτάσεις του άλλου.

Ήταν ένα αγαπημένο και σταθερό ζευγάρι. Μαζί είχαν τόσα πολλά να δώσουν σε ένα παιδί. Ωστόσο, η μοίρα δεν τους είχε δώσει ένα δικό τους.

Έδωσε το παιδί στον άντρα της και περίμενε.

Τα πουλιά από πάνω μπορούσαν να δουν πώς έτρεμαν τα χέρια της. Τραγουδούσαν, ενθαρρύνοντάς την να πάρει το παιδί. Βοηθώντας τον να αποφασίσει ότι το παιδί ήταν πλέον δικό τους.

Το είχε ήδη διεκδικήσει στην καρδιά και στην ψυχή της. Το ίδιο είχε κάνει και ο σύζυγός της, αλλά ήταν διχασμένος ανάμεσα στον εγωισμό του. Ήθελε να κάνει το σωστό, όχι το εγωιστικό.

"Θα ήθελες να έρθεις να ζήσεις μαζί μας;" ρώτησε το παιδί.

Παρόλο που εκείνο δεν απάντησε, οι τρεις τους πήραν το δρόμο για το πάρκινγκ. Έβαλαν το αγόρι στη μέση του πίσω καθίσματος, μακριά από τους αερόσακους.

Τα πουλιά και η κουκουβάγια έγνεψαν και μετά πέταξαν μακριά στο δάσος.

ΚΕΦΑΛΑΙΟ 15

Α ΓΥΝΑΙΚΑ

Μια ηλικιωμένη γυναίκα κουνιέται στην καρέκλα της, μπρος-πίσω, μπρος-πίσω, μπρος-πίσω. Οι αναμνήσεις της είναι φευγαλέες, σαν σύννεφα. Συχνά απρόσιτες.

Η σύγχυση μπαίνει μέσα της. Σύντομα, θα αντικαταστήσει τα πάντα στο μυαλό της με την ανυπαρξία.

Η άνοια δεν επιλέγει τα θύματά της σύμφωνα με τις επιθυμίες ή τις ανάγκες του αρρώστου. Ο σκοπός της είναι να προκαλέσει σύγχυση. Να αποξενωθεί. Να διαγράψει.

Το είχε αντιμετωπίσει, μέχρι που μια μέρα όλα πήγαν ανάποδα.

Έτσι το αποκαλούσε τώρα, άνω-κάτω. Ή Τ/Τ για συντομία. Το άλλο πράγμα ήταν άσχημο, και γινόταν όλο και χειρότερο. Αλλά το topsy-turvy σήμαινε ότι δεν ήταν τρελή και περισσότερο από αυτό, σήμαινε ότι δεν ήταν μόνη της - όχι πια.

Στο μυαλό της, έβλεπε τα πάντα. Μερικές φορές συνέβαινε σε αργή κίνηση, σαν να είχε πατήσει ένα κουμπί στο τηλεχειριστήριο. Μερικές φορές οι σκηνές έπαιζαν ξανά και ξανά, προς τα πίσω, προς τα εμπρός, σε επανάληψη. Άλλες φορές βρισκόταν στη μέση ενός δρώμενου, παρατηρώντας από πρώτο χέρι σαν δημοσιογράφος.

Όταν συνέβη για πρώτη φορά, φοβήθηκε μήπως πληγωθεί ή σκοτωθεί. Είχε γίνει μάρτυρας κάποιων πραγμάτων που έκαναν τα μαλλιά της να κατσαρώνουν. Αλλά όταν συνειδητοποίησε ότι οι γύρω της δεν μπορούσαν να τη δουν ή να την ακούσουν, τότε μπόρεσε να χαλαρώσει. Εκτός από τους Αρχαγγέλους, ήξεραν ότι ήταν εκεί, αλλά δεν άφησαν την παρουσία της να γίνει γνωστή στους άλλους.

Όπως τη φορά που το μυαλό της πέταξε στην Ολλανδία. Είχε βολευτεί και παρακολουθούσε το μικρό κορίτσι. Είχε φωνάξει όταν το παιδί έχασε την όρασή του. Ένιωθε αβοήθητη, καθώς δεν μπορούσε να κάνει τίποτα άλλο από το να παρακολουθεί. Και αυτό άλλαξε με τον καιρό.

Τότε η Lia και ο E-Z έγιναν φίλοι, και ο Alfred ο κύκνος προστέθηκε στο μείγμα. Τους παρακολουθούσε, τους άκουγε. Ένιωθε σαν ένα αόρατο και άγνωστο μέλος της ομάδας τους. Τους είδε να δουλεύουν μαζί και να γίνονται σταθεροί φίλοι.

Τότε ξαφνικά, μίλησε στη Λία στο μυαλό της και το κοριτσάκι απάντησε. Ένας εντελώς νέος κόσμος άνοιξε για τη Ρόζαλι.

Στην αρχή η συνομιλία τους ήταν κάπως περιορισμένη. Παρόλο που υπήρχε μεγάλη διαφορά ηλικίας, οι δυο τους είχαν κάποια κοινά στοιχεία. Όπως η αγάπη τους για το μπαλέτο.

Από τότε που οι Αρχάγγελοι άλλαξαν τους κανόνες, η Ρόζαλι παρακολουθούσε ακόμα περισσότερο τους Τρεις. Παρόλα αυτά, αυτές οι ανταλλαγές δεν ήταν αρκετές για να προκαλέσουν το μυαλό της, για να απασχολήσουν το μυαλό της.

Τότε ήταν που η Ρόζαλι ανακάλυψε τους Άλλους. Παιδιά, με μοναδικές ικανότητες σε άλλα μέρη του κόσμου - και μπορούσε να μιλήσει μαζί τους.

Πρώτη ήταν η Μπράντι, μια έφηβη που ζούσε στις ΗΠΑ. Στη συνέχεια υπήρξε επικοινωνία με τον Λάτσι, γνωστό και ως το αγόρι στο κουτί. Τρίτος, αλλά όχι τελευταίος, ήταν ο Χαρούτο, ο οποίος ζούσε στην Ιαπωνία. Ο Χαρούτο ήταν ο νεότερος της παρέας. Και τα τρία παιδιά είχαν ικανότητες. Και ήταν ο μόνος συνδετικός κρίκος.

Προς το παρόν, η Λία την κρατούσε συνδεδεμένη με τον Άλφρεντ και τον E-Z, αλλά σύντομα θα έπρεπε να τους πει τα πάντα για τους άλλους.

Η Ρόζαλι έτρεμε όταν έφτασαν οι υπηρέτες με το φαγητό της. Κόκκινο ζελέ. Το αγαπημένο της. Έφαγε το πρώτο, αφού έριξε λίγη κρέμα πάνω του. Κρέμα που έπρεπε να πάει στον καφέ της.

Μέσα στο μυαλό της είπε ευχαριστώ στην κοπέλα που παρέδωσε το φαγητό, γιατί η Ροζαλί δεν μπορούσε να μιλήσει. Δεν μπορούσε να μιλήσει. Ο μόνος τρόπος επικοινωνίας της ήταν το μυαλό της...

Το να καλέσει τους Τρεις για να την επισκεφτούν στην κατοικία των ηλικιωμένων δεν φαινόταν το σωστό. Προς το παρόν, θα άφηνε τη Λία να την κρατήσει ως μυστικό και θα κρατούσε σημειώσεις για την Μπράντι, τον Λάτσι και τον Χαρούτο και θα τις έβαζε σε ένα βιβλίο.

Θα έπρεπε να το κρύψει, από τους αρχάγγελους. Θα κρατούσε έναν μυστικό φάκελο. Δεν επρόκειτο να χάσει τα ίχνη αυτών των παιδιών, ό,τι κι αν γινόταν.

"Ω!" αναφώνησε, βάζοντας το χέρι της στο πάνω συρτάρι του κομοδίνου δίπλα στο κρεβάτι της. Θυμήθηκε ένα δώρο. Ένα σημειωματάριο, στο μπροστινό μέρος του οποίου έγραφε: "Χρόνια πολλά!".

Έγραψε στις πρώτες σελίδες. Χωρίς να βγάζει αληθινές λέξεις, και όταν έφτασε στη δέκατη τρίτη σελίδα... Το δεκατρία για εκείνη ήταν πάντα ένας τυχερός αριθμός, άρχισε να γράφει για την Μπράντι, τον Χαρούτο και τον Λάτσι. Είχε τόσα πολλά να γράψει. Όταν το χέρι της πόνεσε, σταμάτησε, το λύγισε για λίγο και μετά συνέχισε να γράφει.

Η Ρόζαλι αναρωτήθηκε αν υπήρχαν και άλλα παιδιά εκτός από αυτά τα τρία καινούργια. Αν περίμενε λίγο, μπορεί να της μιλούσαν κι αυτά. Θα ήταν καλύτερα να πει το μυστικό της, όταν όλα τα παιδιά θα είχαν αποκαλυφθεί.

Η Ρόζαλι πρόσεχε, να μην γράψει "Μυστικό" ή "Ιδιωτικό" στο εξωτερικό του βιβλίου. Και ήταν ευτυχής που δεν είχε κλειδί. Αυτά τα τρία πράγματα θα έκαναν όποιον έβλεπε το τετράδιο να θέλει να το διαβάσει. Θα γινόταν περίεργος, σαν γάτα. Υπήρχαν πολλοί άνθρωποι στην ηλικία της, που ήταν περίεργοι. Αλλά δεν θα ήθελαν να το διαβάσουν αφού έβλεπαν τις πρώτες δεκατρείς ακατάστατες σελίδες.

Ξεφύλλισε μέχρι το τέλος του βιβλίου. Η Ρόζαλι γέμισε τις τελευταίες δεκατρείς σελίδες με ακόμα πιο ακατάστατο γραφικό χαρακτήρα. Έπειτα έβαλε το βιβλίο και τα στυλό πίσω στο συρτάρι και το έκλεισε.

Χαμογέλασε, έγειρε πίσω στο μαξιλάρι και ξεκούρασε το χέρι της σκεπτόμενη το δείπνο. Κυρίως το επιδόρπιο.

ΚΕΦΑΛΑΙΟ 16

ΠΟΎ ΘΑ ΣΤΑΘΕΊΤΕ;

Υπάρχει ένας κόσμος στον οποίο ζούμε, ένας κόσμος που είναι γεμάτος με καλούς και κακούς ανθρώπους. Ένας κόσμος που ελέγχεται από ανθρώπινα όντα, τα οποία είναι ελαττωματικά και ατελή. Άνθρωποι που δεν είναι ρομπότ... Δεν είναι προγραμματισμένοι να είναι καλοί ή κακοί.

Μαθαίνουμε τη ζωή μας, από αυτά που βλέπουμε, από αυτά που παρατηρούμε, από αυτά που διδασκόμαστε και από αυτά που γινόμαστε.

Μαθαίνουμε από τα θεμέλια που έχουν τεθεί για εμάς. Καθώς μεγαλώνουμε και διευρύνουμε τους ορίζοντές μας, πρέπει να κάνουμε επιλογές.

Στο χέρι μας είναι να εφαρμόσουμε τις γνώσεις που μάθαμε. Να επιλέξουμε ανάμεσα στο λάθος και το σωστό.

Ανά τους αιώνες, σπουδαίοι άνθρωποι έχουν ξεγελαστεί. Μεγάλοι και ισχυροί άνθρωποι. Ακόμα και ενήλικες.

Μερικές φορές η απόφαση είναι εύκολη. Χωρίς γκρίζες ζώνες. Κάποιες φορές υπάρχουν δυνάμεις εκτός του ελέγχου μας, που μας οδηγούν. Άλλοι μας ωθούν να ακολουθήσουμε τον κώδικα ηθικής τους. Μερικές φορές υπάρχουν απροσδόκητα στοιχεία.

Ας πούμε ότι βρισκόμαστε σε ένα μονοπάτι και κάποιος βάζει ένα εμπόδιο. Μπορούμε να το κατεβάσουμε ή να σταματήσουμε και να περιμένουμε το άτομο να το απομακρύνει. Μπορούμε να επιλέξουμε.

Η ζωή έχει να κάνει με τις επιλογές. Οι επιλογές που κάνουμε μπορούν να μας βάλουν σε μια σειρά για τη ζωή. Ακολουθούμε αυτό το δρόμο, με τα τούβλα που έχουν τοποθετηθεί από τις καλές μας αποφάσεις.

Ή μπορούμε να αφήσουμε τους εαυτούς μας να παρασυρθούν. Ξεγελασμένοι. Να εξαπατηθούμε και να πάμε κόντρα σε αυτό που ξέρουμε ότι είναι αληθινό.

Όταν συμβεί αυτό, όλα μπορούν να πέσουν κάτω - σαν ντόμινο.

Και θα υπάρξουν συνέπειες για τις πράξεις μας - ή τις αδράνειές μας. Όχι μόνο για τον εαυτό μας. Αυτό που κάνουμε, επηρεάζει τους άλλους.

Και στο τέλος, αφού πεθάνουμε, όλοι μας πιάνουμε και κρατιόμαστε στην αγκαλιά των Ψυχοπαγιδευτών μας.

Οι Ερινύες - τρεις κακές θεές - παίρνουν τον έλεγχο των ψυχοπαγίδων.

Οι Ψυχοπαγιδευτές καταλαμβάνονται.

Οι ψυχές πετάνε χωρίς σπίτι.
Άστεγες ψυχές.
Το χάος είναι στον ορίζοντα.
Πού θα σταθείτε;

ΚΕΦΑΛΑΙΟ 17

ROSALIE ΣΤΟ ΛΕΥΚΌ ΔΩΜΆΤΙΟ

Η Ρόζαλι άνοιξε τα μάτια της. Ήταν ώρα για φαγητό και είχε ζητήσει ένα δίσκο με πρωινό. Το δωμάτιό της βρισκόταν στο δρόμο προς την τραπεζαρία. Όταν μετέφεραν το φαγητό εκεί, μύριζε μπέικον. Αυτό θα έκανε το στόμα της να τρέξει. Και ο καφές. Περίμενε τη σειρά της. Δεν είχε άλλη επιλογή από το να περιμένει τη σειρά της.

Ήξερε ότι προτιμούσαν να ταΐζουν τους ενοίκους στην τραπεζαρία. Καταλάβαινε την ανάγκη να τηρείται ένα χρονοδιάγραμμα. Ωστόσο, ήξερε ότι θα έφταναν και σ' αυτήν - κάποια στιγμή. Πάντα το έκαναν στο γηροκομείο στο οποίο ζούσε.

Παρακολούθησε έναν καρδερίνο σε ένα δέντρο έξω από το παράθυρό της και σκέφτηκε να σηκωθεί από το κρεβάτι, για να τον δει από κοντά. Αλλά όταν σήκωσε τα σκεπάσματα και κατέβηκε στο χαλί, ένιωσε περίεργα. Ασαφής.

Και προσγειώθηκε στο Λευκό Δωμάτιο.

Τίποτα δεν είχε αλλάξει από τότε που ο E-Z ήταν εκεί. Και η Ρόζαλι δεν άργησε να βρει τα πόδια της και να αρχίσει να εξερευνά.

Καθώς περνούσε τα δάχτυλά της κατά μήκος των βιβλιοθηκών, είχε ένα αίσθημα déjà vu. Είχε ξαναπάει σε αυτό το δωμάτιο;

Πήγε στο κέντρο του δωματίου και γύρισε. Τα ράφια με τα βιβλία συνεχίζονταν και συνεχίζονταν. Μέχρι εκεί που έφτανε το μάτι. Το ύψος τους την έκανε να ζαλίζεται και λαχταρούσε να καθίσει να πάρει μια ανάσα.

BINGO

Εμφανίστηκε μια αναπαυτική καρέκλα και έπεσε σε αυτήν. Έγειρε πίσω, και τότε συνειδητοποίησε ότι είχε ρόδες και μπορούσε να περιστραφεί, και την γύρισε. Και την γύρισε. Μετά έκλεισε τα μάτια της και ξεκουράστηκε. Ευτυχώς που δεν είχε φάει ακόμα πρωινό, αφού το στομάχι της είχε μια μικρή αναγούλα, όταν από πάνω της, κάτι κουνήθηκε.

Ή μήπως το είχε φανταστεί.

"Εσύ εκεί!" φώναξε, δείχνοντας το τίποτα και το κανέναν. "Σε είδα να κουνιέσαι, εσύ, εσύ μικρό... ό,τι κι αν είσαι, βγες έξω, βγες έξω", παρακάλεσε.

Αποφασίζοντας ότι το είχε φανταστεί- επέστρεψε να ερευνήσει το περιβάλλον της. Και αναρωτήθηκε πώς βρέθηκε σε αυτό το μέρος.

"Γύρισα στο δωμάτιό μου και φαντάζομαι ότι βρίσκομαι σε αυτό το μέρος;" Χρησιμοποίησε τα νύχια της για να σκαλίσει τα μπράτσα της καρέκλας.

Παρακολουθούσε καθώς χάραζαν σημάδια στη δερμάτινη επιφάνεια. Τα σημάδια ήταν ελαφριές γρατζουνιές, αρκετά ελαφριές ώστε να αφαιρούνται με λίγο λίγο τρίψιμο. Εξάλλου ήταν φιλοξενούμενη, και οι φιλοξενούμενοι πρέπει πάντα να φροντίζουν τον χώρο που επισκέπτονται. Διαφορετικά, δεν θα τους ξαναζητούσαν να επιστρέψουν.

Πάνω της, κάτι κινήθηκε ξανά. Αυτή τη φορά συνοδευόταν από τον ήχο φτερούγων που χτυπούσαν. Μήπως ένα πουλί είχε παγιδευτεί εκεί πάνω, χωρίς να μπορεί να βγει;

"Έρχομαι, μικρή", είπε, σηκώθηκε και προχώρησε προς τη σκάλα.

Η ξύλινη κατασκευή, σαν να μπορούσε να διαβάσει το μυαλό της, κύλησε στο πάτωμα και σταμάτησε στα πόδια της.

"Ανέβα!", είπε.

Η Ρόζαλι το έκανε, και μόλις μετακινήθηκε η ίδια, συνειδητοποίησε ότι το πράγμα της είχε μιλήσει.

"Ε, ευχαριστώ", είπε, καθώς σταμάτησε.

"Παρακαλώ", είπε η σκάλα. "Ψάχνετε κάποιο συγκεκριμένο βιβλίο;"

Η Ρόζαλι γέλασε. "Νόμιζα ότι άκουσα ένα πουλί. Σσσσς".

Η σκάλα γέλασε. "Δεν υπάρχουν πουλιά εδώ μέσα, κυρία. Ο ήχος που ακούτε προέρχεται από τα βιβλία".

"Βιβλία με φτερά;" "Ναι", απάντησε η σκάλα. Μετά, "Εσύ εκεί! Έλα εδώ!"

Η Ρόζαλι παρακολούθησε ένα χοντρό μαύρο βιβλίο να σπρώχνεται στην άκρη του ράφι. Ύστερα φτερά ξεφύτρωσαν από το μπροστινό και το πίσω μέρος του. Αν πέταξε κάτω και προσγειώθηκε στα χέρια της Ρόζαλι.

"Θεέ μου!" είπε, κοιτάζοντας τη ράχη του. "Νομίζω ότι το έχω ήδη διαβάσει αυτό".

ΝΤΟΥΟΝΙΝΓΚ.

Το βιβλίο ξέφυγε από τα χέρια της και επέστρεψε στην αρχική του θέση στο ράφι.

"Λυπάμαι", είπε η Ρόζαλι. Μετά προς τη σκάλα: "Ελπίζω να μην προσέβαλα τον κύριο Ντίκενς".

"Αν τελειώσατε μαζί μου τώρα", είπε η σκάλα, "μπορώ να σας προτείνω να κατεβείτε;".

"Λυπάμαι που σπατάλησα τον χρόνο σας" είπε εκείνη.

"Δεν το κάνατε. Χαίρομαι που σας εξυπηρέτησα".

Η Ρόζαλι κατέβηκε και η σκάλα επιταχύνθηκε προς την άλλη πλευρά του δωματίου.

Η Ρόζαλι έπιασε το μέτωπό της, όχι, δεν είχε πυρετό. Τα επίπεδα σακχάρου στο αίμα της πρέπει να είχαν πέσει πολύ χαμηλά. Και τώρα δεν θα μπορούσε να φάει, όχι για ώρες. Και αυτή η κλέφτρα, η Άγκνες Λίντσεϊ, θα της έκλεβε το πρωινό. Θα τρύπωνε στο δωμάτιό της και θα έτρωγε κάθε κομμάτι του. Όταν οι συνοδοί επέστρεφαν για να πάρουν το δίσκο, θα νόμιζαν ότι το έφαγε η Ρόζαλι. Η Ρόζαλι και η Άγκνες ήταν ορκισμένοι εχθροί.

Για να αποσπάσει το μυαλό της από το γουργουρητό στομάχι της, η Ρόζαλι επικεντρώθηκε στα βιβλία. Ένα βιβλίο συγκεκριμένα. Ένα βιβλίο που της είχε αρέσει να διαβάζει ξανά και ξανά όταν ήταν μικρό κορίτσι. Λεγόταν "Η Αννν των Πράσινων Μύλων" από, από... Δεν μπορούσε να θυμηθεί το όνομα του συγγραφέα.

"Λούσι Μοντ Μοντγκόμερι", είπε η σκάλα, καθώς έτρεχε προς το μέρος της. "Πήδα ένα", είπε.

"Α, σας ευχαριστώ για την προσφορά, αλλά είμαι πολύ πεινασμένη και ίσως πολύ ζαλισμένη για να ανέβω πάνω σας".

"Κάθισε", είπε η σκάλα, "εκεί πέρα". Τότε η σκάλα σφύριξε και ψηλά στα ράφια ένα βιβλίο κινήθηκε προς τα εμπρός. Έβγαλε φτερά στο μπροστινό και στο πίσω μέρος του και πέταξε στα χέρια της Ρόζαλι. Το αγκάλιασε στο στήθος της.

"Σας ευχαριστώ", είπε.

"Τελειώσαμε;" ρώτησε η σκάλα.

"Ναι, εκτός αν έχετε ένα επιπλέον ζευγάρι γυαλιά ανάγνωσης κρυμμένα κάπου σε αυτό το δωμάτιο".

ΜΠΙΝΓΚΟ.

Τα γυαλιά της εμφανίστηκαν και κάθισαν τέλεια ίσια στη μύτη της.

Η σκάλα επέστρεψε στην προηγούμενη θέση της.

Οι αστράγαλοι της Ρόζαλι πονούσαν.

BINGO.

Ένα στήριγμα πετάχτηκε κάτω από τα πόδια της.

Άνοιξε το βιβλίο. Μέσα υπήρχε ένα σκίτσο της συνονόματης Anne Shirley. Έτρεξε το δάχτυλό της κατά μήκος των περιγραμμάτων των κόκκινων μαλλιών του μικρού ορφανού κοριτσιού.

Η Ανν έκλεισε το μάτι στη Ρόζαλι. Εκείνη ανοιγόκλεισε τα μάτια και μετά χαμογέλασε σε αντάλλαγμα. Είχε ξανακούσει για διαδραστικά βιβλία, αλλά αυτό ήταν το καλύτερο!

Με τρεμάμενα χέρια, ξεδίπλωσε τον χάρτη του Καναδά, Τα μάτια της ακολούθησαν τα βέλη που οδηγούσαν στη Νήσο του Πρίγκιπα Εδουάρδου. Στο μυαλό της περπάτησε την απόσταση - φτάνοντας στο Green Gables. Έξω από το σπίτι βρίσκονταν οι Κάθμπερτ. Περίμεναν την Ανν.

Γύρισε τη σελίδα και άρχισε να διαβάζει. Γελούσε καθώς προχωρούσε με κάθε δύσκολη κατάσταση στην οποία έμπαινε η Ανν.

Τότε το στομάχι της Ρόζαλι γουργούρισε και ευχήθηκε για κάτι που δεν θύμιζε πρόγευμα. Μια σαλάτα με ζελέ. Κάτι που η μητέρα της συνήθιζε να της φτιάχνει σε ειδικές περιπτώσεις όταν ήταν μικρή. Το αγαπημένο της μέρος ήταν η σαντιγί από πάνω.

BINGO.

Μπροστά της ήταν μια ζελεδάτη σαλάτα ουράνιο τόξο με μια κουταλιά σαντιγί στην κορυφή. Σκέφτηκε κουτάλι και

BINGO.

Εμφανίστηκε ένα. Αλλά τότε θυμήθηκε πώς η μητέρα της και ο πατέρας της την μάλωναν, αν έτρωγε πρώτα το επιδόρπιό της. Σκέφτηκε τον πουρέ πατάτας. Ζεστός και αχνιστός με βούτυρο να λιώνει από πάνω. Και ρολό με κέτσαπ. Και μπιζέλια φρεσκοκομμένα από τον κήπο.

BINGO.

Μπροστά της ήταν ένα τεράστιο μπολ με πουρέ πατάτας. Το βούτυρο είχε λιώσει στις πλευρές. Ήταν ένα έργο τέχνης. Φαινόταν σχεδόν πολύ καλό για να το φάει κανείς.

Δίπλα του ήταν ένα τετράγωνο ρολό με μια δόση κέτσαπ στην κορυφή.

Και σε ένα ξεχωριστό μπολ, αρακάς. Με ένα κλαδάκι δυόσμο στην κορυφή.

Χαμογέλασε. Ως μικρό κορίτσι δεν της άρεσε να αγγίζουν τα αντικείμενα του φαγητού της. Σε αυτό το δωμάτιο, ο σεφ ήξερε τι της άρεσε.

Όμως ο σεφ είχε ξεχάσει να της δώσει εργαλεία φαγητού. Οραματίστηκε ένα μαχαίρι και ένα πιρούνι.

BINGO.

Και αυτά έφτασαν. Έφαγε με απληστία. Πρόσεξε να μην κάνει ζημιά στην Ανν των Πράσινων Γκέιμπλς. Το βιβλίο αισθανόμενο την ανάγκη για προστασία πέταξε ψηλά και αιωρήθηκε στον αέρα, όπου η Ρόζαλι μπορούσε εύκολα να το φτάσει.

Η Ρόζαλι έφαγε τα πάντα, ακόμα και τη σαλάτα με ζελέ, η οποία κουνιόταν στο κουτάλι.

Όταν τελείωσε

BINGO

τα πιάτα, τα μαχαιροπήρουνα κ.λπ. εξαφανίστηκαν.

Μετά από μερικές στιγμές ευγνωμοσύνης για το φαγητό που της είχαν δώσει, κοίταξε το βιβλίο.

Αν πέταξε προς το μέρος της, και συνέχισε να διαβάζει.

Διάβαζε και περίμενε.

Τι, ή ποιον περίμενε - δεν ήξερε.

ΚΕΦΑΛΑΙΟ 18

CHARLES DICKENS

Στην πόλη του Λονδίνου, στην Αγγλία, ένα μεταλλικό δοχείο έπεσε από τον ουρανό.

Το ίδιο το εμπορευματοκιβώτιο δεν ήταν μακρύ, ούτε έμοιαζε με σιλό. Στην πραγματικότητα, το πιο κοντινό αντικείμενο που έμοιαζε ήταν μια κάψουλα. Η διαφορά ήταν ότι αυτό το αντικείμενο είχε τετράγωνο σχήμα και δεν είχε παράθυρα. Αντί για παράθυρα, είχε καθρέφτες σε όλες τις πλευρές του. Επίσης, όντας επίπεδο, όταν έπεφτε στο νερό γλιστρούσε με τεράστια δύναμη. Προσγειώθηκε στην όχθη του ποταμού Τάμεση.

Παρακολουθούσαν όλα αυτά που συνέβαιναν, δύο ανιχνευτές που τους έλεγαν John και Paul. Και οι δύο άνδρες ήταν γύρω στα τριάντα τους. Έβγαζαν τα προς το ζην από τα κέρδη των ανιχνευτών. Ως εκ τούτου, θεωρούνταν επαγγελματίες ανιχνευτές.

Τα ωράρια των ανιχνευτών κυμαίνονταν. Ήταν αυτοαπασχολούμενοι και υπεύθυνοι για τη συντήρηση και τη διαχείριση των εργαλείων τους.

Ένας ανιχνευτής απαιτούσε πολλά εργαλεία. Δεν ήθελε να βγει σε μια ανασκαφή απροετοίμαστος. Οι περισσότεροι κουβαλούσαν παντού μαζί τους μια εργαλειοθήκη. Στο εσωτερικό τους υπήρχαν απαραίτητα αντικείμενα. Για να αναφέρουμε μόνο μερικά: ακουστικά, καλύμματα βροχής, ιμάντες, εργαλεία σκαψίματος, μυστριά, ζώνη εργαλείων, ποδιά (με τσέπες,) αδιάβροχη θήκη, σακίδιο πλάτης, σακούλα σκουπιδιών.

Οι περισσότερες από τις ανασκαφές του John και του Paul έγιναν στο Λονδίνο, στον Τάμεση. Όπως απαιτεί ο νόμος, έφεραν άδειες Standard και Mudlark. Οι άδειες αυτές χορηγήθηκαν από την Αρχή Λιμένων του Λονδίνου.

Η άδεια τους επέτρεπε να σκάβουν σε βάθος 7,5 εκατοστών, αν χρειαζόταν (η σκάλα ήταν απαραίτητη είτε σκόπευες να σκάψεις είτε όχι).

Στην περίπτωση του τετράγωνου αντικειμένου - το οποίο είχε προσγειωθεί μπροστά τους - έπρεπε να γίνει κάποια σκέψη. Πριν το φέρουν και το διεκδικήσουν.

"Θέλετε να ρίξετε μια πιο προσεκτική ματιά;" ρώτησε ο Paul.

Ο Τζον, ο οποίος δεν είπε πολλά, έγνεψε.

Προχώρησαν προς τα εμπρός, με τα εργαλεία στο χέρι. Οι μπότες wellington που φορούσαν, έσκαγαν και σκούζανε, εκτοπίζοντας λάσπη και νερό με κάθε βήμα. Η όχθη του ποταμού ήταν συχνά πολύ βρώμικη, μετά από αρκετές μέρες συνεχούς βροχής.

"Διεκδίκηση!" είπε ο Paul.

"Αρκετά δίκαιο", είπε ο Τζον.

Αν και το είχαν δει και οι δύο ακριβώς την ίδια στιγμή, ήξερε ότι αυτό ήταν διεκδίκηση και για λογαριασμό του. Ήταν συνεργάτες, πάντα ήταν και τίποτα δεν θα το άλλαζε αυτό.

Και οι δύο προχωρούσαν μέχρι να το φτάσουν. Ήταν σαν μια τετράγωνη μπάλα καθρέφτη και όταν προσπάθησαν να την εξετάσουν το μόνο που είδαν ήταν οι δικές τους αντανακλάσεις μέσα σε αυτήν.

"Χρειάζομαι ένα κούρεμα", είπε ο Τζον.

Ο Πολ χλεύασε, καθώς άγγιξε το πλάι του με το δάχτυλο της μπότας του. "Πρέπει να υπάρχει κάποιος τρόπος να το ανοίξεις", είπε.

"Είναι πολύ μεγάλο για να το γυρίσουμε", είπε ο Τζον, καθώς έβγαλε μια μεζούρα από την τσέπη του και μέτρησε το ύψος της μιας πλευράς. Έδειξε τα αποτελέσματα στον Πολ, τα οποία έγραφαν, 60 εκατοστά.

Περπάτησαν γύρω από το αντικείμενο. Σταμάτησαν για να χτυπήσουν, να χτυπήσουν πού και πού. Προσέχοντας να μη βάλουν βρώμικα δακτυλικά αποτυπώματα στο κατοπτρικό αντικείμενο. Αλλά ελπίζοντας ότι θα άγγιζαν κάποιο μυστικό κουμπί και θα άνοιγε.

Και άκουγαν. Για να σιγουρευτούν ότι δεν χτυπούσε.

"Μήπως πρέπει να το πάμε στο μουσείο ή να αναφέρουμε την ανακάλυψή μας;" Ο Πολ πρότεινε.

"Θα στείλουν ένα φορτηγό ή έναν γερανό για να το μαζέψουν και να το μεταφέρουν. Αφού το δουν οι πυροτεχνουργοί".

Ο Τζον κούνησε το κεφάλι του.

"Αν στείλουν τους πυροτεχνουργούς, θα το ανατινάξουν. Τα σπασμένα γυαλιά θα είναι παντού και η απαίτησή μας θα είναι άχρηστη".

"Αλήθεια, αλήθεια", είπε ο Πολ. "Αυτοί οι τύποι λατρεύουν να ανατινάζουν πράγματα. Θέλω να πω, αυτό είναι ένα προνόμιο, έτσι δεν είναι;"

"Έτσι νομίζω. Τι πρέπει να κάνουμε τώρα; Δεν χτυπάει. Είμαστε ξεκάθαροι από αυτή την άποψη".

"Ναι. Δεν χρειάζεται η ομάδα", είπε ο Πολ. Περπάτησε γύρω από το αντικείμενο, με τα χέρια πίσω από την πλάτη του. Ήταν ο περίπατος της σκέψης του. Ο Τζον ακολούθησε πίσω του, ακολουθώντας τα βήματά του, με τα χέρια πίσω από την πλάτη του.

Ο Πολ είπε: "Πρέπει να καταλάβουμε τι είναι και πόσο παλιό είναι. Πρέπει να διεκδικήσουμε μόνο ορισμένα πράγματα σύμφωνα με τον νόμο περί θησαυρού του 1996. Δεν μοιάζει με χρυσό ή ασήμι και σίγουρα δεν μοιάζει πάνω από τριακόσια χρόνια. Αυτό το εύρημα μπορεί να είναι δικό μας και μόνο δικό μας, δηλαδή μπορεί να μην χρειάζεται να το αναφέρουμε στον τοπικό μας FLO (Finds Liaison Officer).

"Σίγουρα δεν είναι χρυσός ή ασήμι", είπε ο Τζον, χτυπώντας το μεταλλικό αντικείμενο και ακούγοντας.

Ακούστηκε κούφιο. Το χτύπησε σε μερικά σημεία και άκουσε.

Από πάνω τους εμφανίστηκαν δύο φώτα.

Το ένα ήταν πράσινο και το άλλο κίτρινο.

Προσγειώθηκαν στην κορυφή του αντικειμένου.

"Φύγε!" είπε ο Πολ.

"Θα τρελαθούμε;" ρώτησε ο Τζον ξυνίζοντας το κεφάλι του.

"Δε νομίζω", απάντησε ο Πολ.

Τα φώτα απογειώθηκαν και αιωρήθηκαν γύρω του. Και οι δύο έπεσαν στα πόδια του κοντέινερ. Μόλις εγκαταστάθηκαν, τα φώτα το σήκωσαν και το κράτησαν στη θέση του. Δευτερόλεπτα αργότερα άρχισε να περιστρέφεται, αργά στην αρχή, και στη συνέχεια επιταχυνόταν. Σύντομα περιστρεφόταν με μεγάλη ταχύτητα. Καθώς περιστρεφόταν, άρχισε να τραγουδάει με υψηλή φωνή.

Οι ανιχνευτές έπεσαν στα γόνατα και κάλυψαν τα αυτιά τους με τα χέρια τους. Το σώμα τους ήταν γεμάτο ναυτία, που δεν έμοιαζε με τη ναυτία. Και φοβήθηκαν πολύ.

"Τι συμβαίνει;!" φώναξε ο Τζον.

"Νομίζω ότι το πράγμα εκκολάπτεται!" απάντησε ο Πολ.

Καθώς το δοχείο έπεφτε στο έδαφος, πάλλονταν. Κουνήθηκε. Ανατρίχιασε. Καθώς το κατοπτρικό κουτί χασμουριόταν ανοιχτό, ένα μέρος του κατέβαινε σαν μια γέφυρα πάνω στη χορταριασμένη όχθη του ποταμού.

"Αρργκγκγκγκγκ!" φώναξαν οι ανιχνευτές.

Περίμεναν, κοιτάζοντας μέσα από το κενό ανάμεσα στα δάχτυλά τους. Δεν τους ενδιέφερε πλέον να διεκδικήσουν το πράγμα. Δεν τους ενδιέφερε πλέον η αξία του.

Βγήκε ένα νεαρό αγόρι.

"Είναι ένα παιδί", είπε ο Πολ, σηκώθηκε όρθιος.

Ο Τζον σηκώθηκε επίσης και έβαλε τα χέρια του στους γοφούς του.

"Περίμενε", είπε ο Πολ. "Είναι ντυμένος σαν ένα από αυτά τα παιδιά του Όλιβερ Τουίστ".

"Ξαναγεννήθηκα", αναφώνησε το παλικάρι, ανασηκώνοντας το καπέλο του και επιστρέφοντάς το στο κεφάλι του. Τεντώθηκε, χασμουρήθηκε, και στη συνέχεια εξέτασε το περιβάλλον του. "Κοιτάξτε, εκεί! Τα κτίρια του Κοινοβουλίου. Έχουν αλλάξει από την τελευταία φορά που τα είδα. Και ακούστε", είπε καθώς το ρολόι χτυπούσε μία, δύο τρεις φορές. "Γιατί έβαλαν τη Μεγάλη Καμπάνα σε κλουβί;" ρώτησε.

"Τι εννοείς κλουβί; Και λέγεται Μπιγκ Μπεν", είπε ο Πολ. "Και γιατί είσαι ντυμένος έτσι; Παρευρίσκεσαι σε κάποιο πάρτι μασκέ;"

Το παλικάρι χτύπησε το μπροστινό μέρος του γιλέκου του. Έλεγξε ότι το γιλέκο του ήταν πλήρως κουμπωμένο και ότι τα πόδια του παντελονιού του ήταν πλήρως κατεβασμένα. Είχε συνηθίσει περισσότερο να φοράει κοντά παντελόνια και τα μακρύτερα ήθελαν πάντα να κουμπώνουν. Στο κεφάλι του υπήρχε ένα καπέλο, το οποίο έβγαλε πριν μιλήσει ξανά.

"Ξέρετε τον δρόμο για το Πόρτσμουθ;" ρώτησε. "Η μητέρα και ο πατέρας θα ανησυχούν για μένα".

Οι ανιχνευτές κοίταξαν ο ένας τον άλλον, αλλά κανείς τους δεν μίλησε. Για μια φορά στη ζωή τους, έμειναν άφωνοι.

"Φεύγω", είπε το παλικάρι, βάζοντας ξανά το καπέλο του.

POP.

POP.

Ο Χατζ και ο Ρέικι έφτασαν, και μπλοκαρισμένοι πέταξαν ακριβώς μπροστά στα μάτια του νεαρού αγοριού.

"Τσαρλς Ντίκενς, πρέπει να μείνεις με αυτούς τους δύο άνδρες. Θα σε πάνε εκεί που πρέπει να πας. Πρέπει να είσαι με τον E-Z."

"Τι είπαν;" Είπε ο Τζον, τρίβοντας τα αυτιά του. "Νομίζω ότι τρελαίνομαι".

"Είπαν ότι είναι ο Κάρολος Ντίκενς. Τσαρλς Ντίκενς! Και υποτίθεται ότι πρέπει να τον βοηθήσουμε να φτάσει στο E-Z όποιος κι αν είναι όταν είναι στο σπίτι", απάντησε ο Πολ.

Τσαρλς Ντίκενς. Ο Τσαρλς Ντίκενς. Αλλιώς γνωστός ως μακρινός συγγενής του E-Z και του Σαμ... Έσκυψε το καπέλο του προς τα δύο νεραϊδόμορφα πλάσματα. "Είχα κάποτε ένα βιβλίο, με μια νεράιδα στο εξώφυλλο από τον Γκριμ. Τον ξέρετε;" ρώτησε.

Ο Χατζ και η Ρέικι χαχάνισαν και μετά εξαφανίστηκαν.

POP

POP.

Ο Κάρολος Ντίκενς ξαναφόρεσε το καπέλο του: "Φεύγω για το Πόρτσμουθ". Άρχισε να περπατάει.

"Όχι, δεν θα πας", είπαν οι ανιχνευτές ομόφωνα.

"Φυσικά και είμαι", είπε.

"Το Πόρτσμουθ είναι μεγάλη απόσταση με τα πόδια", είπε ο Τζον.

Πίσω τους, ο κύβος με τους καθρέφτες άρχισε να κουνιέται και να κουδουνίζει. Μετά μίλησε: "Αυτό το cybus autem speculatam θα αυτοκαταστραφεί σε 5, 4, 3, 2, 1, 0".

Οι ανιχνευτές έπεσαν στο έδαφος, καλύπτοντας τα κεφάλια τους με τα χέρια τους.

POOF.

Και εξαφανίστηκε.

"Ουφ!" είπε ο Ντίκενς. Μετά έδειξε προς το Μάτι του Λονδίνου. "Τι στο καλό είναι αυτό;" ρώτησε.

Οι ανιχνευτές έτρεξαν μπροστά από τον Κάρολο. Προπορεύονταν και καθάριζαν το μονοπάτι. Σαν δύο αμυντικοί του ποδοσφαίρου τον κρατούσαν ασφαλή. Αποφεύγοντας ποδήλατα, πεζούς και αδέσποτα σκυλιά. Τον κατεύθυναν σε άλλα μονοπάτια για να αποφύγει τα τραμ, τα ταξί και τα σκούτερ.

"Λέγεται το Μάτι του Λονδίνου και μπορείς να δεις για μίλια και μίλια εκεί πάνω".

"Υπάρχει περίπτωση να φάμε κάτι σύντομα;" ρώτησε ο Τσαρλς, τρίβοντας το στομάχι του.

"Γιατί δεν έρχεστε στο δικό μας να πιούμε πρώτα ένα φλιτζάνι τσάι;", ρώτησε ο Πολ. "Η μητέρα μου φτιάχνει πολύ καλό τσάι και μπορεί να βάλει και ένα ή δύο μπισκότα".

"Μου ακούγεται καλό", είπε ο Ντίκενς. "Μετά θα πρέπει να πάω σπίτι μου. Η μητέρα θα αναρωτιέται πού βρίσκομαι. Υποτίθεται ότι δεν πρέπει να μένω έξω μέχρι αργά, και δεδομένου του πού βρίσκεται ο ήλιος, υποθέτω ότι θα δύσει σύντομα".

Όταν πλησίασαν στους Convent Gardens, ο Ντίκενς πρόσεξε μια πλάκα. "Κοιτάξτε εδώ", είπε. "Το όνομά μου είναι γραμμένο εδώ".

Ο Τζον και ο Πολ κοίταξαν τον Κάρολο Ντίκενς.

"Τι;" είπε.

"Θα γίνεις ο πιο διάσημος Βρετανός συγγραφέας όλων των εποχών", είπε ο Τζον. "Και ο Όλιβερ Τουίστ είναι ένας από τους πιο διάσημους χαρακτήρες σου".

"Αλήθεια;" ρώτησε ο Κάρολος.

"Είναι", είπε ο Πολ. "Και δεν θέλω να σε προσβάλω ή κάτι τέτοιο, αλλά, ξέρεις, ο Γουίλιαμ Σαίξπηρ είναι επίσης πολύ διάσημος", είπε ο Πολ.

"Ο Σαίξπηρ ήταν θεατρικός συγγραφέας. Έγραψα κι εγώ θεατρικά έργα;" ρώτησε ο Κάρολος.

"Όχι, έγραψες μυθιστορήματα. Τότε, ίσως να είχες δίκιο".

Έφτασαν στο σπίτι του Πολ: "Μαμά, αυτός είναι ο Κάρολος Ντίκενς", είπε.

Ήταν στην κουζίνα, φορώντας μια πινέλα (ποδιά) και σκούπισε τα χέρια της στο μπροστινό μέρος της πριν σφίξει το χέρι του Καρόλου.

"Έχεις καμιά σχέση με τον Κάρολο Ντίκενς;" ρώτησε η μαμά του Paul.

"Χαίρομαι που σε ξαναβλέπω", είπε ο Τζον, αλλάζοντας θέμα. "Θα μπορούσα να είμαι τόσο αγενής και να ζητήσω ένα φλιτζάνι τσάι με ψωμί και βούτυρο;"

"Εσείς οι τρεις πηγαίνετε μέσα και καθίστε, θα το φέρω αμέσως", είπε, διώχνοντάς τους από την κουζίνα της.

Κάθισαν στο μπροστινό δωμάτιο. Ο Πολ κάθισε κοντά στο παράθυρο, ώστε να μπορεί να κοιτάζει έξω μέσα από τις διχτυωτές κουρτίνες.

Εν τω μεταξύ, ο Τζον και ο Πολ σκεφτόντουσαν με παρόμοιο τρόπο. Πώς είχαν ανακαλύψει τον Κάρολο Ντίκενς και πώς θα μπορούσαν να βγάλουν λίγα χρήματα από αυτό.

Ο Πολ έψαξε, Πότε πέθανε ο Κάρολος Ντίκενς; Απαντήστε: 1870. Έδειξε την οθόνη στον Τζον.

"Γιατί ήθελες να πας στο Πόρτσμουθ;" ρώτησε ο Τζον.

"Έμενα εκεί", είπε ο Τσαρλς.

"Έχεις άλλα βιβλία", ρώτησε ο Πολ. "Εννοώ βιβλία που δεν έχεις εκδώσει ακόμα;"

"Δεν ξέρω", είπε ο Κάρολος. "Έχω γράψει πολλά βιβλία;"

"Ναι, σίγουρα έχεις γράψει, Τσαρλς", είπε ο Τζον.

"Κάποιο καλό;" ρώτησε ο Κάρολος.

"Διάβασα τον Όλιβερ Τουίστ όταν ήμουν μικρός και τις Μεγάλες Προσδοκίες επίσης. Εξαιρετικά, αλλά λίγο μεγάλα για τα γούστα μου", είπε ο Πολ.

"Το A Christmas Carol ήταν καλό", είπε ο Τζον, "Όχι πολύ μεγάλο και ένα εξαιρετικό μάθημα".

Το δωμάτιο ήταν ήσυχο για λίγα λεπτά.

"Πρέπει να βρω αυτόν τον Ιεζεκιήλ Ντίκενς - ή όπως τον ξέρουν οι φίλοι του E-Z", είπε ο Κάρολος. "Δεν ξέρω πώς το ξέρω αυτό, αλλά νομίζω ότι ζει στην Αμερική". Χασμουρήθηκε και με δυσκολία κρατούσε τα μάτια του ανοιχτά.

Η μαμά του Πολ μπήκε μέσα, κρατώντας έναν δίσκο γεμάτο με καλούδια. Όλοι έφαγαν όσο μπορούσαν και σύντομα ο Κάρολος αποκοιμήθηκε στην καρέκλα.

"Α, ο μικρός κοιμάται βαθιά", είπε η μαμά του Paul, καθώς του έβαζε μια κουβέρτα.

"Είναι τόσο μικρός", είπε.

"Αλλά είναι ένας από τους μεγαλύτερους συγγραφείς".

Ο Τζον παρενέβη, "Η συγγραφή είναι στο αίμα του, οπότε μπορεί μια μέρα να γίνει μεγάλος συγγραφέας".

Η μαμά του Πολ γέλασε και μετά ανέβηκε στο δωμάτιό της για να δει λίγη τηλεόραση.

Εν τω μεταξύ, ο Paul και ο John συζητούσαν τι θα έπρεπε να κάνουν με τον Charles Dickens.

"Κρίμα που δεν μπορούμε να τον κρατήσουμε", είπε ο Τζον.

"Λοιπόν, δεν νομίζω ότι το μουσείο θα τον δεχόταν", είπε ο Paul.

Και οι δύο συμφώνησαν να κάνουν κάποια έρευνα για τον Κάρολο Ντίκενς στο διαδίκτυο.

POP

POP.

Ο Τζον και ο Πολ κοιτούσαν μπροστά σαν να κοιμόντουσαν. Παρόλο που ήταν πολύ μακριά. Ο Χατζ και η Ρέικι τους τραγούδησαν ένα τραγούδι που πήγαινε κάπως έτσι:

"Ο Κάρολος Ντίκενς είναι μόνο ένα αγόρι.

Δεν είναι το παιχνίδι ενός ανιχνευτή.

Βοηθήστε τον να βρει τον ξάδερφό του στις ΗΠΑ.

Κάντε το το πρωί, αλλιώς θα σας βάλουμε να πληρώσετε!"

Αυτό το τραγούδι έκανε κύκλους στο μυαλό του Τζον και του Πολ μέχρι που κατάλαβαν τι έπρεπε να κάνουν.

"Θα βρούμε τον E-Z Ντίκενς", είπε ο Παύλος.

"Ναι, είναι το σωστό", είπε ο Τζον.

POP

POP.

Και είχαν φύγει.

ΚΕΦΑΛΑΙΟ 19

Η ROSALIE ΒΑΡΙΈΤΑΙ

Η Ρόζαλι είχε αρχίσει να κουράζεται να διαβάζει την Άννα των Πράσινων Μύλων. Όσο μεγάλωνε, τόσο πιο δύσκολο της ήταν να συγκεντρωθεί σε ένα πράγμα για πολλή ώρα. Έβγαλε τα γυαλιά της και ευχήθηκε να είχε μια μάσκα λεβάντας για να καλύψει τα μάτια της.

BINGO.

Μια μαλακή μάσκα με άρωμα λεβάντας που μοσχοβολούσε, έκλεινε το φως και καταπραΰνει τα κουρασμένα της μάτια.

"Είναι σαν να υπάρχει ένα μαγικό τζίνι εδώ μέσα!" είπε, μετά έκλεισε τα μάτια της και αποκοιμήθηκε.

Όταν ξύπνησε κάποια στιγμή αργότερα και έβγαλε τη μάσκα της, βρισκόταν πάλι στο κρεβάτι της στην εστία των ηλικιωμένων. Ήταν τρελή ή είχε κάνει ένα ταξίδι στο μυαλό της;

Η Ρόζαλι ένιωθε λίγο ψυχρή, πιθανώς λόγω του ψυχρού αποστειρωμένου περιβάλλοντος στο οποίο διέμενε. Σε ορισμένες ώρες της ημέρας, η θερμοκρασία έπεφτε.

Εκείνες τις ώρες παρατήρησε ότι οι ένοικοι βρίσκονταν στα δωμάτιά τους, ενώ οι παρευρισκόμενοι συμμαζεύονταν. Δεδομένου ότι δούλευαν σκληρά, δεν αντιλαμβάνονταν το κρύο. Όχι όπως έκαναν οι ηλικιωμένοι που δεν έκαναν τίποτα.

BINGO.

Το κάτω συρτάρι της ντουλάπας της άνοιξε και το μαλακό και χνουδωτό κόκκινο πουλόβερ της πέταξε προς το μέρος της. Σταθεροποιήθηκε, ενώ εκείνη έβαλε τα χέρια της μέσα σε αυτό. Αγκαλιάστηκε νιώθοντας τη ζεστασιά του, καθώς το πράγμα κουμπώθηκε.

"Αυτό είναι ένα μάλλον παράξενο γεγονός", είπε.

Κάθισε ήσυχα, ονειρευόμενη ένα ζεστό φλιτζάνι τσάι με άφθονη ζάχαρη και γάλα.

BINGO.

Μια φανταχτερή τσαγιέρα με λουλούδια πάνω της έφτασε σε ένα κοντινό τραπέζι. Όταν το τσάι έβρασε, χύθηκε σε ένα ασορτί φλιτζάνι τσαγιού, πρόσθεσε δύο κύβους ζάχαρης και μια σταγόνα γάλα.

"Τρεις κύβους, παρακαλώ", ζήτησε η Ρόζαλι.

Προστέθηκε και ένας τρίτος κύβος.

Το φλιτζάνι με το τσάι πάνω σε ένα πιατάκι αιωρήθηκε προς το μέρος της.

"Τι θα λέγατε για ένα ή δύο μπισκότα;" ρώτησε.

Σταμάτησε στον αέρα.

ΜΠΙΝΓΚΟ.

Τώρα στο πιατάκι υπήρχαν δύο μπισκότα.

"Ξεχάσατε ένα κουταλάκι του γλυκού!"

BINGO.

"Ευχαριστώ", είπε, αναρωτώμενη ακόμα αν είχε παραισθήσεις ή/και αν έχανε το μυαλό της.

Παρόλα αυτά το τσάι ήταν ζεστό, όχι πολύ ζεστό. Γλυκό, όχι πολύ γλυκό. Και πήγαινε μια χαρά με το ψωμί.

Όταν ήπιε και την τελευταία σταγόνα από το φλιτζάνι....

BINGO

Εξαφανίστηκε από το χέρι της.

Αναρωτήθηκε για πόσο καιρό θα συνεχίζονταν αυτά τα μαγικά κόλπα ή τα κόλπα της φαντασίας της. Όσο διαρκούσαν, θα τα απολάμβανε στο έπακρο.

"Περίμενε ένα λεπτό!"

Θυμήθηκε το βιβλίο. Αυτό που δεν ήθελε να μπορεί να διαβάσει κανείς.

"Μπορείς", ρώτησε τον αέρα, "να το φτιάξεις ώστε ο άλλος που μπορεί να διαβάσει το βιβλίο μου". Έφτασε στο συρτάρι και το σήκωσε ψηλά. "Έτσι, οι μόνοι που μπορούν να το διαβάσουν, εκτός από μένα, είναι η Λία, ο Άλφρεντ και ο E-Z. Κανείς άλλος. Αν το βρει κάποιος άλλος και ξεφυλλίσει τις σελίδες, θα είναι όλες κενές".

Περίμενε ένα σημάδι. Ή κάποιο θόρυβο, αλλά δεν ήρθε κανένας.

Επέστρεψε το βιβλίο στο συρτάρι, γύρισε και ξανακοιμήθηκε.

POP

POP

"Κοιμήθηκε ακόμα;" ρώτησε ο Χαντζ.

"Νομίζω πως ναι. Ροχαλίζει!"

"Πρόσεχε μην την ξυπνήσεις. Αλλά πρέπει να την φέρουμε στο σκάφος - εννοώ, επίσημα".

"Οι αρχάγγελοι της έδωσαν δυνάμεις, για να προσέχει τη Λία, τον E-Z και τον Άλφρεντ. Ξέρουν γι' αυτήν", υπενθύμισε η Ρέικι.

"Αυτό είναι αλήθεια, και θα είναι πιστή σε αυτά τα παιδιά. Και στους άλλους. Οι αρχάγγελοι δεν γνωρίζουν λεπτομέρειες γι' αυτούς - και νομίζω ότι είναι καλύτερα έτσι".

"Σύμφωνοι. Λοιπόν, τι πρέπει να κάνουμε. Για να το κάνουμε έτσι;"

"Ρόζαλι", ψιθύρισε ο Χαντζ κατευθείαν στο αριστερό της αυτί. "Θέλεις να βοηθήσεις τη Λία, τον E-Z και τον Άλφρεντ, έτσι δεν είναι;"

"Ναι", γουργούρισε η Ρόζαλι.

Η Ρέικι μίλησε. "Και τι θα γίνει με τους άλλους; Είσαι πρόθυμη να τους προστατεύσεις; Ακόμα και από τους αρχαγγέλους;"

"Ναι", απάντησε η Ρόζαλι.

"Πολύ καλά", είπε η Ρέικι. "Τώρα, ας δώσουμε στη μνήμη της μια ώθηση. Δεν θέλουμε να ξεχάσει αυτό που συμφώνησε να κάνει, έτσι δεν είναι;"

Ο Χαντζ και η Ρέικι τραγούδησαν ένα τραγούδι,

"Οι αναμνήσεις είναι όμορφα πράγματα.

Που αιωρούνται γύρω μας σαν δαχτυλίδια καπνού.

Πίσω και μπροστά, μπροστά και πίσω

Αφήστε τις αναμνήσεις της Ρόζαλι να την κρατήσουν στο σωστό δρόμο.

Μαγεία, μαγεία στον αέρα και στη θάλασσα

Δεσμεύει το συμβόλαιό μας με τη Ρόζαλι."

POP

POP

Ο Χαντζ και η Ρέικι είχαν φύγει, ενώ η αγαπημένη Ρόζαλι ροχάλιζε.

ΚΕΦΑΛΑΙΟ 20

ΚΟΥΖΙΝΕΣ

Το πρωί, στην Αγγλία, ενώ ο βραστήρας έβραζε, ο John και ο Paul ετοιμάζονταν. Ο υπολογιστής ήταν ανοιχτός και η μηχανή αναζήτησης ήταν ανοιχτή.

"Θα φτιάξω το τσάι", είπε ο Τζον.

"Θα αρχίσω να πληκτρολογώ", είπε ο Πολ, καθώς πληκτρολογούσε τον Ιεζεκιήλ Ντίκενς στη γραμμή αναζήτησης. "Ω", είπε. "Αυτό ήταν απροσδόκητο".

Ο Τζον έφτασε μεταφέροντας έναν δίσκο με τσάι, σβώλους ζάχαρης σε ένα μπολ, ζεστό βουτυρωμένο τοστ, με ένα βάζο μαρμελάδα στο πλάι.

"Βρήκες τίποτα", ρώτησε.

"Ρίξε μια ματιά σε αυτό", είπε ο Πολ, γυρίζοντας την οθόνη και ανακατεύοντας τους κύβους ζάχαρης στο τσάι του.

Ήταν η ιστοσελίδα των Τριών Υπερηρώων. Παρακολουθούσαν τον E-Z να συστήνεται, ακολουθούμενος από τη Λία και τον Άλφρεντ.

"Είναι νόμιμο;" ρώτησε ο Τζον. "Μοιάζουν με τρεις χαρακτήρες από το δίκτυο κινουμένων σχεδίων".

Τότε άρχισε η αναπαράσταση της διάσωσης στο τρενάκι του λούνα παρκ. Ο Πολ πάτησε το κουμπί PAUSE. Άνοιξε άλλο ένα παράθυρο. Πληκτρολόγησε το Amusement Park Rescue E-Z Dickens. Εμφανίστηκε μια εφημερίδα με ένα σχετικό άρθρο. "Είναι νόμιμο", είπε.

"Δηλαδή, ο συγγενής του Τσαρλς είναι υπερήρωας;"

"Πιστεύεις ότι μοιάζουμε καθόλου;" ρώτησε ο Τσαρλς. Ήταν ακόμα μισοκοιμισμένος μέσα στις υπερμεγέθεις πιτζάμες που του είχαν δώσει για να κοιμηθεί. Πήρε μια φέτα τοστ από το πιάτο και δάγκωσε.

"Έχετε και οι δύο τις μύτες του Ντίκενς", είπε ο Τζον.

Ο Τσαρλς κοίταξε πιο προσεκτικά το μέρος της οθόνης που είχε παγώσει.

"Με βάση το πότε γεννηθήκατε", είπε ο Πολ, ψάχνοντας στο Google, "από το 1812 μέχρι σήμερα, ο E-Z θα ήταν ο έβδομος ή όγδοος ξάδελφός σας".

"Τι σημαίνει ότι ένας ξάδελφος είναι απομακρυσμένος;"

"Σημαίνει τον αριθμό των γενεών που σας χωρίζουν", είπε ο Τζον.

"Οπότε, ο πρόγονός μου είναι ένας υπερήρωας. Τι είναι ένας υπερήρωας; Είναι όπως στον Σερ Γκουέιν και τον Πράσινο Ιππότη;"

"Α, θυμάμαι να το διαβάζω αυτό στο σχολείο όταν ήμουν μικρός, ναι, οι ιππότες και οι υπερήρωες μοιάζουν", είπε ο Πολ.

Ο Τζον έκανε κύλιση προς τα κάτω για να δει αν ο Ε-Ζ Ντίκενς είχε αναφερθεί κάπου αλλού. Υπήρχαν αποσπάσματα στο YouTube που τον έδειχναν να παίζει μπέιζμπολ πριν βρεθεί σε αναπηρικό καροτσάκι και μετά.

"Είναι αρκετά αθλητής", είπε ο Τζον. "Και κάνει αθλητισμό σε αναπηρικό καροτσάκι".

"Το παιχνίδι μοιάζει με το Rounders", είπε ο Τσαρλς.

"Ω, περίμενε, να κάτι για τους γονείς του", είπε ο Πολ.

Διάβασαν τις νεκρολογίες για τους γονείς του Ε-Ζ, για το ατύχημα που τους είχε στερήσει τη ζωή.

"Καημένο παιδί", είπε ο Charles. "Τουλάχιστον έχει τον αδελφό του πατέρα του, τον Σαμ, να τον φροντίζει τώρα".

"Γιατί δεν του τηλεφωνούμε;" ρώτησε ο Paul. Άνοιξε το τηλέφωνό του και κάλεσε πληροφορίες.

Ο Charles κοίταξε πάνω από τον ώμο του, ενώ ο Paul μιλούσε σε αυτό και μια γυναικεία φωνή απάντησε. "Χρειάζομαι ένα φλιτζάνι τσάι", είπε.

Ο Τζον πήγε στην κουζίνα για να του φέρει ένα.

Εν τω μεταξύ, ο Πολ ζήτησε τον αριθμό ενός Ιεζεκιήλ Ντίκενς στη Βόρεια Αμερική. Αφού κάλεσε και το τηλέφωνο άρχισε να χτυπάει, ο Πολ το έβαλε σε ανοιχτή ακρόαση.

"Γεια σας", είπε ο Σαμ.

Ο Τσαρλς παραλίγο να ρίξει το φλιτζάνι με το τσάι του.

"Ε, γεια σας, με λένε Πολ και τηλεφωνώ από το Λονδίνο της Αγγλίας. Θα ήθελα να μιλήσω με τον Ιεζεκιήλ Ντίκενς, παρακαλώ".

"Είμαι ο θείος του, μπορώ να ρωτήσω περί τίνος πρόκειται;" Ο Σαμ περπάτησε στο διάδρομο προς το δωμάτιο του E-Z.

Οι Τρεις παρακολουθούσαν μια ταινία στην καινούργια τηλεόραση επίπεδης οθόνης. Ο Σαμ πήρε το τηλεχειριστήριο και πάτησε το MUTE. Στη συνέχεια, έβαλε το τηλέφωνό του σε ανοιχτή ακρόαση.

"Για να είμαι ειλικρινής, δεν είμαι σίγουρος", είπε ο Πολ. "Δεν είμαι εγώ αυτός που θέλει να του μιλήσει, είναι, λοιπόν, είναι...".

"Εγώ." Μια νέα φωνή ανέλαβε το τηλέφωνο. Η φωνή ενός νεότερου ατόμου.

"Και ποιος είσαι εσύ;" ρώτησε ο Σαμ.

"Το όνομά μου είναι Τσαρλς Ντίκενς".

Ο Σαμ έδωσε το τηλέφωνο στον ανιψιό του. "Λέει ότι το όνομά του είναι Τσαρλς Ντίκενς".

"Σας το είπα ότι κάτι παράξενο θα συνέβαινε σήμερα", είπε ο Άλφρεντ.

"Κι εγώ", είπε η Λία, "αλλά δεν ήξερα ότι θα αφορούσε τον Κάρολο Ντίκενς!"

Ο E-Z δίστασε προτού πει: "Αυτός είναι ο E-Z Ντίκενς, ε, ο κύριος ε, Τσαρλς. Πώς μπορώ να σας βοηθήσω;"

Ο Κάρολος γέλασε. Ήταν ένα νευρικό γέλιο. Δεν ήξερε τι να πει. Δεν είχε ξαναμιλήσει ποτέ σε κάποιον που βρισκόταν στην άλλη άκρη του κόσμου.

"Γύρισα πίσω", ξεστόμισε. "Για να σε βρω. Ο Τζον και ο Πολ, οι φίλοι μου, είναι (έπιασε το χέρι του πάνω από το τηλέφωνο) - ανιχνευτές...".

Ο E-Z δεν είχε ξανακούσει τον όρο ανιχνευτές.

"Χρησιμοποιούν συσκευές για να βρουν πράγματα", είπε ο Άλφρεντ.

Ο Πολ ανέλαβε τη σκυτάλη. "Ένα πράγμα προσγειώθηκε στο ποτάμι. Ο Κάρολος Ντίκενς ήταν μέσα σε αυτό. Δύο φώτα, ένα πράσινο και ένα κίτρινο, μας είπαν ότι ο Κάρολος έπρεπε να έρθει σε επαφή με τον E-Z Ντίκενς".

"Τι είδους πράγμα;" ρώτησε ο E-Z. "Ήταν κάτι σαν σιλό;"

"Τζον εδώ", είπε μια νέα φωνή. "Όχι, ήταν ένας κύβος. Ένας κύβος με καθρέφτη".

Ο E-Z έβαλε το χέρι του πάνω από το τηλέφωνό του: "Δεν ακούγεται σαν ένα από αυτά τα σιλό".

"Σε έστειλαν οι άγγελοι;" Ξέσπασε η Λία. είπε "Είμαι η Λία παρεμπιπτόντως και η άλλη φωνή που ακούσατε ήταν ο Άλφρεντ. Είμαστε εδώ μαζί με τον E-Z και τον Σαμ".

"Χαίρομαι που σας γνωρίζω όλους", είπε ο Τσαρλς.

"Πόσο χρονών είσαι;" ρώτησε ο E-Z.

"Περίπου δέκα, νομίζω. Είναι αλήθεια ότι είμαστε ξαδέρφια;"

"Ναι", είπε ο E-Z, "και ο θείος Σαμ είναι και δικός σου ξάδερφος".

"Είμαστε συνδεδεμένοι μέσω του χώρου και του χρόνου", είπε ο Τσαρλς.

"Ο E-Z είναι και συγγραφέας", είπε ο Σαμ.

Ο E-Z ανατρίχιασε και τα μάγουλά του έκαψαν.

Ο Σαμ έσπρωξε τον ανιψιό του με τον αγκώνα του πίσω στην πραγματικότητα.

"Είναι πολλά αυτά που πρέπει να επεξεργαστείς, κύριε Ντίκενς, ε, εννοώ Τσαρλς. Θα πρέπει να σχεδιάσουμε να σε φέρουμε εδώ, είτε αυτό είτε μπορώ να έρθω εγώ σε σένα. Μπορείς να μείνεις με τον Τζον και τον Πολ για λίγο και θα επικοινωνήσουμε ξανά μόλις βρούμε τι πρέπει να κάνουμε;"

Ο Πολ είπε: "Ναι, η μαμά λέει ότι ο Τσαρλς δεν είναι καθόλου προβληματικός. Μπορεί να μείνει μαζί μας για όσο καιρό θέλει".

"Θα σας ξαναπάρω τηλέφωνο", είπε ο E-Z.

Το τηλέφωνο αποσυνδέθηκε.

"Α, παρεμπιπτόντως", είπε ο Σαμ, "Δεν υπήρχε τίποτα χρήσιμο στον σκληρό δίσκο του Άρντεν. Εκτός από την επιβεβαίωση ότι ήταν συνδεδεμένοι μαζί στο διαδίκτυο και έπαιζαν ένα παιχνίδι πολλαπλών παικτών για σκοποβολή".

"Χαίρομαι που το ξέρω", είπε ο E-Z, αυτό το είχε ήδη καταλάβει ο ίδιος.

ΚΕΦΑΛΑΙΟ 21

ΤΟ ΣΧΈΔΙΟ ΚΑΙ Η ROSALIE

Στο δωμάτιό του, ο E-Z, η Lia και ο Alfred μαζί με τον θείο Sam συζήτησαν τη συζήτηση που είχαν.

"Δεν μπορώ να πιστέψω ότι ο πραγματικός Κάρολος Ντίκενς μας τηλεφώνησε", είπε ο Σαμ.

"Ναι, αλλά αυτό που δεν καταλαβαίνω είναι γιατί είναι εδώ. Και με τι έχει έρθει εδώ", είπε ο E-Z. " Θέλω να πω, είναι δέκα χρονών - σκέφτεται. Και ο τρόπος μετακίνησής του ακούγεται παράξενος, ένα τετράγωνο κουτί με καθρέφτη. Τι στο καλό είναι αυτό;"

"Δεν ακούγεται σαν διαστημόπλοιο", είπε ο Άλφρεντ, "Όχι ότι ξέρουμε πώς θα έμοιαζε ένα τέτοιο".

"Περιμένετε ένα λεπτό!" Είπε η Λία.

Ο E-Z την κοίταξε. "Σκέφτεσαι αυτό που σκέφτομαι κι εγώ;"

Εκείνη έγνεψε.

"ΤΙ;" ρώτησε ο Άλφρεντ.

"Θυμάσαι όταν μας κάλεσαν οι αρχάγγελοι, για να μας πουν ότι ένας από εμάς έπρεπε να πεθάνει;" Ρώτησε η Λία.

Ο Άλφρεντ και ο E-Z έγνεψαν.

"Σκεφτείτε το δοχείο. Σαν να είσαι πάλι μέσα σε αυτό και να θυμάσαι τα πράγματα που βρήκαμε. Τα χαρτιά, που βρήκαμε;"

"Καταλαβαίνω πού το πας. Εννοείς τις πληροφορίες του άλλου κόσμου. Για τις ζωές μας σε εναλλακτικές διαστάσεις;" ρώτησε ο E-Z.

"Ακριβώς", είπε η Λία.

Ο Άλφρεντ χοροπήδησε πάνω-κάτω στο κρεβάτι.

"Τι;" ρώτησε ο Σαμ.

Ο E-Z εξήγησε, όσο καλύτερα μπορούσε.

"Λοιπόν, για να δω αν το κατάλαβα καλά", είπε ο Σαμ. "Όλοι μας έχουμε ζωές που συνεχίζονται, κάπου αλλού εκτός από εδώ. Εννοώ στη γη. Υπάρχουν άλλες εκδοχές του εαυτού μας, που ζουν ζωές εκτός από τη δική μας. Σε διαφορετικούς χρόνους, σε διαφορετικούς χώρους, σε διαφορετικές διαστάσεις"

"Σωστά", είπε ο E-Z.

"Μπορούμε να αλλάξουμε τις ζωές μας τότε;" ρώτησε ο Σαμ. "Εννοώ, να αλλάξουμε το αποτέλεσμα; Μπορούμε να σταματήσουμε να συμβαίνουν τρομερά πράγματα;"

"Δεν νομίζω", είπε η Λία. "Αλλά δεν ξέρω πόσα θέλουν να ξέρουμε για τις άλλες διαστάσεις. Αλλά απ' ό,τι μας είπε ο Έριελ, είμαστε το κέντρο. Όλα τα υπόλοιπα που συμβαίνουν περιστρέφονται γύρω από εμάς και τις ζωές που ζούμε τώρα".

"Οπότε", είπε ο Άλφρεντ, "το ότι ο Κάρολος Ντίκενς είναι εδώ, πρέπει να έχει σχέση με την Έριελ και τους άλλους".

"Ναι, αυτό σκέφτομαι κι εγώ", είπε ο E-Z. "Αλλά γιατί τώρα; Οι δίκες έχουν τελειώσει. Ήταν δική τους επιλογή. Παρόλα αυτά, φαίνεται ότι δεν μπορούν να με αφήσουν ήσυχο".

"Φέρνοντας πίσω τον Κάρολο Ντίκενς. Και μάλιστα μια δεκαετή εκδοχή του! Δεν μου βγάζει κανένα νόημα", είπε η Λία.

"Ίσως όταν τον γνωρίσουμε", είπε ο Σαμ, "όλα θα βγάλουν νόημα".

"Όχι αν πρόκειται για την Έριελ", είπε ο E-Z. "Τίποτα δεν είναι ξεκάθαρο μαζί του".

"Φαίνεται ότι ένα ταξίδι στο Λονδίνο, είναι ο μόνος τρόπος για να το μάθουμε", είπε ο Σαμ.

"Νιώθω σαν να μην ήμουν εκεί πριν από πολύ καιρό".

"Ναι, είναι εύκολο για σένα να πας. Το μόνο που έχεις να κάνεις είναι να στρέψεις την καρέκλα σου προς τη σωστή κατεύθυνση και να φύγεις", είπε ο Άλφρεντ. "Ενώ με μένα, υπάρχει πολλή ενέργεια με όλο αυτό το φτερούγισμα, και ο άνεμος είναι ένας παράγοντας".

"Θα μπορούσες να ανέβεις σε ένα αεροπλάνο, αν ο θείος Σαμ πήγαινε μαζί σου", πρότεινε ο E-Z. "Το μόνο που θα έπρεπε να κάνεις είναι να κάτσεις σε μια θέση με τους άλλους επιβάτες και να απολαύσεις το ταξίδι".

Ο Άλφρεντ κρέμασε το κεφάλι του.

"Δεν το λέω για να σε κάνω να νιώσεις άσχημα. Απλώς σου θυμίζω ότι είμαστε όλοι στην ίδια βάρκα".

"Το καταλαβαίνω αυτό. Και σ' ευχαριστώ".

"Εντάξει, τώρα ας επιστρέψουμε στο θέμα μας", πρόσθεσε ο E-Z. Έκανε κλικ στην τηλεόραση για να την κλείσει.

Η Λία κοιτούσε μπροστά, σαν να βρισκόταν σε έκσταση. "Ρόζαλι!" αναφώνησε.

"Ποιος;" ρώτησε ο Άλφρεντ.

Η Λία συνέχισε να κοιτάζει στο κενό.

"Είναι καλά η Λία;" ρώτησε ο Σαμ. "Με το ζόρι αναπνέει".

Η Λία σηκώθηκε όρθια. "Έχω κάτι να σας πω. Γνώρισα κάποιον, όχι αυτοπροσώπως, αλλά στο μυαλό μου. Είναι στο κεφάλι μου και της μιλάω εδώ και αρκετό καιρό. Μου ζήτησε να μην πω τίποτα - ακόμα. Νομίζω ότι αυτό μπορεί να συνδέεται με όλο αυτό το θέμα της μετενσάρκωσης του Τσαρλς Ντίκενς".

"Ακούμε", είπε ο E-Z, σκύβοντας πιο κοντά.

"Το όνομά της είναι Ρόζαλι. Ζει σε έναν Οίκο Ευγηρίας στη Βοστώνη - και είναι αρκετά μεγάλη. Έχει άνοια".

"Δεν είναι αυτή που προκαλεί απώλεια μνήμης;" ρώτησε ο Άλφρεντ.

Αλλά μόλις η Ρόζαλι άκουσε τη Λία να αναφέρει το όνομά της, μεταφέρθηκε με το μυαλό και το σώμα της στο δωμάτιο της E-Z. Αιωρήθηκε από πάνω τους, ακούγοντας προσεκτικά κάθε λέξη που έλεγαν. Καθάρισε το λαιμό της, για να δει αν μπορούσαν να τη δουν ή να την ακούσουν - δεν μπορούσαν. Ευχήθηκε να είχε πάρει μαζί της το σημειωματάριο και το στυλό της.

BINGO.

Και τα δύο έφτασαν στα χέρια της. Χαμογέλασε και άρχισε να κρατάει σημειώσεις.

"Εννοείς ότι εσείς οι δύο συνδέεστε - μέσω της εξωπραγματικής αντίληψης;" ρώτησε ο Άλφρεντ. "Νόμιζα ότι ήμουν ο μόνος που είχε ESP;"

"Δεν είναι ακριβώς ESP δεν νομίζω. Όχι με τον ίδιο τρόπο που την έχεις εσύ".

"Πώς έτσι;" ρώτησε ο Άλφρεντ.

"Οι αναμνήσεις της Ρόζαλι έχουν χαθεί. Οι περισσότερες τουλάχιστον. Δεν αναγνωρίζει καν την οικογένειά της όταν έρχονται να την επισκεφτούν. Δεν την επισκέπτονται συχνά. Δεν την πειράζει, καθώς δεν τους συμπαθεί. Αλλά με κάποιο τρόπο, συνδεθήκαμε. Και ήξερε τα πάντα για εμάς και τις δυνάμεις μας. Μας προσέχει, κατά κάποιον τρόπο".

"Γιατί μας τα λες αυτά τώρα;" ρώτησε ο E-Z.

"Επειδή είπε ότι είναι εντάξει. Και ανέφερε επίσης το Λευκό Δωμάτιο. Έχει πάει εκεί όχι μία, αλλά δύο φορές. Την πρώτη φορά, επέστρεψε με ασφάλεια στο κρεβάτι της - αλλά όχι αυτή τη φορά. Λέει ότι βρίσκεται εκεί τώρα και δεν την αφήνουν να πάει σπίτι της".

"Όπως γνωρίζετε και οι δύο, έχω πάει σε Λευκό Δωμάτιο", είπε. "Εκεί οι Αρχάγγελοι έδωσαν για πρώτη φορά υποσχέσεις και μου είπαν ότι θα ξαναβρεθώ με τους γονείς μου. Βασικά, εκεί με έφεραν στο σκάφος χρησιμοποιώντας τις δοκιμές".

Ο Σαμ συμπλήρωσε: "Ο Έριελ με απήγαγε κάποτε στο Λευκό Δωμάτιο. Ήταν αρκετά ευχάριστο, στην αρχή τουλάχιστον - μέχρι που δεν με άφηνε να φύγω".

"Ναι", είπε ο Ε-Ζ, "ο Έριελ έχει έλλειψη τακτ. Και είναι ένα πολύ ωραίο μέρος. Παίρνεις ό,τι ζητάς αν το σκεφτείς - όπως η μαγεία. Και υπάρχουν βιβλία - βιβλία με φτερά. Αλλά δεν θέλω να μπω σε πολλές λεπτομέρειες εδώ - ας επικεντρωθούμε στη Ρόζαλι. Τι συμβαίνει τώρα;"

Η Ρόζαλι γέλασε, σκεπτόμενη τι θα γινόταν αν έλεγε στη Λία ότι βρισκόταν σε δύο μέρη ταυτόχρονα; Όχι, αυτό θα μπορούσε να τις φρικάρει. Κουβέντιασε με τη Λία στο μυαλό της και είπε μερικά λευκά ψέματα στην πορεία.

"Λέει ότι προσποιείται ότι κοιμάται. Θυμάται δύο κουκκίδες, μία πράσινη και μία κίτρινη, να αιωρούνται μπροστά στα μάτια της".

"Ο Χατζ και το Ρέικι", είπε ο Ε-Ζ. "Πες της να μην τους φοβάται. Είναι τα καλά παιδιά".

Αχ, αναστέναξε η Ρόζαλι. Τότε συνειδητοποίησε ότι αυτή μπορεί να είναι η ευκαιρία που περίμενε. Να πει στους Τρεις για τους άλλους. Το σκέφτηκε προσεκτικά και μετά αποφάσισε ότι ήταν καιρός να μοιραστεί αυτά που ήξερε.

"Ω, περίμενε, θέλει να σου πω κάτι". Η Λία κοίταξε μπροστά, καθώς η φωνή της Ρόζαλι έτρεξε ανάμεσα από τα χείλη της: "Υπάρχουν κι άλλοι σαν εσένα, τους έχω δει. Νομίζω ότι γι' αυτό είμαι εδώ".

"Άλλοι, σαν κι εμάς;" Η Λία, ο Άλφρεντ και ο E-Z αναφώνησαν.

"Δεν είμαι σίγουρη πόσα πρέπει να τους πω για τα άλλα παιδιά που βρίσκονται εδώ σε αυτό το δωμάτιο. Έχετε καμιά συμβουλή για μένα; Τι να τους πω; Θα μου κάνουν κακό; Αν τους πω για τα άλλα παιδιά - θα τους κάνουν κακό;" είπε η Ρόζαλι, μέσω της Λία.

"Σε σένα, E-Z", είπε η Λία ως η ίδια.

"Ακούστε πρώτα τι έχουν να πουν", είπε ο E-Z. "Θα σου πουν αυτά που ήδη ξέρουν και μετά μπορείς να αποφασίσεις πόσα, αν χρειάζεται να μάθουν κάτι περισσότερο".

"Καλή συμβουλή", είπε ο Άλφρεντ. "Να είσαι πάντα καλός ακροατής. Ειδικά όταν σε κρατούν παρά τη θέλησή σου σε ένα παράξενο μέρος".

Η Λία πρότεινε: "Θα ενημερώνω τα παιδιά εδώ, αν θέλεις να μείνουμε στη γραμμή -ας το πούμε έτσι".

Η Ρόζαλι μίλησε χρησιμοποιώντας το στόμα της Λίας ως δικό της: "Πρέπει να κρατήσω όλες τις ικανότητές μου... γι' αυτό θα πω τέλος και τέλος προς το παρόν. Ευχαριστώ εσένα και την παρέα σου για τη βοήθεια. Θα επικοινωνήσω μαζί σας αν σας χρειαστώ όσο θα είμαι εδώ. Διαφορετικά, θα σε ενημερώσω όταν γυρίσω ξανά στο σπίτι, που θα είναι σύντομα, καθώς μου λείπει το δείπνο. Απόψε, υπάρχει γαλοπούλα, πουρές πατάτας και αρακάς". Δίστασε. "Α, και παρεμπιπτόντως, Λία, αυτό το μπλουζάκι που φοράς είναι πολύ όμορφο".

BINGO.

"Σ' ευχαριστώ", είπε η Λία, κοιτάζοντας το μπλουζάκι της και αναρωτήθηκε πώς η Ρόζαλι ήξερε τι φορούσε.

"Τι;" ρώτησε ο E-Z.

"Ω, τίποτα", είπε η Λία.

Πίσω στο Λευκό Δωμάτιο και πάλι. Η Ρόζαλι σκέφτηκε ότι το σημειωματάριό της θα ήταν καλύτερα στο συρτάρι του κομοδίνου της.

BINGO

Και είχαν φύγει.

BINGO

Το δείπνο έφτασε. Είχε τα πάντα νόστιμα, αλλά τώρα το μόνο που μπορούσε να σκεφτεί ήταν ένα παχύρρευστο μιλκσέικ με φράουλα.

BINGO.

Έφτασε ένα και μαζί με αυτό ένα κομμάτι πίτας με μαρέγκα λεμονιού.

Τότε ήταν που έφτασαν ο Έριελ και ο Ραφαήλ.

"Ω, ω", είπε η σκάλα, καθώς αιωρούνταν προς το μέρος της και έμοιαζαν σαν να ήταν ντυμένοι για τις Απόκριες.

"Μήπως ονειρεύομαι; Ή είμαι νεκρός;" ρώτησε η Ρόζαλι.

"Ούτε το ένα ούτε το άλλο" απάντησαν οι αρχάγγελοι.

ΚΕΦΑΛΑΙΟ 22

ΓΝΩΡΙΜΙΑ ΚΑΙ ΧΑΙΡΕΤΙΣΜΟΣ

"Πήγαινε να τελειώσεις το γεύμα σου", είπε ο Ραφαήλ.

"Ναι, δεν έχουμε τίποτα καλύτερο να κάνουμε", είπε η Eriel.

Ενώ την παρακολουθούσαν να τρώει, η Ρόζαλι δυσκολευόταν να μασήσει. Δυσκολευόταν να δοκιμάσει. Και φαινόταν πιο κρύο. Έριξε μια ματιά στα ράφια με τα βιβλία, στη σκάλα. Είχε ένα προαίσθημα ότι αυτοί οι δύο άγνωστοι δεν σκάρωνε κάτι καλό, καθώς άφησε κάτω το μαχαίρι και το πιρούνι της.

"Πρώτα απ' όλα", άρχισε η Έριελ, "αυτή η συζήτηση πρέπει να μείνει μεταξύ μας και μόνο μεταξύ μας".

Στο μυαλό της, μίλησε στη Λία. "Είσαι εκεί, παιδί μου; Ακούς;"

"...Εξαφάνιση."

"Λυπάμαι", είπε η Ρόζαλι, "αλλά θα μπορούσατε να ξεκινήσετε ξανά, εννοώ από την αρχή; Είμαι μεγάλη και έχασα την αίσθηση του τι μου έλεγες".

Ο Έριελ εκνευρίστηκε. Σαν μικρό αγόρι που το μάλωσαν άνοιξε τα φτερά του και πέταξε μακριά. Όταν πλησίασε στην κορυφή της βιβλιοθήκης, σταύρωσε τα χέρια του και περίμενε. Περίμενε τον Ραφαήλ να δώσει μια ευκαιρία.

Ο Ραφαήλ έσκυψε πιο κοντά στη Ρόζαλι.

"Τα γυαλιά σου είναι πολύ ωραία", είπε η Ρόζαλι. "Αλλά με κάνουν να αισθάνομαι λίγο ναυτία με όλο αυτό το αίμα που πάλλεται και επιπλέει εκεί μέσα".

Ο Έριελ γέλασε.

Η Ραφαέλ έβγαλε τα γυαλιά της και τα έβαλε στις τσέπες της μαύρης ρόμπας της.

"Αγαπητή μου Ρόζαλι", φώναξε ο Ραφαήλ, "σε παρακαλώ αγνόησε την αγένεια της μορφωμένης φίλης μου, αλλά έχουμε μια κατάσταση εδώ. Μια κατάσταση στην οποία χρειαζόμαστε όχι μόνο τη δική σου βοήθεια, αλλά και τη βοήθεια του E-Z, της Λία, του Άλφρεντ και των άλλων. Ξέρεις σε ποιους αναφέρομαι όταν αναφέρω τους άλλους, ναι;"

Η Ρόζαλι έγνεψε, χωρίς να πει τίποτα.

"Είμαστε μια ομάδα αρχαγγέλων και οι δυνάμεις μας είναι περιορισμένες. Το πράγμα, που συμβαίνει σε όλο τον κόσμο, συμβαίνει στις ψυχές".

"Εννοείς, όταν οι άνθρωποι πεθαίνουν;" ρώτησε η Ρόζαλι.

"Ακριβώς."

"Αλλά αυτό δεν είναι περισσότερο ο τομέας σας, παρά ο δικός μας; Έχετε μιλήσει με τον Θεό - σας γνωρίζει, σωστά; Και αν προσπαθείς να διορθώσεις μια άσχημη κατάσταση, γιατί να μην τον ρωτήσεις απευθείας;"

Αφού ο Ραφαήλ και ο Έριελ δεν μίλησαν, η Ρόζαλι συνέχισε.

"Απ' ό,τι καταλαβαίνω, όταν ένας άνθρωπος πεθάνει, το σώμα του θάβεται. Ή αποτεφρώνεται. Οι ψυχές τους -αν υπάρχουν- συνεχίζουν να ζουν σε ένα άλλο μέρος".

Η Έριελ βρέθηκε στο πρόσωπό της μέσα σε δευτερόλεπτα, γρυλίζοντας. "Αυτό δεν είναι σωστό.

Ο Ραφαήλ τον έσπρωξε στην άκρη. "Είναι πιο περίπλοκο απ' ό,τι νομίζεις. Πολύ περίπλοκο για να το κατανοήσουν οι περισσότεροι άνθρωποι".

"Οι άνθρωποι είναι αρκετά έξυπνοι", είπε η Ρόζαλι. "Έχουμε πάει στο φεγγάρι, έχουμε εφεύρει το αεροπλάνο, το διαδίκτυο, τη φωτιά. Εγώ δεν είμαι ιδιοφυΐα, κι όμως με έφερες εδώ, για να με πείσεις".

Ο Έριελ γέλασε ξανά.

Αυτή τη φορά, ο Ραφαήλ δεν μπόρεσε να συγκρατηθεί και γέλασε κι αυτός.

Και γελούσε. Και γέλασε.

Κανείς από τους δύο δεν μπορούσε να σταματήσει τον εαυτό του.

Η Ρόζαλι τους αγνόησε. Αγνοούσε ό,τι συνέβαινε γύρω της. Η σκάλα πετάχτηκε μπρος-πίσω, μπρος-πίσω, μπρος-πίσω. Τα βιβλία που πετάγονταν έξω και μετά ξανά μέσα. Ήταν τόσος θόρυβος. Τόσος θόρυβος. Λαχταρούσε την ησυχία του δωματίου της και πάλι.

Η Ανν του Πράσινου Γκέιμπλ, σκέφτηκε.

ΜΠΙΝΓΚΟ.

Το βιβλίο ήταν στα χέρια της. Το άνοιξε, βρήκε έναν σελιδοδείκτη και διάβασε. Αν χρειάζονταν τη βοήθειά της, θα έπρεπε να δουλέψουν γι' αυτό. Τώρα που είχαν προσβάλει εκείνη και ολόκληρη την ανθρώπινη φυλή, δεν επρόκειτο να τους διευκολύνει.

"Μπράβο σου", ψιθύρισε η Λία μέσα στο μυαλό της Ρόζαλι. "Είσαι υπεύθυνη. Κι εγώ είμαι εδώ με τον E-Z και τον Άλφρεντ και σε καλύπτουμε".

Ο Ραφαήλ και ο Έριελ εξακολουθούσαν να γελούν. Εκτός ελέγχου. Αναπηδούσαν ο ένας πάνω στον άλλο στον αέρα, σαν μπαλόνια στερεωμένα μεταξύ τους.

Τότε θυμήθηκε ότι η πίτα της με μαρέγκα λεμονιού δεν είχε φαγωθεί ακόμα. Άφησε το βιβλίο στην άκρη, έβαλε το πιρούνι της μέσα και δάγκωσε μια μπουκιά. Ήταν τέλεια. Ούτε πολύ γλυκιά ούτε πολύ τάρταρη, όπως ακριβώς την έφτιαχνε η μητέρα της. Πήρε άλλη μια πιρουνιά.

Πάνω της η Έριελ και ο Ραφαήλ έκαναν υστερία.

"Σταματήστε!" φώναξε η Ρόζαλι. "Εσείς οι δύο είστε τα πιο αγενή, τα πιο αντιπαθητικά πλάσματα που έχω γνωρίσει ποτέ. Και έχω γνωρίσει μερικούς πολύ αντιπαθητικούς ανθρώπους στη ζωή μου". Κατέβασε το πιρούνι της. "Δεν σας έμαθαν καθόλου τρόπους; Καθόλου τρόπους;" Σήκωσε το πιρούνι της και το έδειξε προς την κατεύθυνσή τους.

Η Έριελ πέταξε κάτω. Βρέθηκε πάνω στη Ρόζαλι, με το στόμα ανοιχτό μέσα σε δευτερόλεπτα. Εκείνη το κάρφωσε μέσα στην κρέμα λεμονιού και μετά το δίπλωσε στο στόμα του αρχάγγελου.

"Αααα!" ούρλιαξε. Το έφτυσε σαν να του είχε δώσει αρσενικό.

"Η μητέρα μου πάντα με μάθαινε να μοιράζομαι", είπε χαμογελώντας.

Η ωχρότητα του Έριελ άλλαξε από μαύρη σε πράσινη. Αφού έκανε εμετό, εξαφανίστηκε μέσα από τον τοίχο.

"Υποθέτω ότι δεν είναι οπαδός της πίτας;" Η Ρόζαλι είπε.

Η Λία γελούσε μέσα στο μυαλό της Ροζαλί.

Η Ραφαέλ έβγαλε τα γυαλιά της από τις τσέπες της ρόμπας της, τα καθάρισε και τα έβαλε ξανά στο πρόσωπό της. Κάθισε δίπλα στη Ρόζαλι. Ήταν τόσο κοντά της που σχεδόν καθόταν στα γόνατά της.

Καημένη Ρόζαλι.

"ΞΈΡΟΥΜΕ ΌΤΙ ΥΠΆΡΧΟΥΝ ΚΙ ΆΛΛΟΙ ΚΑΙ ΠΡΈΠΕΙ ΝΑ ΜΆΘΟΥΜΕ ΠΟΙΟΙ ΕΊΝΑΙ ΚΑΙ ΠΟΎ ΒΡΊΣΚΟΝΤΑΙ - ΤΏΡΑ!"

Καθώς μιλούσε, το πρόσωπο του Ραφαήλ παραμορφώθηκε, σε ένα αγνώριστο πράγμα.

Τα μαλλιά της Ρόζαλι σηκώθηκαν. Το σώμα της έτρεμε.

"Οι αγενείς άνθρωποι δεν παίρνουν ποτέ αυτό που ζητούν και εσύ, αγαπητή μου, είσαι πολύ αγενής. Το ίδιο και ο φίλος σου", ψιθύρισε η Ρόζαλι.

Η Ρόζαλι επέστρεψε στον εαυτό της που ήταν πριν.

Μόνο που αυτή τη φορά η τακτική του αρχάγγελου είχε αλλάξει. Και η φωνή της ήταν σιροπιαστή όταν έλεγε,

"Θα περάσω μέσα από αυτόν τον τοίχο και θα συναντήσω την Έριελ. Σε πέντε λεπτά, θα επιστρέψουμε και θα ξεκινήσουμε πάλι από την αρχή. Χρειαζόμαστε τη βοήθειά σας -έχετε δίκιο- και δεν τη ζητάμε με τον τρόπο που θα έπρεπε". Στη συνέχεια, προς τη γυναίκα στον τοίχο: "Ρυθμίστε το χρονόμετρο για πέντε λεπτά". Στη συνέχεια, πίσω στη Ρόζαλι: "Όταν ηχήσει το χρονόμετρο, θα επιστρέψουμε και θα ξεκινήσουμε ξανά". Όπως είχε υποσχεθεί, ο Ραφαήλ κινήθηκε προς τον τοίχο και εξαφανίστηκε μέσα από αυτόν.

Το ρολόι στον τοίχο χτύπησε δυνατά. Φαινόταν εκτός τόπου και χρόνου. Ακόμα και πολύ θορυβώδες για τη βιβλιοθήκη.

"Είναι πολύ ενοχλητικό!" είπε η σκάλα, πλησιάζοντας πιο κοντά.

"Συγγνώμη, για όλη αυτή τη φασαρία", είπε η Ρόζαλι. "Η παρουσία μου εδώ σας έχει προκαλέσει μόνο χάος".

"Μας αρέσεις", είπε η σκάλα. "Γιατί δεν μετακινείσαι λίγο; Θα σε κάνει να νιώσεις καλύτερα".

Η Ρόζαλι σηκώθηκε όρθια, περιμένοντας να νιώσει κουρασμένη μετά από ένα τόσο μεγάλο γεύμα. Αντ' αυτού, ήταν γεμάτη ενέργεια. Ειδικά τα πόδια της. Ένιωθε σαν να ήταν και πάλι δέκα χρονών. Έκανε ένα άλμα. Τόσο διασκεδαστικό!

"Και τώρα", είπε η Ρόζαλι, "για το επόμενο κόλπο της. Η Μεγάλη Γιαγιά θα επιχειρήσει όχι μία, ούτε δύο, αλλά τρεις συνεχόμενες ρόδες" - και το έκανε. "Σας ευχαριστώ, σας ευχαριστώ!" είπε, υποκλινόταν και χαιρετούσε σαν να είχε κερδίσει χρυσό μετάλλιο στους Ολυμπιακούς Αγώνες.

BRRRIIIING.

Το χρονόμετρο τελείωσε. Ο Έριελ και ο Ραφαήλ έφτασαν.

Οι αρχάγγελοι ήταν ντυμένοι διαφορετικά. Σαν να πήγαιναν σε δύο διαφορετικά πάρτι.

Ο Eriel φορούσε ένα σκούρο κοστούμι με ριγέ καρφίτσες, λευκό πουκάμισο και γραβάτα.

Ο Ραφαήλ φορούσε ένα κόκκινο φόρεμα που έμοιαζε με φόρεμα Mumu και κάλυπτε πλήρως το σώμα της από το λαιμό μέχρι τα δάχτυλα των ποδιών.

"Νιώθω ότι δεν είμαι καλά ντυμένη", είπε η Ρόζαλι.

BINGO.

Τώρα φορούσε το πιο σικ φόρεμά της. Ήταν αυτό που είχε δηλώσει ότι ήθελε να φορέσει μετά το θάνατό της.

Έπεσε στην καρέκλα, με τα μάτια της να ατενίζουν προς τα πάνω. Και οι αρχάγγελοι αιωρούνταν προς το μέρος της. Τα φτερά τους κινούνταν, σαν φτερά πεταλούδας, καθώς την πλησίαζαν με χάρη και ομορφιά. Τα μάτια της άνοιξαν.

"Πώς μπορώ να σας βοηθήσω, αγαπητοί μου;" ρώτησε η Ρόζαλι.

Ήταν σαν να είχαν μια δύναμη πάνω της τώρα, μια δύναμη που δεν ήθελε να ξεπεράσει. Έπεσε στο πάτωμα, γονατισμένη πλέον μπροστά στους δύο αρχαγγέλους. Ο Ραφαήλ την άγγιξε στον δεξιό ώμο και η Έριελ στον αριστερό.

"Πες μας αυτό που πρέπει να μάθουμε", γουργούρισαν.

"Οι άλλοι έχουν διασκορπιστεί", είπε, και μετά έπεσε στο πάτωμα σαν μια άκαμπτη μαριονέτα.

"Είναι πολύ μεγάλη γι' αυτό", είπε η Έριελ. "Αν πεθάνει, δεν θα μας είναι χρήσιμη".

"Συνέχισε, έχει αποτέλεσμα".

POP.

POP.

Ο Χαντζ και η Ρέικι εμφανίστηκαν, ο καθένας ψιθύρισε στα αυτιά της Ρόζαλι. Τη βοήθησαν να σηκωθεί στα πόδια της.

"Φύγετε από εδώ, εσείς οι δύο παρείσακτοι!" φώναξε η Έριελ με εκρηκτική φωνή,

Η Ρόζαλι βγήκε από την έκσταση στην οποία την είχαν βάλει.

"Φύγετε!" αναφώνησε ο Ραφαήλ και δεν ακούστηκε POP, αντίθετα ο ήχος που ακούστηκε ήταν ένας μόνο SPLAT.

Η Ρόζαλι έβαλε τα χέρια στους γοφούς της: "Ελπίζω να μην κάνατε κακό σε αυτά τα δύο αγαπημένα μου. Στην πραγματικότητα, αν θέλεις να σκεφτώ να σε βοηθήσω, τότε οφείλεις να τα φέρεις πίσω εδώ ΤΩΡΑ για να δω ότι είναι καλά. Αρνούμαι να σου πω οτιδήποτε άλλο, μέχρι να τα φέρεις πίσω". Διέσχισε το δωμάτιο, κάθισε με την πλάτη στον λευκό τοίχο, έκλεισε τα μάτια και περίμενε. Είχε όλη τη μέρα, όλη την εβδομάδα, όλο το χρόνο. Δεν βιαζόταν να πάει πουθενά ή να κάνει οτιδήποτε.

POP.

POP.

"Σας ευχαριστώ", είπαν ο Χατζ και η Ρέικι, καθώς κάθονταν στους ώμους της Ρόζαλι.

"Τα κάνουμε θάλασσα", είπε ο Ραφαήλ. Στη συνέχεια, προς τον Χαντζ και τη Ρέικι: "Ξέρετε την κατάσταση στην οποία βρίσκεται η γη, μπορείτε να μας βοηθήσετε να επιτύχουμε τη βοήθεια αυτού του ανθρώπου;"

Ο Ρέικι είπε: "Ξέρουμε ότι υπάρχει μια κατάσταση! Αν δεν είχατε αθετήσει τη συμφωνία με τον E-Z, τη Λία και τον Άλφρεντ, θα ήταν ήδη στο σκάφος. Η Ρόζαλι δεν εμπιστεύεται κανέναν από εσάς".

Ο Χατζ είπε: "Και δεν ήσασταν ειλικρινείς μαζί της".

Ο Hadz είπε: "Με τους ανθρώπους η εμπιστοσύνη και η ειλικρίνεια είναι το παν".

Η Έριελ όρμησε προς το μέρος τους.

Ο Ραφαήλ τον συγκράτησε πριν πει: "Έγινε ένα λάθος, από την πλευρά μας και αυτό το λάθος έχει αιτία και αποτέλεσμα. Προσπαθούμε να σώσουμε τη γη από παράπλευρες απώλειες. Ο μόνος τρόπος που μπορούμε να το κάνουμε, είναι να καλέσουμε εκείνους στους οποίους έχουν δοθεί δυνάμεις, υπερφυσικές, υπερ-ηρωικές δυνάμεις. Χωρίς αυτούς, η ανθρωπότητα θα αποτύχει - και θα φταίμε εμείς".

Η Ρόζαλι σηκώθηκε όρθια. Έριξε μια ματιά στα δύο μικρά πλασματάκια που κάθονταν στον καθένα από τους ώμους της. "Μπορώ να εμπιστευτώ αυτά τα δύο;"

"Ο Ραφαήλ είναι αξιόπιστος", είπε ο Χαντζ.

"Αλλά δεν είμαστε σίγουροι γι' αυτόν", είπε η Ρέικι.

POP.

POP.

Και οι δύο εξαφανίστηκαν, υπό τον φόβο ότι θα τους έστελνε πίσω στα ορυχεία η Eriel.

Ο Eriel ανέβηκε, όλο και πιο ψηλά, και μετά εξαφανίστηκε μέσα από το ταβάνι.

Η Ρόζαλι άλλαξε το θέμα. "Όσο το σκέφτομαι, μπορείς να μου εξηγήσεις τι είναι αυτό το μέρος; Εγώ το αποκαλώ "Το Λευκό Δωμάτιο", αλλά είναι αυτό το σωστό όνομα - και γιατί όποτε εύχομαι κάτι, αυτό εμφανίζεται; Ίσως να λέγεται το Μαγικό Δωμάτιο;" Εκείνη τη στιγμή, η Ρόζαλι σκέφτηκε τον E-Z, τον άγγελο/αγόρι στο αναπηρικό καροτσάκι.

ACK.

Ο E-Z έφτασε.

"Ουάου!" είπε, συνειδητοποιώντας ότι είχε συναντήσει τη Ρόζαλι στο Λευκό Δωμάτιο. Σκέφτηκε τα γυαλιά ηλίου του και

PRESTO

Ήταν στο πρόσωπό του. Περπάτησε γύρω από το δωμάτιο, για να νιώσει ξανά τα πόδια του και το πάτωμα. Μετά άπλωσε το χέρι του και είπε: "Εσύ πρέπει να είσαι η Ρόζαλι".

'Κι εσύ πρέπει να είσαι ο E-Z, είπε, χωρίς το αναπηρικό σου καροτσάκι. Αυτό το μέρος είναι πραγματικά μαγικό!"

"Και, γεια σου, Ραφαήλ".

"Καλώς ήρθες, E-Z", είπε ο Ραφαήλ. Στη συνέχεια, προς τη Ρόζαλι, "Πάει και η διακριτικότητα - αυτό έπρεπε να είναι εμπιστευτικό".

"Όποιες υποσχέσεις και να σου δίνει, θα τις αθετήσει. Είναι άχρηστη στο να κρατάει το λόγο της - και ο Έριελ είναι ακόμα χειρότερος, όπως και ο Οφάνιελ - και δεν την έχεις καν γνωρίσει ακόμα. Παρόλα αυτά, σε ενημερώνει ότι όλοι τους είναι ένα μάτσο ψεύτες".

"Το κατάλαβα αυτό", παραδέχτηκε η Ρόζαλι. "Και έφυγε, η Έριελ φέρεται σαν κακομαθημένο παιδί".

"Θα ήθελα να το είχα δει αυτό" είπε ο E-Z. "Ακούγεται πολύ αντι-Εριέλ, αλλά φίλε, θα ήταν φοβερό πράγμα να το δεις".

"Αρκετά με αυτές τις εγκαρδιότητες", είπε ο Ραφαήλ. "Δεν έχω άλλη επιλογή, υποθέτω, παρά να σας εξηγήσω και σε εσάς την κατάσταση". Χτύπησε τα πόδια της και τα φτερά της έπεσαν στα πλευρά της με κατσούφιασμα. Γύρισε να αντικρίσει τον E-Z και τη Ρόζαλι. "Ο κόσμος χρειάζεται σωτηρία, εξαιτίας ενός λάθους εκ μέρους μας. Εσείς και οι άλλοι θέλετε να μας βοηθήσετε να διορθώσουμε την κατάσταση - εννοώ να σώσουμε τη γη, ή όχι;"

Η Ρόζαλι και ο E-Z αντάλλαξαν βλέμματα.

"Προχωρήστε εσείς", είπε εκείνη. "Είμαι σύμφωνη με ό,τι κι αν αποφασίσετε".

Ο E-Z δεν απάντησε αμέσως.

"Αν μου τα πεις όλα, θα τα μεταφέρω στους άλλους και θα ψηφίσουμε. Είμαστε μια δημοκρατική ομάδα".

"Πόσο καιρό θα πάρει αυτό;" Ο Ραφαήλ χλεύασε. "Και πώς θα μου απαντήσετε; Να κρατήσω, ίσως, τη Ρόζαλι εδώ ως αιχμάλωτη μέχρι να το καταλάβεις; Θα είναι αρκετό το εικοσιτετράωρο;"

Η Ροζαλί είπε: "Δεν με πειράζει να μείνω σε αυτό το δωμάτιο. Υπάρχουν πολλά βιβλία για να διαβάσω και μπορώ να παραγγείλω ό,τι θέλω. Είναι πολύ πιο ενδιαφέρον και συναρπαστικό από το να βρίσκομαι στο σπίτι".

Ο E-Z έγνεψε. Στη Ρόζαλι είπε: "Σας ευχαριστώ και έχετε δίκιο αυτό το δωμάτιο είναι πολύ ιδιαίτερο. Θα είσαι ασφαλής εδώ". Στη συνέχεια, προς τον Ραφαήλ: "Η Ροζαλί δεν θα είναι αιχμάλωτη σας, στην πραγματικότητα θα είναι φιλοξενούμενη σας". Ένα βιβλίο πέταξε από το ράφι και προσγειώθηκε στο χέρι του. Ήταν ο Χάρι Πότερ και η Κάμαρα των Μυστικών.

"Θα ήθελα να το διαβάσω αυτό", είπε η Ροζαλί. Το βιβλίο έφυγε από το χέρι του E-Z και πέταξε προς τη Ρόζαλι. Εκείνη το έπιασε, το άνοιξε και άρχισε αμέσως να διαβάζει.

"Η Ροζαλί θα είναι η καλεσμένη μας", είπε ο Ραφαήλ. "Είκοσι τέσσερις ώρες λοιπόν;"

"Είκοσι τέσσερις ώρες", συμφώνησε ο E-Z.

"Περιμένετε!" φώναξε μια φωνή. Μια φωνή χωρίς σώμα. Μια φωνή που αντηχούσε και αντηχούσε. Μέχρι που ένα βιβλίο ξεκολλούσε από ένα ράφι από πάνω. Κατρακύλησε προς το πάτωμα, μέχρι που τα φτερά του έσκασαν μπροστά και το έσωσαν από το να σπάσει τη μέση του.

Ο Ραφαήλ κοίταξε ξαφνιασμένος από τη φωνή. Προσπάθησε να υποχωρήσει, αλλά κάτι την κράτησε πίσω.

Η Ρόζαλι και ο E-Z περίμεναν και άκουγαν.

"Ο Ραφαήλ δεν σας τα έχει πει όλα", είπε η βροντερή φωνή.

Ήταν σαν ο αέρας να δονείτο σε κάθε συλλαβή, αλλά με έναν καλό, ευγενικό και ευγενικό τρόπο, όχι με έναν τρομακτικό τρόπο για το τέλος του κόσμου.

"Πες μας", είπε ο E-Z.

"Λίγο πιο ήσυχα", πρότεινε η Ρόζαλι. "Είμαι γέρος, αλλά όχι κουφός, ξέρετε!"

"Συγγνώμη", είπε η φωνή. Καθάρισε το λαιμό του. Μετά ψιθύρισε: "E-Z Dickens, θυμάσαι τις επιλογές που σου δώσαμε; Τις δύο επιλογές;"

Ο E-Z τις θυμόταν αρκετά καλά. Η μία ήταν να παραμείνεις για πάντα στο σιλό. Οι αναμνήσεις της οικογένειάς του σε επανάληψη. Η άλλη ήταν να επιστρέψει στη ζωή του με τον θείο Σαμ.

"Ναι."

"Πες μου τι θυμάσαι για τις επιλογές;" ρώτησε η φωνή.

"Είπαν ότι μπορούσα να παραμείνω στο κοντέινερ και να ξαναζήσω τις αναμνήσεις της οικογένειάς μου σε βρόχο ή να επιστρέψω στη ζωή μου με τον θείο Σαμ".

"Και ο αιχμάλωτος ψυχών; Τι γίνεται με αυτό;"

"Τίποτα", παραδέχτηκε ο E-Z ανασηκώνοντας τους ώμους του.

Η φωνή βροντοφώναξε - σαν να της προκαλούσε πόνο το να μιλάει τώρα. Τα ράφια κουνήθηκαν και τα πράγματα ΠΕΤΑΞΑΝ και βγήκαν στον αέρα τυχαία. Πρώτα ήταν ένα γιγάντιο τουρσί. Το πράσινο αντικείμενο περιστράφηκε δεξιόστροφα, μετά αριστερόστροφα και μετά εξαφανίστηκε.

Στη συνέχεια εμφανίστηκε από πάνω τους μια μπάλα με καθρέφτη. Άλλαζε χρώματα καθώς περιστρεφόταν. Όταν περιστρεφόταν πολύ γρήγορα, φοβήθηκαν ότι θα έπεφτε πάνω τους. Κινήθηκαν να καλυφθούν, αλλά πριν τα καταφέρουν, η μπάλα εξαφανίστηκε.

Στη συνέχεια, εμφανίστηκε το κεφάλι ενός κλόουν. Έπλεε μπροστά τους και τους είπε: "Τι είναι το μαύρο και το άσπρο και το μαύρο και το άσπρο και το μαύρο και το άσπρο και το μαύρο και το άσπρο και το μαύρο και το άσπρο και το μαύρο και το άσπρο".

"Αρκετά!" βροντοφώναξε η φωνή.

"Λυπάμαι", είπε ο Ραφαήλ.

"Θα έπρεπε να λυπάσαι!", τρεμόπαιξε η πρώτη φωνή. Στη συνέχεια, πιο ήσυχα, πιο απαλά, μαλακά είπε: "Ο E-Z και η ομάδα του πρέπει να μάθουν για τους Ψυχοπαγιδευτές - τα πάντα. Διαφορετικά, δεν θα καταλάβουν την πολυπλοκότητα της παραβίασης".

Η φωνή έκανε παύση για λίγα δευτερόλεπτα και συνέχισε: "Ένας Ψυχοπαγιδευτής πιάνει ψυχές όταν πεθαίνει ένα ανθρώπινο σώμα. Είναι ένας ατελείωτος τόπος ανάπαυσης. Όλοι οι άνθρωποι και όλα τα πλάσματα έχουν δοχεία για να πάνε. Το πράγμα που αποκαλέσατε σιλό είναι ένας αιχμάλωτος ψυχών. Ένα μέρος ανάπαυσης για όλη την αιωνιότητα".

"Εντάξει", είπε ο E-Z. "Λοιπόν, τι σχέση έχει αυτό με το τέλος του κόσμου;"

"Θέλω να δω τον Ψυχοπαγιδευτή μου", είπε η Ρόζαλι.

"Αν εσύ και οι φίλοι σου δεν κάνετε ΤΙΠΟΤΑ, κανείς δεν θα έχει Ψυχοπαγίδα. Όταν πεθάνει το σώμα σου, θα πεθάνεις. Αυτό είναι όλο. Τέλος. Η ψυχή σου και οι ψυχές όλων των άλλων δεν θα έχουν πουθενά να πάνε και όταν μια ψυχή δεν έχει πουθενά να πάει, τότε δεν υπάρχει σκοπός. Δεν υπάρχει λόγος να υπάρχει πια. Και χωρίς ψυχές, οι άνθρωποι είναι απλά κοστούμια κρέατος".

"Για μισό λεπτό", είπε ο E-Z. "Θέλεις να πεις ότι το άτομο που είναι υπεύθυνο για τους Ψυχοπαγιδευτές. Όπως κι αν τον αποκαλείς - Διευθύνων Σύμβουλος, Πρόεδρος, καταλαβαίνεις την ουσία. Λες ότι έχουν εκτεθεί;"

Η Ραφαέλ άνοιξε το στόμα της για να απαντήσει, αλλά ο E-Z δεν είχε τελειώσει ακόμα την ομιλία του.

"Πώς λειτουργεί όλη αυτή η ιστορία με τους Ψυχοπαγιδευτές, τέλος πάντων; Με έχουν καλέσει στο δικό μου πολλές φορές, και δεν είμαι καν ΠΕΘΑΝΗ. Θέλεις να πεις ότι αυτά τα όποια είναι, μπορούν τώρα να με αναγκάσουν να μπω στην Ψυχοπαγίδα μου κατά το δοκούν;" Δίστασε: "Και τι ξέρεις για τον Κάρολο Ντίκενς; Έφτασε σε ένα δοχείο με καθρέφτη, άρα όχι σε Ψυχοπαγίδα. Πώς έφτασε η ψυχή του από το ένα μέρος στο άλλο; Η ανάστασή του οφείλεται σε εσάς τους αρχαγγέλους;"

Ο Ραφαήλ περίμενε να δει αν είχε κι άλλες ερωτήσεις.

Είχε.

"Και τι γίνεται με τους δύο καλύτερους φίλους μου, την Πι Τζέι και τον Άρντεν. Πώς ταιριάζουν; Είναι και οι δύο σε κώμα. Θέλω να τους επαναφέρω. Το να σε βοηθήσω, θα τους βοηθήσει;"

Η φωνή στον τοίχο βροντοφώναξε ως απάντηση.

"Κανείς δεν διευθύνει Ψυχοπαγίδες. Δεν είναι σαν μια εταιρεία που έχει συσταθεί με σκοπό το κέρδος. Όταν κάποιος πεθαίνει, η ψυχή του συλλαμβάνεται και ζει στον εντεταλμένο Ψυχοπαγιδευτή".

"Δεν το καταλαβαίνω", είπε ο E-Z. Στη συνέχεια, "Μισό λεπτό, μήπως κάποιος ή κάτι έχει καταλάβει τους Ψυχοπαγιδευτές; Και αν η απάντηση είναι ναι, τότε σίγουρα θα χρειαστώ περισσότερες πληροφορίες για το ποιοι είναι πριν εμπλακούμε. Αν εσείς οι αρχάγγελοι δεν μπορείτε να τους νικήσετε, τότε πώς περιμένετε να το κάνουμε εμείς;"

Η φωνή στον τοίχο είπε στον Ραφαήλ: "Λοιπόν, ο Έριελ έκανε λάθος όταν είπε ότι αυτό το αγόρι είναι χοντρό σαν τούβλο. Τα κατάφερε, με τη μία. Μπράβο, E-Z."

"Ε, ευχαριστώ, νομίζω", είπε εκείνος. "Αλλά τι ακριβώς έκανα σωστά;"

Η φωνή συνέχισε. "Τρεις θεές έχουν όντως καταλάβει τις ψυχοπαγίδες".

Ο E-Z άνοιξε το στόμα του για να μιλήσει, αλλά πριν προλάβει, η φωνή μίλησε ξανά.

"Ο Κάρολος Ντίκενς δεν έφτασε με έναν ψυχοπαγιδευτή, όπως υποψιαζόσασταν. Οι συγγενείς εξ αίματος έχουν δυνάμεις πάνω στο χρόνο και στο χώρο. Εσείς τον καλέσατε. Ήρθε για να σε βοηθήσει".

"Δεν τον κάλεσα εγώ!" Είπε ο E-Z.

"Και όμως, επέστρεψε και ήξερε το όνομά σου και ήθελε να σε βοηθήσει, έτσι δεν είναι;"

Ο E-Z έγνεψε.

"Και στην τελευταία σου ερώτηση, ναι, οι ζωές των φίλων σου βρίσκονται σε κίνδυνο εξαιτίας των τριών θεών".

"Θεές;" Ο E-Z επανέλαβε. "Όπως στην ελληνική μυθολογία; Είναι πραγματικές; Νόμιζα ότι όλες αυτές οι ιστορίες ήταν μυθοπλασία".

"Βασίζονται σε ιστορικά γεγονότα", είπε ο Ραφαήλ.

"Δεν μπορούμε να τα βάλουμε με μια ομάδα μυθολογικών θεών!" Ο E-Z αναφώνησε. "Είμαστε παιδιά".

"Οι κίνδυνοι είναι πολύ μεγαλύτεροι αν δεν το κάνετε, καθώς δεν έχουμε κανέναν άλλον να ζητήσουμε να μας βοηθήσει. Δεν υπάρχει ούτε Μπάτμαν, ούτε Σπάιντερμαν, ούτε πραγματικοί Υπερήρωες. Οι μόνοι ήρωες είστε εσείς παιδιά, μπορείτε; Θα βοηθήσετε; Ξέρουμε πώς, για να λύσουμε αυτό το πρόβλημα, χρειαζόμαστε σώματα, ανθρώπους στο έδαφος. Οι άνθρωποι με δυνάμεις μπορούν να νικήσουν. Μπορείτε να το νικήσετε αυτό το πράγμα. Αυτά τα πράγματα. Για ένα πράγμα, μπορείτε να τα δείτε. Εμείς δεν μπορούμε", είπε ο Ραφαήλ.

"Ξέρω ότι χρειάζεστε βοήθεια, αλλά δεν βλέπω πώς μπορούμε να σώσουμε την κατάσταση - όχι απέναντι σε πανίσχυρες θεές. Ναι, έχουμε δυνάμεις, αλλά με τι ακριβώς έχουμε να κάνουμε; Τι θα περιμένουν από εμάς; Ποιοι είναι οι κίνδυνοι για εμάς; Θέλω να πω, εσείς είστε ήδη νεκροί - εμείς όχι. Αν βοηθήσουμε - ποιοι είναι οι κίνδυνοι;"

Δίστασε, και όταν κανείς δεν είπε τίποτα, συνέχισε.

"Αν συμφωνήσουμε, μπορείτε να προστατεύσετε τον θείο μου Σαμ, τη γυναίκα του Σαμάνθα και τα μωρά; Μπορείτε να διασφαλίσετε ότι ο Πι Τζέι και ο Άρντεν δεν θα καταλήξουν νεκροί στους Ψυχοπαγίδες; Και τι θα κερδίσουμε εμείς από αυτό; Στο κάτω κάτω θα διακινδυνεύσουμε τη ζωή μας. Δεν είσαι άνθρωπος, άρα δεν έχεις τίποτα να χάσεις!"

Η Ρόζαλι παρενέβη: "Ε-Ζ δεν βλέπω να έχετε άλλη επιλογή. Έχεις δίκιο, θα υπάρξουν κίνδυνοι και δεν έχω πεθάνει ακόμα -αλλά είμαι μεγάλη- οπότε ο κίνδυνος για μένα δεν είναι τόσο μεγάλος. Εξάλλου, μου αρέσει η ιδέα ότι όταν τελειώσει η ζωή μου, θα υπάρχει ένας ψυχοπαγιδευτής που θα με περιμένει".

Ο E-Z έγνεψε. "Το καταλαβαίνω αυτό. Η ιδέα ότι οι γονείς μου αιωρούνται τριγύρω. Μόνοι τους. Άστεγοι. Χωρίς ψυχοπαγίδα. Λοιπόν, αυτό με αρρωσταίνει. Με θυμώνει τόσο πολύ που θέλω να φτύσω. Αλλά πρέπει ακόμα να μιλήσω στους άλλους", επανέλαβε ο E-Z, σταυρώνοντας τα πόδια του. Ένιωθε τόσο καλά που μπορούσε να κάνει απλά πράγματα όπως το να σταυρώνει τα πόδια του.

Γίνεσαι μεγάλος ρήτορας εκεί, του είπε η Λία μέσα στο μυαλό του.

"Χμ, ευχαριστώ", απάντησε εκείνος.

"Όπως ήσουν τότε", είπε η φωνή. "Είκοσι τέσσερις ώρες. Στο μεταξύ, η Ρόζαλι θα παραμείνει εδώ μαζί μας".

"Ως φιλοξενούμενή σας", τόνισε ο E-Z.

"Θα είμαι μια χαρά", είπε η Ρόζαλι. "Και θα κρατάω επαφή με τη Λία συνομιλώντας μαζί της. Η Λία και εγώ αγαπάμε να κουβεντιάζουμε".

Εκείνος έγνεψε. Με τη Λία, μέσω της Λίας. Ο E-Z δεν ήταν σίγουρος για το τι ήξεραν και τι όχι - αλλά δεν επρόκειτο να τους δώσει κάτι που δεν είχαν ήδη.

"Θα τα πούμε σύντομα", είπε, χαιρετώντας.

Μετά επέστρεψε και πάλι στην αναπηρική του καρέκλα. Βρισκόταν πρόσωπο με πρόσωπο με τους φίλους του. Αλλά πώς θα μπορούσε να τους το πει; Πώς θα μπορούσε να τους εξηγήσει;

Στο τέλος αποφάσισε ότι η καλύτερη ενέργεια ήταν να τα ξεφουρνίσει όλα. Και αυτό ακριβώς έκανε.

ΚΕΦΑΛΑΙΟ 23

ΑΛΛΑΓΕΣ

Αν και τα νέα του E-Z δεν ήταν αυτά που περίμεναν να ακούσουν, τόσο ο Alfred όσο και η Lia είχαν πολλά να πουν ως απάντηση.

"Έχουν θράσος!" αναφώνησε ο Άλφρεντ. "Μετά από όσα μας έκαναν. Εννοώ να δίνουν υποσχέσεις και μετά να αθετούν και να αλλάζουν το σχέδιο του παιχνιδιού. Εγώ πάντως δεν εμπιστεύομαι κανέναν από αυτούς όσο μακριά μπορώ να τους ρίξω".

"Αυτό είναι τεράστιο, και αφορά τους αγαπημένους μας που έχουν πεθάνει", είπε ο E-Z.

"Πώς έτσι;" Ρώτησε ο Σαμ.

"Δεν ξέρω τις λεπτομέρειες. Το μόνο που ξέρω είναι ότι αφορά τρεις κακές θεές, το σχέδιο των οποίων είναι να καταλάβουν και να ελέγχουν όλους τους Ψυχοπαγιδευτές".

"Αυτό είναι τρελό!" Είπε η Λία. "Γιατί να τους θέλουν; Γιατί να μπουν σε τόσο κόπο; Τι τους συμφέρει;"

"Περίμενε", είπε ο E-Z. "Θα σου πω όλα όσα μου είπαν. Να θυμάσαι ότι ούτε αυτοί ξέρουν με βεβαιότητα.

"Εν πάση περιπτώσει, άκου. Είναι μυθολογικές θεές, οι οποίες έχουν επανέλθει. Στόχος τους είναι να ελέγξουν τους Ψυχοπαγιδευτές - με κάθε δυνατό μέσο.

"Και ο τρόπος που επέλεξαν να το κάνουν είναι να σκοτώνουν ανθρώπους. Ανθρώπους που δεν ήταν γραφτό να πεθάνουν! Και μετά τους βάζουν σε Ψυχοπαγίδες που έχουν καταλάβει. Από ανθρώπους που τους χρειάζονται. Έτσι, οι ψυχές τους δεν έχουν πουθενά να πάνε".

"Ακόμα δεν το καταλαβαίνω", είπε η Λία.

"Σκεφτείτε το κάπως έτσι. Λία, εσύ, ο Άλφρεντ και εγώ έχουμε ήδη μπει στις Ψυχοπαγίδες μας. Λίγοι επιτρέπεται να μπουν εκεί μέσα πριν πεθάνουν. Θέλω να πω, ποιος θα ήθελε να είναι;"

"Σύμφωνοι", είπε ο Άλφρεντ.

"Κι εγώ", είπε η Λία.

"Αλλά τι θα γινόταν αν σας έλεγα τώρα αμέσως, ότι η Ψυχοπαγίδα σας έχει γεμίσει από κάποιον άλλον - και έτσι δεν είναι πλέον δική σας;"

"Οι άνθρωποι δεν γνωρίζουν καν για τους Ψυχοπαγιδευτές Ψυχών!" αναφώνησε ο Άλφρεντ. "Οι περισσότεροι νομίζουν ότι οι ψυχές τους πηγαίνουν στον παράδεισο (ή αν είναι κακές στο καυτό μέρος.) Αν το ήξεραν, θα αναστατώνονταν γι' αυτό. Αλλά δεν το ξέρουν".

"Ναι, δεν μπορείς να χάσεις κάτι για το οποίο δεν ξέρεις τίποτα", είπε ο Σαμ. "Ούτε μπορείς να αγωνιστείς για κάτι που δεν ξέρεις".

"Μου είπαν ότι οι ψυχές των γονιών μου μπορεί να περιφέρονται αυτή τη στιγμή, άστεγες. Αυτό με χτύπησε άσχημα".

"Γι' αυτό ακριβώς σου το είπαν!" Ο Σαμ είπε. "Είναι ξεκάθαρη χειραγώγηση".

"Όχι, είναι συναισθηματικός εκβιασμός", είπε ο Άλφρεντ. "Αλλά καταλαβαίνω γιατί το είπαν αυτό. Αν μου έλεγαν το ίδιο για την οικογένειά μου, θα ήθελα να εμπλακώ. Θέλω να πολεμήσω αυτές τις θεές. Αν ήμουν θερμοκέφαλος, θα ενεργούσα αμέσως με βάση τα συναισθήματά μου. Αλλά πρέπει να είμαστε λογικοί εδώ. Πρέπει να διατηρήσουμε την ψυχραιμία μας".

"Ποιες είναι αυτές οι θεές τέλος πάντων; Τι ξέρουμε γι' αυτές;" ρώτησε η Λία.

"Και είμαστε σίγουροι ότι οι αρχάγγελοι είναι στη σωστή πλευρά της υπόθεσης;" Ο Σαμ ρώτησε.

"Είπαν ότι ένα λάθος από μέρους τους, προκάλεσε ακόμη και αυτό το γεγονός - αλλά δεν μου είπαν πώς ακριβώς συνέβη ή γιατί. Και δεν είχαν διάθεση να τους πιέσω για πληροφορίες - περισσότερες από αυτές που ήμουν ήδη σε θέση να τους αποσπάσω. Εξάλλου, έχουν τη Ρόζαλι και ο χρόνος μας για να πάρουμε μια απόφαση εξαντλείται".

"Ακριβώς", είπε η Λία. "Και όμως, πώς μπορούμε να αποφασίσουμε όταν δεν ξέρουμε καν τι έχουμε να αντιμετωπίσουμε; Ξέρουν ότι είμαστε παιδιά. Ναι, ο καθένας μας έχει μοναδικές δυνάμεις - αλλά είναι αρκετές; Αν οι αρχάγγελοι δεν μπορούν να διαχειριστούν οι ίδιοι αυτή την κατάσταση... γιατί ξέρουν ότι εμείς θα μπορέσουμε;"

"Αυτό δεν μπορώ να το πω. Τους πίεσα να μου πουν περισσότερα. Αν δεν ήταν η φωνή στον τοίχο - δεν θα μου είχαν πει τόσα πολλά όσα έμαθα".

"Πώς τολμούν να μας αποκρύπτουν πληροφορίες!" αναφώνησε ο Άλφρεντ.

"Τους εξήγησα όσα ξέρω. Είναι τρεις. Είναι θεές - μυθολογικά πλάσματα που νόμιζα ότι δεν ήταν αληθινά".

"Μπορούμε να μάθουμε όλα όσα πρέπει να ξέρουμε για να οπλιστούμε εναντίον τους στο διαδίκτυο", είπε ο Σαμ. "Αλλά θα πάρει λίγο χρόνο". Δίστασε. "Ωστόσο, δεν νομίζω ότι θα έχουμε μεγάλη τύχη να ψάξουμε για πληροφορίες σχετικά με τους Ψυχοπαγιδευτές".

"Προσπάθησα ήδη και δεν μπόρεσα να βρω τίποτα".

"Πότε ακούσατε για πρώτη φορά γι' αυτούς;" ρώτησε ο Σαμ.

"Η φωνή στον τοίχο άφησε να εννοηθεί ότι μου είχαν μιλήσει γι' αυτούς στο παρελθόν, αλλά κάθε φορά που προσπαθώ να θυμηθώ είναι σαν ένας τοίχος να μπλοκάρει τις πληροφορίες".

"Ουάου! Το ίδιο ακριβώς πράγμα συμβαίνει και σε μένα", είπε η Λία. "Αυτό είναι τόσο παράξενο".

Ο E-Z έριξε μια ματιά στην ώρα στο τηλέφωνό του. "Λοιπόν, σας έδωσα σε όλους πολλά να σκεφτείτε. Έχουμε μέχρι το πρωί για να πάρουμε μια σταθερή απόφαση... αλλά δεν νομίζω ότι έχουμε άλλη επιλογή από το να συμφωνήσουμε να τους βοηθήσουμε. Θέλω να πω, αν δεν το κάνουμε εμείς, τότε ποιος;"

"Το ίδιο σκεφτόμουν κι εγώ", είπε ο Άλφρεντ. "Αλλά και πάλι δεν μου αρέσει ο τρόπος που το έχουν κάνει".

"Ούτε σε μένα", είπε η Λία. "Πάω για ύπνο. Καληνύχτα σε όλους. Τα λέμε το πρωί". Έκλεισε την πόρτα πίσω της.

"Χρειάζεσαι τίποτα;" ρώτησε ο Σαμ.

"Όχι, είμαι εντάξει. Καληνύχτα θείε Σαμ".

"Καληνύχτα E-Z. Πρέπει να σου πω πόσο περήφανος είμαι για σένα και πόσο περήφανοι θα ήταν οι γονείς σου".

"Ευχαριστώ."

"Και καληνύχτα Άλφρεντ", είπε ο Σαμ καθώς άνοιγε την πόρτα.

"Καληνύχτα", είπε ο Άλφρεντ, μετά βολεύτηκε με το κεφάλι κάτω από τη φτερούγα του και αποκοιμήθηκε.

Ο E-Z, μη μπορώντας να κοιμηθεί, κοίταζε το ταβάνι με τα χέρια του πίσω από το κεφάλι του. Έκανε μερικές κάμψεις και μετά γύρισε στο πλάι ελπίζοντας να αποκοιμηθεί. Αντ' αυτού, είδε δύο φώτα, ένα πράσινο και ένα κίτρινο, να αιωρούνται προς το μέρος του.

"Είσαι ξύπνιος;" ρώτησε ο Χαντζ.

"Όχι", είπε ο E-Z με ένα χαμόγελο καθώς σηκώθηκε.

"Υποτίθεται ότι δεν πρέπει να σου μιλάμε", είπε ο Ρέικι, "αλλά πρέπει να σου μιλήσουμε, οπότε πρέπει να μαντέψεις τι δεν πρέπει να σου πούμε".

"Να μαντέψω; Σοβαρά; Μπορείς να μου δώσεις ένα στοιχείο... ξέρεις, να μου περιορίσεις το πεδίο, έστω και λίγο;"

Οι επίδοξοι άγγελοι ψιθύρισαν ο ένας στον άλλο. Φάνηκε να διαφωνούν, καθώς ο Χαντζ πέταξε στη μία πλευρά του δωματίου και η Ρέικι στην άλλη.

"Κ, πάω για ύπνο. Όταν το καταλάβεις, μπορείς να μου το πεις το πρωί".

Κοιμήθηκε και μετά ξύπνησε. Ήταν στην καρέκλα του και πετούσε στον ουρανό. Έδεσε τη ζώνη ασφαλείας του. "Τι στο...;"

"Αποφασίσαμε καθώς δεν μπορούσαμε να περιορίσουμε το πεδίο για σένα. Ή να σου πούμε αυτά που πρέπει να ξέρεις. Για να πάρετε μια τεκμηριωμένη απόφαση... Ότι θα ΣΑΣ ΔΕΙΧΝΟΥΜΕ αντί γι' αυτό. Οπότε, ακολούθησέ μας."

Καθώς τα σύννεφα περνούσαν και ο καθαρός αλλά δροσερός νυχτερινός αέρας γέμιζε τα πνευμόνια του, ο E-Z ένιωθε πιο ζωντανός από ό,τι είχε νιώσει εδώ και καιρό. Κατά κάποιο τρόπο του έλειπε να τον καλούν στις δοκιμασίες για να βοηθήσει και να σώσει ανθρώπους που είχαν πρόβλημα.

Από τότε που σταμάτησε να δουλεύει με τον Έριελ, δεν ένιωθε και πολύ σούπερ ήρωας. Πράγματι, είχε σώσει μια γάτα που είχε κολλήσει σε ένα δέντρο. Και είχε αποτρέψει μια μπάλα του μπέιζμπολ από το να σπάσει ένα πολύτιμο βιτρό εκκλησίας.

Αλλά το μεγαλύτερο μέρος της καθημερινότητάς του σκεφτόταν το μέλλον. Σχεδίαζε να τελειώσει το λύκειο σε καλύτερη θέση για να πάρει υποτροφία. Στο καλύτερο κολέγιο ή πανεπιστήμιο που θα μπορούσε να πάρει.

Ο θείος Σαμ και η Σαμάνθα σχεδίαζαν για το νέο μωρό. Κρατούσαν μυστικό αν το μωρό θα ήταν αγόρι ή κορίτσι, και κανείς δεν επιτρεπόταν να μπει στο νέο δωμάτιο του μωρού. Ο E-Z σκέφτηκε ότι ήταν περίεργο να είναι δεκαπέντε χρονών και να γίνεται σύντομα θείος, αλλά το περίμενε με ανυπομονησία.

Και η Λία, τα πήγαινε καλά στο σχολείο, ταίριαζε, παρόλο που είχε περάσει από την ηλικία των επτά στα δώδεκα με δύο άλματα σε σχετικά σύντομο χρονικό διάστημα. Ό,τι κι αν τη γέραζε φαινόταν να έχει σταματήσει και τώρα φαινόταν ότι είχε ερωτευτεί τον Πι Τζέι. Σίγουρα μεγάλωνε και χαμογέλασε σκεπτόμενος πόσο αυταρχική είχε γίνει. Αυτό του θύμισε τη Μικρή Ντόριτ τη Μονόκερη. Είχαν να την δουν από τις δοκιμασίες. Ίσως οι αρχάγγελοι να την είχαν στείλει για να βοηθήσει τη Λία όταν συνδέθηκαν όλοι μαζί. Έπειτα ήταν η άφιξη του ξαδέλφου του Τσαρλς Ντίκενς. Και ο Πι Τζέι και ο Άρντεν είχαν κολλήσει σε κώμα - και κανείς δεν ήξερε πώς να τους βγάλει από αυτό. Ο Άλφρεντ κρατούσε τον εαυτό του απασχολημένο, γύρω από το σπίτι. Από τότε που ήρθε ο θείος Σαμ δεν χρειαζόταν να κόβει το γρασίδι τόσο συχνά.

Θυμήθηκε ξανά τις δύο δίκες στις οποίες είχε βρει ομοιότητες. Εκείνη με το κορίτσι που ήταν ντυμένο σαν χαρακτήρας παίκτη πολλαπλών παιχνιδιών. Η άλλη με το αγόρι που του είχαν πει να σκοτώσει τον Ε-Ζ για να σώσει τη ζωή της οικογένειάς του. Συνδέονταν μεταξύ τους. Ο Eriel είχε δίκιο. Απλά έπρεπε να καταλάβει τι ακριβώς σήμαινε αυτό.

"Φτάσαμε σχεδόν εκεί;" ρώτησε, παρατηρώντας πόσο κρύο είχε αρχίσει να κάνει. Κινούνταν γρήγορα, πλησιάζοντας στο Εθνικό Πάρκο της Κοιλάδας του Θανάτου, στην έρημο Μοχάβε. Ήταν Δεκέμβριος, ένας από τους πιο κρύους μήνες του χρόνου για την έρημο τη νύχτα και ευχόταν να είχε φέρει την κουκούλα του. Ήταν τόσο σκοτεινά που τα αστέρια έμοιαζαν εκατομμύρια φορές πιο φωτεινά. Σαν μάτια στον ουρανό με απόσταση μόλις ενός δαχτύλου μεταξύ τους ή έτσι φαινόταν.

Οι εκπαιδευόμενοι άγγελοι δεν απάντησαν. Κατέβηκαν μερικά μέτρα και μετά συνέχισαν να πετούν μπροστά με πλήρη ταχύτητα.

"Υπέροχα!" είπε. "Ενημερώστε με πότε θα προσγειωθούμε. Μακάρι να είχα έναν ταξιδιωτικό πράκτορα να μου πει τι είναι αυτό που βλέπω".

"Χρησιμοποίησε το τηλέφωνό σου", ψιθύρισαν η Λία και ο Άλφρεντ. Στη συνέχεια σιώπησαν.

Πετούσαν, πάνω από το Badwater Basin, το χαμηλότερο σημείο της Βόρειας Αμερικής.

Ονομάστηκε έτσι, καθώς το νερό είναι κακό - άρα ακατάλληλο για πόση λόγω της περίσσειας αλάτων. Όμως κάποια άγρια ζώα και φυτά μπορούν να ευδοκιμήσουν στην περιοχή, όπως πίκλες, έντομα και σαλιγκάρια.

Πιο βαθιά μπήκαν στην Κοιλάδα του Θανάτου, ενώ ο E-Z απολάμβανε το έδαφος και προσπαθούσε να μη σκέφτεται πόσο διψούσε.

"Φτάσαμε;" ρώτησε ξανά, καθώς ένα μαύρο πουλί πέταξε πάνω από το κεφάλι του ρίχνοντας ένα φορτίο κακά πριν συνεχίσει το δρόμο του. "Καλώς ήρθατε στην Κοιλάδα του Θανάτου", είπε σκουπίζοντας τα με το πίσω μέρος του μανικιού του. Συνέχισε βιαστικά για να προλάβει τον Χαντζ και τη Ρέικι.

ΚΕΦΑΛΑΙΟ 24

DEATH VALLEY, ΗΠΑ

"Γρήγορα!" είπαν ο Hadz και η Reiki. "Κοντεύουμε να φτάσουμε στο Ριόλιτ".

Προχώρησε μπροστά, προλαβαίνοντάς τους. "Και τι ακριβώς υπάρχει στο Rhyolite;"

"Ένα μικρό ιστορικό", είπε ο Hadz. "Εκτός αν το έχετε ήδη ακούσει;"

Ο E-Z κούνησε το κεφάλι του. Είχε μάθει για το Γκραντ Κάνυον στο σχολείο, κυρίως για το πώς σχηματίστηκε.

Ο Χαντζ συνέχισε: "Το Ριόλαϊτ ήταν κάποτε μια ακμάζουσα πόλη κατά τη διάρκεια του Χρυσού Βιασμού το 1904. Δεν κράτησε πολύ όμως, το 1924 πέθανε ο τελευταίος κάτοικός της και μετατράπηκε σε πόλη-φάντασμα".

"Τι σημαίνει η λέξη Rhyolite;"

Η Ρέικι απάντησε: "Είναι ένα όξινο ηφαιστειακό πέτρωμα - η μορφή λάβας του γρανίτη. Ονομάστηκε έτσι από έναν γεωλόγο ονόματι Φέρντιναντ φον

Ριχτχόφεν το 1860. Η προέλευσή του είναι ελληνική, από τη λέξη rhyax που σημαίνει ρεύμα λάβας".

"Δηλαδή, η πόλη είχε μια μεγάλη έξαρση χρυσού και την ονόμασαν από ένα ηφαιστειακό πέτρωμα;" Δίστασε. "Νομίζω ότι θυμάμαι κάτι από το μάθημα για την ηφαιστειακή δράση".

"Σωστά", είπε ο Χαντζ. "Χρονολογείται πριν από δύο εκατομμύρια χρόνια".

"Λοιπόν, αυτό το μάθημα είναι ενδιαφέρον και όλα αυτά - αλλά εξακολουθώ να μην έχω ιδέα γιατί πηγαίνουμε στο Ριόλιτ".

Η Ρέικι ξεστόμισε: "Επειδή είναι το αρχηγείο των αποστατών".

"Αυτοί που ανταγωνίζονται για τον έλεγχο των Ψυχοπαγίδων".

"Ποιοι είναι αυτοί ακριβώς και πώς μπορούμε να τους σταματήσουμε; Με το εμείς - εννοώ εμάς, τους Τρεις. Γιατί ο Έριελ και ο Ραφαήλ κρατούν τη Ρόζαλι και παρεμπιπτόντως, ο χρόνος τελειώνει. Μας έδωσαν μόνο είκοσι τέσσερις ώρες για να επιστρέψουμε σε αυτούς".

"Σσσς", είπε ο Χαντζ. "Έχουν εξαιρετική ακοή και ο άνεμος μπορεί να μεταφέρει τις φωνές μας ψιθυριστά σ' αυτούς. Από εδώ και πέρα θα μιλάμε μόνο με το μυαλό μας".

Ο E-Z ρώτησε, χρησιμοποιώντας το μυαλό του: "Τι θα συμβεί αν μάθουν ότι είμαστε εδώ; Εννοώ, δεν θα μπορούν να μας δουν;"

"Ο Χαντζ κι εγώ δεν είμαστε άνθρωποι, οπότε είμαστε εκτός του ραντάρ τους. Εσείς, ωστόσο, δεν είστε και γι' αυτό σας έχουμε θωρακίσει".

"Υπέροχα! Υπάρχει μια αόρατη προστατευτική ασπίδα γύρω μου - αυτή είναι μια χρήσιμη πληροφορία για μένα να γνωρίζω".

Στο βάθος μπορούσε να δει τα Μαύρα Όρη. "Πάω στοίχημα ότι όταν ο ήλιος ψήνει τη ζέστη σε αυτά τα βουνά θα μπορούσες να τηγανίσεις ένα αυγό πάνω τους". Δίστασε: "Και το πουλί που τα έκανε πάνω μου; Θα μπορούσαν οι κακοί να το έχουν στείλει έξω, για να μας ψάξει;"

Ο Χαντζ και η Ρέικι κούνησαν τα κεφάλια τους. "Είδαμε το πουλί. Ήταν ένα κοράκι - γνωστό ως φορέας μηνυμάτων από τους ουρανούς".

"Εντάξει, εντάξει. Δεν πίστευα ότι έμοιαζε με κοράκι. Πείτε μου τι είναι αυτό που έχει καταλάβει τους ψυχοπαγιδευτές και τι θα πρέπει να κάνουμε για να τους νικήσουμε". Δίστασε: "Και τι σχέση έχει αυτό με τη μετενσάρκωση, ως νεαρό αγόρι, του Κάρολου Ντίκενς". Δίστασε και πάλι. "Επίσης, θα μεταφερθεί η Λία; Θα επιστρέψει ο μονόκερος Λιτλ Ντόριτ αν/όταν συμφωνήσουμε να σας βοηθήσουμε;" Αυτά ήταν πολλά λόγια. Διψούσε και ευχόταν να είχε φέρει ένα μπουκάλι νερό.

POP.

Εμφανίστηκε ένα. Το ήπιε πίσω, αφού είπε "ευχαριστώ", σε κανέναν.

Η Ρέικι ρώτησε: "Έχεις ακούσει ποτέ για τις Ερινύες;".

Ο E-Z κούνησε το κεφάλι του.

"Γνωστές και ως Ερινύες", είπε ο Χαντζ.

"Δεν έχω ιδέα τι είναι και οι δύο... αλλά έχω μια αμυδρή ανάμνηση από κάτι από κάποιο παιχνίδι ίσως;"

"Είναι γνωστές συλλογικά ως οι Θεές της Εκδίκησης".

"Πες μου περισσότερα. Σε ποιον παίρνουν εκδίκηση;"

"Γιατί, ολόκληρη την ανθρώπινη φυλή!" Ο Χαντζ εκνευρίστηκε.

"Οι φίλοι μου και εγώ μιλήσαμε γι' αυτό νωρίτερα. Οι περισσότεροι άνθρωποι δεν γνωρίζουν για τους Ψυχοπαγιδευτές. Οι περισσότεροι πιστεύουν ότι έχουμε ψυχές. Ψυχές που πηγαίνουν είτε στον παράδεισο είτε στην κόλαση - ανάλογα με τις επιλογές που κάνουμε στη ζωή μας".

"Ναι, το γνωρίζουμε αυτό", είπε ο Χαντζ.

"Τότε πείτε μου", ρώτησε ο E-Z. "Πού είναι ο θεός σε όλα αυτά; Ο Θεός ή ο Ιησούς, ο Αλλάχ, ο Βούδας... όπως κι αν τον ξέρετε. Πού είναι;"

Ο Χαντζ και ο Ρέικι κοίταξαν μπροστά χωρίς να απαντήσουν.

"Εντάξει, καταλαβαίνω ότι δεν μπορείτε να απαντήσετε σε αυτή την ερώτηση. Απάντησέ μου αντ' αυτού σ' αυτή. Γιατί οι θεές τιμωρούν τους ανθρώπους χρησιμοποιώντας κάτι που δεν γνωρίζουν καν; Καταλαβαίνω ότι είναι κακές, αλλά παρ' όλα αυτά ακούγεται γελοίο".

"Τα παιδιά", είπε ο Χαντζ.

"Τιμωρούν τους ατιμώρητους. Αλλά..."

"Α, περίμενα ένα αλλά... Συνέχισε".

"Οι Ερινύες κάνουν κατάχρηση των δυνάμεών τους. Ξεπερνούν τα όρια. Στοχεύουν αθώους. Αθώα παιδιά που παίζουν ένα παιχνίδι."

"Περίμενε, εννοείς ότι τα παιδιά που παίζουν παιχνίδια τιμωρούνται για πράγματα που κάνουν μέσα στο παιχνίδι; Μα το παιχνίδι δεν είναι αληθινό! Πώς μπορούν να τιμωρούνται στην πραγματική ζωή για κάτι που δεν είναι πραγματικό;"

"Το ξέρω αυτό, και το ξέρεις κι εσύ, αλλά, για τις Φούριες είναι όλα το ίδιο. Αν σε ένα παιχνίδι για να σκοτώσεις κάποιον, περνάς από την ίδια διαδικασία σκέψης που θα έκανε ένας δολοφόνος. Περιλαμβάνει τον σχεδιασμό, με πρόθεση να σκοτώσεις και μετά να το ολοκληρώσεις. Σε ορισμένες περιπτώσεις, πρόκειται για μαζικές δολοφονίες. Και ναι, είναι αθώοι και τους ζητείται να κάνουν αυτά τα πράγματα προκειμένου να προχωρήσουν περισσότερο στο παιχνίδι. Για τους Furies, τα παιδιά είναι οι ατιμώρητοι και είναι ελεύθερο παιχνίδι όταν βρίσκονται μέσα στο παιχνίδι".

"Περιμένετε ένα λεπτό!" αναφώνησε ο E-Z. "Τι ακριβώς θέλετε να πείτε εδώ; Νομίζω ότι καταλαβαίνω την ουσία, πώς ταιριάζουν οι Ψυχοπαγίδες, αλλά η ιδέα είναι τόσο σατανική... που δεν θέλω ούτε να τη σκέφτομαι, πόσο μάλλον να την λέω".

"Οι Ερινύες παίρνουν εκδίκηση από τους παίκτες του παιχνιδιού. Αυτοί που έχουν αμαρτήσει μέσα στην καρδιά τους", είπε η Ρέικι. "Δεν είναι γραφτό να πεθάνουν! Οι Ψυχοπαγίδες τους δεν είναι έτοιμες να δεχτούν τις ψυχές τους και έτσι...".

"Δεν έχουν πού να πάνε", είπε ο Χαντζ.

"Και οι Furies τους συγκεντρώνουν εδώ, δημιουργώντας τη δική τους φυλή Ψυχών. Αποθηκεύουν τις ψυχές των παιδιών σε κλεμμένες Ψυχοπαγίδες".

"Αυτό δημιουργεί χάος", είπε ο Hadz.

"Γι' αυτό, εσείς παιδιά πρέπει να βοηθήσετε".

"Περιμένετε ένα λεπτό!" Είπε ο E-Z. "Περιμένετε ένα αναθεματισμένο λεπτό!"

ΚΕΦΑΛΑΙΟ 25

ΤΕΣΣΕΡΙΣ EYES

"Ω, ω", φώναξε ο Hadz, καθώς ένα σκοτεινό σύννεφο κινούνταν γρήγορα στον ουρανό και κατευθυνόταν προς την κατεύθυνσή τους.

"Δεν μπορεί να έχουν διαπεράσει την προστατευτική ασπίδα!" αναφώνησε η Ρέικι.

Ο E-Z έριξε μια ματιά πάνω από τον ώμο του. Αυτό που είδε ήταν ένα μαύρο κάτι που δεν ήταν σύννεφο. Διότι έμοιαζε με φίδι. Με μια διχαλωτή γλώσσα που έγλειφε τον αέρα. Αντί για δύο μάτια, είχε πολλά μάτια. Πάρα πολλά για να τα μετρήσει κανείς. Το καθένα με αίμα να στάζει. Αίμα και αχνιστό κίτρινο πύον.

Η γλώσσα αυτού του πράγματος μετατοπίστηκε από τα δεξιά στα αριστερά. Έκανε έναν μαστιγωτό ήχο, ενώ τα σαγόνια του άνοιγαν και έκλειναν. Και από το λαιμό του ακούγονταν ένας ήχος που εναλλασσόταν μεταξύ στριγκλιάσματος και βουητού.

Με τον άνεμο πίσω του, μια δυσοσμία άκρως βρώμικη γέμισε τον αέρα και σύντομα έφτασε στα ρουθούνια των E-Z, Hadz και Reiki.

Η μυρωδιά ήταν πολύ άσχημη. Χειρότερη από το θειάφι. Ή από σάπια αυγά. Πιο αηδιαστική από σηπτικό υγρό και σάπια πτώματα μαζί.

Το τρίο ανέβηκε ψηλότερα, ώστε να μπορούν να δουν πίσω από μια κορυφογραμμή που δεν είχαν παρατηρήσει πριν. Πίσω της, υπήρχαν ασημένια δοχεία. Ψυχοπαγίδες. Όσο μπορούσε να δει το μάτι.

"Τόσα πολλά! Είναι όλα αυτά γεμάτα με παιδιά; Ωχ, όχι!" είπε ο E-Z με ρινικό τόνο, αφού ακόμα έφραζε τη μύτη του. Αν και μπορούσε ακόμα να μυρίσει τη δυσοσμία.

ΡΤΟΟΕΥ.

Απέφυγαν έναν ψεκασμό από γλοιώδες κίτρινο πύον.

"Τι στο καλό είναι αυτό;" αναφώνησε ο E-Z.

Από κάτω φαινόταν ένας γιγάντιος βολβός ματιού. Είχε κλείσει. Μεταμφιεσμένος.

ΡΤΟΟΕΥ. ΡΤΟΟΕΥ. ΡΤΟΟΕΥ.

"Ωχ όχι!" αναφώνησε ο E-Z. "Μούτζες στα μάτια!"

Τους πυροβόλησε, εκτοξεύοντας το καυτό, κολλώδες υγρό του.

"Κρατηθείτε!" φώναξαν ο Χατζ και η Ρέικι.

Ο καθένας τους έπιασε από ένα από τα αυτιά του E-Z.

"Ααααα!" φώναξε.

ΡΤΟΟΕΥ.

Ο E-Z απέφυγε το μπουμπούκι, αλλά παραλίγο να συγκρουστεί με την αναπηρική του καρέκλα.

FIZZLE.

POP.

POP.

Ο E-Z ήταν πάλι στο κρεβάτι του. Χάντρες ιδρώτα έσταζαν στο μέτωπό του.

Εν τω μεταξύ, ο Άλφρεντ συνέχιζε να ροχαλίζει στην άκρη του κρεβατιού.

"Αυτό ήταν λίγο πολύ κοντά για να με παρηγορήσει!" είπε ο E-Z. "Μήπως διαπέρασαν την προστατευτική ασπίδα; Μας είδαν; Ξέρουν ποιος είμαι, πού μένω;"

"Όχι, βγήκαμε από εκεί πριν προλάβουν να περάσουν", είπε η Ρέικι.

"Ίσως να είναι χαζή ερώτηση, αλλά γιατί δεν μας έβαλες από την αρχή με το POP μέσα και έξω από εκεί. Αντί να αφιερώσετε χρόνο για να πετάξετε μέχρι εκεί - και να θέσετε τις ζωές μας σε κίνδυνο;"

"Έπρεπε να σας ΔΕΙΞΟΥΜΕ".

"Πριν από τη μάχη... Πώς το λένε..."

"Εννοείς αναγνώριση;" ρώτησε ο E-Z.

"Ναι, ακριβώς. Έπρεπε να σας δείξουμε. Έπρεπε να το δείτε, με τα ίδια σας τα μάτια. Όλα. Τι έχετε να αντιμετωπίσετε", είπε ο Χαντζ.

"Σκεφτήκαμε ότι αυτό που θα μάθαινες, θα άξιζε το ρίσκο".

"Υποθέτω ότι ο χρόνος θα δείξει", είπε ο E-Z.

"Συγγνώμη, αν το παρακάναμε", είπε ο Hadz.

"Πραγματικά είχαμε το συμφέρον σου στο μυαλό μας".

"Το ξέρω ότι το κάνατε. Και χαίρομαι που είδα τους Ψυχοπαγιδευτές. Το πόσοι ήταν - αυτό πραγματικά με σόκαρε".

"Ναι, κι εμάς μας σόκαρε. Και να είσαι σίγουρος ότι σοκάρισε και τους Αρχαγγέλους. Όταν το είδαν για πρώτη φορά."

"Δεν έπρεπε να το πεις αυτό" είπε η Ρέικι.

POP.

Ο Χαντζ εξαφανίστηκε.

"Ω, τώρα, δεν πειράζει", είπε ο E-Z.

"Δεν πειράζει".

"Ακόμα δεν μπορώ να καταλάβω τι κερδίζουν οι Furies από αυτό; Ποιος είναι ο σκοπός τους; Το έχει καταλάβει κανείς;"

"Προσθέτουν περισσότερα κάθε μέρα. Περισσότερα παιδιά που παίζουν παιχνίδια, που απορροφώνται από τον ιστό τους".

"Αλλά γιατί δεν υπάρχει δημόσια κατακραυγή; Δεν θα έπρεπε να το πούμε στους παγκόσμιους ηγέτες, στους προέδρους, στους πρωθυπουργούς; Δεν υπάρχει κάτι που θα μπορούσαν να κάνουν;"

"Σκεφτείτε το, ποιο είναι το πρώτο πράγμα που θα έκαναν; Θα έστελναν το στρατό. Θα πέθαιναν κι άλλοι άνθρωποι. Περισσότεροι Ψυχοπαγιδευτές που θα απαιτούνταν πριν την ώρα τους.

"Το παιχνίδι από ό,τι έχουμε παρατηρήσει είναι ένα παγκόσμιο φαινόμενο. Οι κακές αδελφές παίρνουν τις ψυχές ανυποψίαστων παιδιών".

"Αλλά οι περισσότεροι από τους ηγέτες έχουν τα δικά τους παιδιά", είπε ο Ε-Ζ. "Σίγουρα, αν ήξεραν θα ήθελαν να προστατεύσουν τα παιδιά τους και θα ήθελαν να προστατεύσουν και άλλα παιδιά".

"Μάλλον οι Ερινύες θα μηδένιζαν τα παιδιά τους. Θα ήταν σαν να τους κρεμούσαν ένα ραβδί μπροστά τους", είπε η Ρέικι.

POP.

Ο Χαντζ επέστρεψε.

"Θα τους άρεσε πολύ αν μπορούσαν να καταστρέψουν τα μεγάλα και ισχυρά παιδιά. Αυτή τη στιγμή, αυτό που φαίνεται να κάνουν είναι τυχαίο - επιλεγμένο μέσα στο παιχνίδι" είπε η Ρέικι.

"Πες μου περισσότερα από όσα ξέρεις γι' αυτούς". ρώτησε ο Ε-Ζ.

Ο Χαντζ ψιθύρισε: "Τα ονόματά τους είναι Άλι, Μεγκ και Τίσι. Η εκδίκηση της Άλι είναι για το θυμό, της Μεγκ για τη ζήλια και ο Τίσι είναι γνωστός ως εκδικητής".

"Εντάξει, λοιπόν, γιατί μυρίζουν τόσο άσχημα; Και πώς μπορούν να νικηθούν και οι τρεις τους;" ρώτησε ο Ε-Ζ κοιτάζοντας το ρολόι του. Μόλις είχε πάει 8 π.μ. Έπρεπε να μιλήσει με την υπόλοιπη συμμορία, για να πάρει πίσω τη Ρόζαλι. Πώς θα τους έλεγε γι' αυτή την τρομερή τριάδα και για όλα τα παιδιά σε αυτές τις Ψυχοπαγίδες;

"Ο θρύλος λέει ότι τιμωρήθηκαν επειδή έκαναν τη δουλειά τους, στο παρελθόν. Τώρα έχουν βρει αυτό το παραθυράκι με την Εικονική Πραγματικότητα, μια νεόκοπη ανθρώπινη εφεύρεση". Ο Χαντζ δίστασε. "Γιατί οι άνθρωποι δεν θέλουν ποτέ να ζουν τη ζωή τους στο τώρα; Γιατί πρέπει να δραπετεύουν και να παίζουν ηλίθια παιχνίδια που θέτουν τη ζωή τους σε κίνδυνο;" Ο επίδοξος άγγελος ήταν κατακόκκινος και εξαιρετικά θυμωμένος".

Ο Ρέικι προσπάθησε να παρηγορήσει τον φίλο του λέγοντας: "Δεν ξέρουν τι κάνουν".

"Η άγνοια δεν είναι δικαιολογία", είπε ο E-Z. " Πρέπει να τους στείλουμε πίσω εκεί όπου βρίσκονταν πριν εφευρεθεί η VR. Και πρέπει να επιστρέψουν τις ψυχές των παιδιών που πήραν με ψεύτικες προφάσεις. Μόνο που το θέμα είναι, ΠΩΣ υποτίθεται ότι θα τους πείσουμε ότι κάνουν λάθος; Ότι κλέβουν ζωές και τιμωρούν ανθρώπους για σκέψεις, όχι για πράξεις;

"Τώρα που έριξα μια ματιά στις Ερινύες - ξέρω ότι πρέπει να σας βοηθήσουμε περισσότερο από ποτέ. Αλλά πρέπει ακόμα να πείσω τους άλλους. Ακόμα κι αν συμφωνήσουν, εξακολουθούμε να πολεμάμε ενάντια στις πιθανότητες. Θέλω να είμαι θετικός. Να πω ότι είμαστε έτοιμοι για την αποστολή. Αλλά δεν θα ξέρουμε με σιγουριά, μέχρι να έρθει η ώρα να πολεμήσουμε".

Χτύπησε το μαξιλάρι του και το κράτησε στην αγκαλιά του. "Μισό λεπτό, μήπως πέθαναν; Θέλω να πω, μήπως οι Ερινύες ξέφυγαν από τους δικούς τους Ψυχοπαγιδευτές; Και αν το έκαναν, πώς; Ποιος τους βοήθησε να ξεφύγουν;"

Ο Χαντζ κοίταξε τη Ρέικι και η Ρέικι κοίταξε και τον Χαντζ.

POP.

POP.

Είχαν φύγει.

"Υπέροχα!" Είπε ο E-Z. "Απλά φανταστικό!

ΚΕΦΑΛΑΙΟ 26

ΚΑΝΕΙ ΤΟ ΚΑΛΥΤΕΡΟ ΤΟΥ

Παρόλο που προσπάθησε να κοιμηθεί, ο E-Z δεν μπορούσε να κοιμηθεί. Συνέχισε να σκέφτεται και να κάνει ερωτήσεις στον εαυτό του. Ερωτήσεις που δεν μπορούσε να απαντήσει.

Έτσι, σηκώθηκε από το κρεβάτι, μπήκε στον υπολογιστή του και έψαξε λίγο.

Βρήκε χρυσάφι πριν από λίγο. Όταν βρήκε έναν σύνδεσμο Οι Ερινύες και οι τρεις Χάριτες. Φαινόταν να είναι το γιν και το γιανγκ του άλλου. Το ένα καλό και το άλλο κακό. Αναρωτήθηκε αν θα μπορούσαν να χρησιμοποιήσουν αυτές τις πληροφορίες προς όφελός τους. Αν οι κακές θεές μπορούσαν να έρθουν στη γη, θα μπορούσαν και οι καλές θεές να επιστραφούν;

Πρώτα, πριν προτείνει στους αρχαγγέλους να τις φέρουν πίσω - εφόσον μπορούσαν να το κάνουν. Ήθελε να μάθει τι ακριβώς θα έφερναν οι Χάριτες στο τραπέζι.

Ναι, ήταν θεές. Οι κόρες του Δία που ήταν θεός του ουρανού. Οι δυνάμεις τους κατευθύνονταν στη γοητεία, την ομορφιά και τη δημιουργικότητα. Διάβασε παρακάτω, αλλά δεν μπορούσε να δει πώς θα βοηθούσαν πολύ ενάντια στις Ερινύες.

Παρ' όλα αυτά, είχε λίγο χρόνο και έτσι συνέχισε να διαβάζει Διάβασε κάποιο κείμενο που ήταν διαπιστευμένο στον Νίτσε. Οι θεωρίες του για το καλό και το κακό συζητούνταν και αντιπαραβάλλονταν ακόμα σε φόρουμ.

Τότε μια ανάμνηση ήρθε στο μυαλό του. Συνέβαινε όλο και λιγότερο, αναμνήσεις που επέστρεφαν στο μυαλό του για τους γονείς του. Ήλπιζε ότι δεν θα σταματούσαν ποτέ.

Αυτή ήταν μια συζήτηση με τον πατέρα του. Σχετικά με τον τρίτο νόμο του Νεύτωνα. Είχαν πάρει μια βάρκα και ψάρευαν.

"Είναι ο τρόπος με τον οποίο ένα ψάρι κινείται μέσα στο νερό", εξήγησε ο πατέρας του.

Από τότε, είχε μάθει περισσότερα γι' αυτόν από το σχολείο. Σκέφτηκε ότι ο Νεύτωνας και ο Νίτσε θα είχαν πολύ ενδιαφέρουσες συζητήσεις. Αλλά οι ζωές τους απείχαν χιλιάδες χρόνια μεταξύ τους.

Τότε του ήρθε η ιδέα. Αυτός, η Λία και ο Άλφρεντ ήταν το αντίθετο από τις Ερινύες.

Μήπως οι Αρχάγγελοι το ήξεραν ήδη αυτό; Γι' αυτό έδειχναν τόσο επίμονοι ότι μόνο αυτός και η ομάδα του θα μπορούσαν να νικήσουν τις Ερινύες;

Το ερώτημα που συνέχισε να τρέχει στο μυαλό του όμως ήταν ακόμα - θα μπορούσαν να νικήσουν;

Ήταν δυνατόν να σταματήσουν τις Ερινύες;

Έπρεπε να το συζητήσει με τους άλλους.

Έκλεισε τον υπολογιστή του και γύρισε πίσω για να κοιμηθεί λίγο πριν ξυπνήσουν οι άλλοι.

Όλοι περίμεναν ότι θα είχε όλες τις απαντήσεις. Δεν τις είχε, αλλά έκανε ό,τι μπορούσε. Από τότε που έγινε αρχηγός, η ζωή ήταν έτσι.

ΚΕΦΑΛΑΙΟ 27

Κόκκινο δωμάτιο

Ο E-Z βρισκόταν σε ένα κόκκινο δωμάτιο. Ένα δωμάτιο που μύριζε αίμα. Η έντονη μυρωδιά σιδήρου πονούσε τη μύτη του και την κάλυψε με το χέρι του, και στη συνέχεια προχώρησε μερικά βήματα μπροστά. Τα βήματά του άφησαν σημάδια στο ματωμένο πάτωμα. Πού βρισκόταν; Στην κόλαση; Τουλάχιστον είχε τη δυνατότητα να τρέξει εδώ μέσα, αλλά προς τα πού; Δεν υπήρχαν πόρτες. Ούτε παράθυρα. Κανένα φως και παρόλα αυτά, μπορούσε να δει ότι όλα ήταν κόκκινα. Και υγρό.

Έβγαλε το τηλέφωνό του και έκανε κλικ στην εφαρμογή του φακού. Χρησιμοποιώντας την ακτίνα του φακού ακολούθησε τους τοίχους γύρω του. Ήταν όλοι ίδιοι. Ματωμένοι και στάζουν. Και βρωμούσαν. Περίμενε. Το να καλέσει βοήθεια δεν φαινόταν έξυπνο πράγμα να κάνει. Ίσως να ήταν καλύτερα αν ό,τι τον έφερε σε αυτό το μέρος δεν ερχόταν να τον συναντήσει. Προτιμούσε να μην τους συναντήσει. Η ακτίνα του φακού έσβησε και το τηλέφωνό του έπεσε νεκρό. Φοβούμενος να κουνηθεί, στάθηκε ακίνητος και άκουσε.

Κάτι που σερνόταν. Γλιστράει, κατά μήκος του δαπέδου. Ένα που κατέβαινε από τον τοίχο στα δεξιά και ένα άλλο στα αριστερά. Τρία. Φίδια.

Τότε ο αέρας στο δωμάτιο άλλαξε, και μια οικεία μυρωδιά. Σάπιο. Αυγοτάραχο. Θειάφι. Σάπιο σφάγιο.

Κάλυψε τη μύτη του. Όπως και πριν, δεν κάλυψε την αηδιαστική δυσωδία.

Περίμενε.

Ώστε, τον ήθελαν μόνο του. Τον είχαν. Θα φρόντιζε να το μετανιώσουν αν ήταν το τελευταίο πράγμα που έκανε ποτέ.

"Θα μπορούσαμε να σε φάμε για πρωινό", ούρλιαξε ο Τίσι.

"Ή μεσημεριανό", είπε η Άλι. "Είμαι λίγο πεινασμένος, άλλωστε".

"Ή για απογευματινό τσάι, δεν υπάρχει πολύ από αυτόν. Όχι για να το μοιραστούμε οι τρεις μας", είπε η Μεγκ.

Ο E-Z συγκέντρωσε κάθε ίνα της ύπαρξής του στα φτερά του. Ήταν η μόνη του ελπίδα για να ξεφύγει και ήταν άχρηστες.

"Κοιτάξτε!" Τσίριξε η Μεγκ. "Προσπαθεί να χρησιμοποιήσει τα μικροσκοπικά του φτερά".

Ο Τίσι και η Άλι σηκώθηκαν. Η Μεγκ ενώθηκε μαζί τους καθώς αιωρούνταν ακριβώς πέρα από την εμβέλειά του.

Κάτω από τα πόδια του, το πάτωμα έτρεμε και γουργούριζε. Σαν να επρόκειτο να ανοίξει και να τον καταπιεί. Έκανε όπισθεν, για να σταθεροποιηθεί στον τοίχο. Αλλά όταν τον άγγιξε, το πουκάμισό του ήταν υγρό. Και όταν ακούμπησε το χέρι του πάνω του, αυτό ξαναγύρισε καλυμμένο με αίμα.

"Δεν φοβάμαι, εσάς τις τρεις σκύλες!" φώναξε.

"Ίσως δεν μας φοβάσai - ακόμα -" Η Μεγκ ούρλιαξε.

"Αλλά θα φοβηθείτε πολύ σύντομα", σφύριξε ο Τίσι.

"Προς το παρόν, μπορείς να ασχοληθείς με αυτές τις τρεις", ψιθύρισε η Μεγκ, με τη βρώμικη ανάσα της να τον κάνει σχεδόν να ξεράσει.

Τα τρία φίδια χρησιμοποιώντας τη μόχλευση του ύψους πετάχτηκαν προς το μέρος του. Οι διχαλωτές γλώσσες τους σφύριζαν και έφτυναν. Μετά άρχισαν να τυλίγονται το ένα γύρω από το άλλο. Να ενώνονται, να περιπλέκονται. Μέχρι που έγιναν ένα γιγάντιο φίδι, με τρία κεφάλια και τρία μαστίγια. Μαστίγια που έσπασαν προς την κατεύθυνση του E-Z για να τον κρατήσουν στη θέση του.

Σπρώχνει τον εαυτό του πιο πίσω. Ακούγοντας το αίμα που σφυροκοπούσε πίσω του, κατά κάποιο τρόπο τον παρηγορούσε. Το σώμα του χαλάρωσε καθώς η πλάτη του βυθίστηκε στη γωνία ενάντια στον αιματοβαμμένο τοίχο που έσταζε αίμα.

"Κοίταξέ τον", είπε ο Τίσι. "Είναι απλώς ένα αγόρι και δεν έχει κάνει κακό σε κανέναν. Στην πραγματικότητα, είναι τόσο καλό παιδί, που είναι κρίμα που πρέπει να τον καταστρέψουμε".

"Ναι, η καρδιά του είναι αγνή", είπε η Μεγκ. "Αλλά έχει μια μαύρη κηλίδα στην καρδιά του. Μια κηλίδα εκδίκησης που θα ήθελε να πάρει εναντίον εκείνων που ήταν υπεύθυνοι για τον θάνατο των γονιών του".

"Μη μιλάς για τους γονείς μου!" Ο E-Z φώναξε, σπρώχνοντας τον εαυτό του ακόμα περισσότερο στον αιματοβαμμένο τοίχο. Φοβόταν. Φοβόταν ότι αυτό που έλεγαν ήταν αλήθεια. Έκλεισε τα μάτια του. Αν δεν μπορούσε να τους δει, τότε ίσως να έφευγαν. Τότε κάτι πίσω του υποχώρησε. Και έπεσε σε ελεύθερη πτώση, προς τα πίσω. Γκρεμιζόταν. Πέφτοντας.

THUMP

Προσγειώθηκε στο αναπηρικό του καροτσάκι και πέταξαν.

Πίσω στο Κόκκινο Δωμάτιο οι Ερινύες ήταν έξαλλες!

"Κυνηγήστε τον!" Ο Tisi φώναξε.

"Πιάστε τον!" φώναξε η Μεγκ.

"Είναι πολύ αργά!" Είπε η Άλι. "Είναι σαν να εξαφανίστηκε!"

"Ας επιστρέψουμε στην Κοιλάδα του Θανάτου", είπε η Μεγκ. Έφυγαν, αφήνοντας το Κόκκινο Δωμάτιο άδειο. Αλλά η δυσωδία τους παρέμενε ακόμα.

THUMP.

"Αιμορραγείς", είπε ο Σαμ. "Ας τον πάμε στο μπάνιο. Μπορούμε να δούμε πόσο άσχημα έχει χτυπήσει". Ο Σαμ έσπρωξε το αναπηρικό καροτσάκι προς την πόρτα.

"Όχι, σταμάτα!" Είπε ο E-Z. "Είμαι καλά. Το αίμα δεν είναι δικό μου. Αλλά πρέπει να πλυθώ. Να ξεπλύνω τη δυσωδία. Μετά θα εξηγήσω τι συνέβη. Το υπόσχομαι".

"Εφόσον είσαι σίγουρη ότι είσαι καλά", είπε ο Σαμ.

Αφού έφυγε, ο Σαμ, η Λία και ο Άλφρεντ δεν μπορούσαν να σκεφτούν τίποτα να πουν ο ένας στον άλλο. Περίμεναν σιωπηλά, να επιστρέψει.

Στο μπάνιο, ο E-Z τοποθέτησε το αναπηρικό του αμαξίδιο στη ράμπα. Όταν ξαναέχτισαν το σπίτι, ο θείος Σαμ επινόησε ένα νέο ντους γι' αυτόν. Του έδινε μεγαλύτερη ανεξαρτησία. Και είχε πλάκα! Παρόμοια με το πλύσιμο του αυτοκινήτου.

Έφτασε μέχρι πάνω και έβαλε τα χέρια και τον λαιμό του μέσα από τους ιμάντες. Πάτησε ένα κουμπί ώστε να κινείται προς τα εμπρός και η καρέκλα του να ακολουθεί. Αμέσως το νερό άρχισε να ρέει. Καθαρίζοντας ταυτόχρονα το σώμα του και τα ρούχα του. Κάθε τόσο έβγαινε αφρόλουτρο ή σαμπουάν, ακολουθούμενο από νερό για να το ξεπλύνει.

Τώρα που ήταν καθαρός, συνέχισε να κινείται προς τα εμπρός και ενεργοποίησε τον μηχανισμό στεγνώματος. Στέγνωσε τον ίδιο και τα ρούχα του και τα έκανε να μην τσαλακώνονται μέσα σε λίγα λεπτά.

Όταν έφτασε στο τέλος, αποσυνδέθηκε από τους ιμάντες και έπεσε στην καρέκλα του. Κοίταξε τον εαυτό του στον καθρέφτη. Τα μαλλιά του έδειχναν ήδη τόσο καλά που δεν χρειάστηκε καν να τα χτενίσει. Πήρε το δρόμο για το δωμάτιό του. Όταν είδε τους φίλους του, το στομάχι του ανατρίχιασε και έκανε εμετό.

"Λυπάμαι", είπε. "Λυπάμαι πολύ."

Η Λία και ο Άλφρεντ τον αγκάλιασαν. Δεν ανησύχησαν για τον εμετό. Οι αφοσιωμένοι φίλοι δεν ανησυχούν για τέτοια πράγματα.

Ο Σαμ πήγε να φέρει ένα μπολ και λίγο νερό, για να καθαρίσει τον ανιψιό του.

Ο E-Z ήταν ευγνώμων για τη βοήθεια και αυτό του έδωσε χρόνο να σκεφτεί τι θα έλεγε και πώς θα το έλεγε.

"Ευχαριστώ, θείε Σαμ. Ε, αυτό που έχω να σου πω. Δεν είναι ωραίο".

"Συνέχισε", είπε ο Άλφρεντ.

"Είμαστε εδώ για σένα", είπε η Λία.

"Κάθισε, θείε Σαμ".

Παρατήρησαν τα πάντα χωρίς να πουν λέξη.

"Είμαι μέσα", είπε ο Άλφρεντ.

"Κι εγώ", είπε η Λία.

"Εγώ τρεις", είπε ο Σαμ.

"Σύμφωνοι", είπε ο E-Z. Και ένα δευτερόλεπτο αργότερα, βρισκόταν στο δρόμο της επιστροφής προς το λευκό δωμάτιο. Ή τουλάχιστον εκεί ήλπιζε ότι θα πήγαινε.

Οπουδήποτε ήταν καλύτερα από το κόκκινο δωμάτιο. Οπουδήποτε.

ΚΕΦΑΛΑΙΟ 28

ΛΕΥΚΟ ΔΩΜΑΤΙΟ

Το λευκό δωμάτιο φαινόταν κάπως διαφορετικό όταν τα πόδια του άγγιζαν το έδαφος.

Ο E-Z ένιωσε τόσο ευτυχισμένος που επέστρεψε στην άνεση του λευκού δωματίου. Όπου μπορούσε να περπατήσει. Να αγγίξει τα βιβλία. Να μυρίσει τα βιβλία. Αλλά κάτι ένιωθε παράξενα. Εκτός.

Σταθεροποιήθηκε. Παρατήρησε ότι τα χέρια του έτρεμαν. Τα γόνατά του έτρεμαν. Τώρα τα δόντια του έτριζαν.

Τύλιξε τα χέρια του γύρω από τον εαυτό του και ευχήθηκε να είχε φέρει το μπουφάν του. Περίμενε, περιμένοντας να έρθει ένα. Δεν ήρθε.

"Τι είναι αυτό το μέρος;" ρώτησε.

Καμία απάντηση.

"Τσίζμπεργκερ με πατάτες", είπε.

Τίποτα.

"Chop suey, με ρολό αυγών", είπε, με περισσότερη εξουσία.

"Απαιτώ να μάθω πού βρίσκομαι!" φώναξε.

Τίποτα.

Nadda.

"Rosalie;" φώναξε. "Είσαι εκεί; Έριελ; Ραφαέλ; Κάποιος; Χατζ; Ρέικι;"

Και πάλι τίποτα.

Ούτε καν ένα ευγενικό PFFT για να τον κάνει να χαλαρώσει.

Η οικειότητα των βιβλίων ήταν οι μόνες άγκυρες που τον κρατούσαν σε αυτό το μέρος. Πήγε προς τη σκάλα, τη μετακίνησε κάτω από τα Ds. Περιμένοντας να βρει τον Κάρολο Ντίκενς άρχισε να ανεβαίνει. Αντ' αυτού, διαπίστωσε ότι κάθε βιβλίο που άγγιζε είχε σχέση με τον κόσμο των παιχνιδιών.

Τι στο...

Και κανένα από τα βιβλία δεν είχε φτερά. Ήταν όλα ολοκαίνουργια. Σαν να μην τα είχε ανοίξει κανείς πριν.

Παραλίγο να πέσει από τη σκάλα όταν μια φωνή είπε,

"E-Z Ντίκενς - αυτό δεν είναι το λευκό δωμάτιο που γνωρίζετε. Είναι ένα αντίγραφο. Σας έστειλαν εδώ για να κάνετε έρευνα. Κάθε βιβλίο που χρειάζεστε είναι στα χέρια σας. Κάθε βιβλίο πρέπει να διαβαστεί και να εξεταστεί πλήρως".

"Δεν μπορώ να διαβάσω όλα αυτά τα βιβλία γρήγορα- θα μου έπαιρνε χρόνια για να διαβάσω όλα αυτά τα βιβλία!"

"Γι' αυτό, θα σου δοθεί μια πρόσθετη δύναμη. Μια δύναμη που θα αποδώσει καρπούς μόνο μέσα στους τοίχους αυτού του δωματίου. Διαβάστε τώρα. Γρήγορα. Έξαλλος. Απομνημόνευσε τα όλα."

Όταν αυτή η φωνή τελείωσε, μια άλλη άρχισε,

"Δέκα, εννέα, οκτώ, επτά, έξι, πέντε, τέσσερα, τρία, δύο, ένα. Τώρα, διάβασε το E-Z Dickens. Συνέχισε με αυτό."

Ο E-Z πέρασε με ταχύτητα όλα τα βιβλία.

Όταν τελείωνε ένα, ένα άλλο έπεφτε αμέσως στα χέρια του. Μετά άλλο ένα, και άλλο ένα.

Τα διάβασε όλα, μέχρι που δεν μπορούσε να διαβάσει άλλο.

Ήλπιζε να μην εκραγεί το κεφάλι του!

Τότε έπεσε στον τοίχο, στριμώχτηκε σε μια γωνία και έκλαιγε καθώς στο μυαλό του σχηματιζόταν ένα σχέδιο.

Η ιδέα του ήρθε όταν σκέφτηκε την Πι Τζέι και τον Άρντεν. Γιατί οι Ερινύες τους είχαν βάλει σε κώμα αντί για Ψυχοπαγίδες; Ήταν στο παιχνίδι - έπαιζαν παιχνίδια όλη την ώρα, γιατί να μην τους σκοτώσουν;

Το σχέδιο είχε ως εξής: Αυτός και η ομάδα του θα εφεύρισκαν το δικό τους παιχνίδι για πολλούς παίκτες. Ο Σαμ θα γνώριζε ανθρώπους που θα μπορούσαν να βοηθήσουν στη βιομηχανία. Όταν οι Ερινύες έπεφταν πάνω τους για να διεκδικήσουν τις ψυχές τους - θα τους εξόντωναν.

Ευχόταν να ήταν εκεί ο Άρντεν και ο Πι Τζέι να παίζουν μαζί του - γιατί θα τον υποστήριζαν. Δεν πειράζει, τους κάλυπτε κι αυτός. Θα τους έσωζε και θα τους απελευθέρωνε.

Βημάτιζε πέρα δώθε, σκεπτόμενος τα πάντα. Μια πτυχή δεν θα μπορούσε να λειτουργήσει. Αν τον ενέπλεκε σε ένα παιχνίδι και αρνιόταν να σκοτώσει - θα τον είχαν καταλάβει. Και μπορεί να έβαζε και άλλους σε κίνδυνο.

Δεν είναι ότι θα μπορούσε να πει σε όλους τους παίκτες του παιχνιδιού στον κόσμο να σταματήσουν να παίζουν. Αν τους έλεγε την αλήθεια, για τις τρεις θεές που προσπαθούσαν να κλέψουν τις ψυχές τους, θα τον έκλειναν μέσα.

Παρόλα αυτά, ήταν η μόνη ιδέα. Ο μόνος καθαρός δρόμος που μπορούσε να δει για να νικήσει τις Ερινύες στο δικό τους παιχνίδι.

Παραιτημένος από το ότι δεν μπορούσε να σκεφτεί κάτι καλύτερο, είπε: "Βγάλτε με από εκεί".

Και κάπως έτσι, βρέθηκε μόνος του στο πραγματικό λευκό δωμάτιο με τη Ρόζαλι και τον Ραφαήλ. Αναρωτήθηκε πού ήταν ο Έριελ, όχι ότι του έλειπε.

"Εντάξει, έχω μια ιδέα. Ένα είδος σχεδίου", είπε. "Αλλά δεν είμαι σίγουρος αν θα πετύχει. Χρειάζομαι τις απαντήσεις για δύο ερωτήσεις. Και έχω ένα αίτημα για ένα τρίτο - το αίτημα δεν είναι διαπραγματεύσιμο".

"Ρωτήστε", είπε ο Ραφαήλ.

"Πρώτον, θα μπορέσω να σώσω τους καλύτερους φίλους μου, την Πι Τζέι και τον Άρντεν, αν αντιμετωπίσουμε τις Ερινύες;"

Ο Ραφαήλ δίστασε πριν μιλήσει. "Αν τα καταφέρεις, δεν υπάρχει κανένας λόγος να μη σωθούν οι φίλοι σου".

"Ορκίζεσαι στην καρδιά σου;" είπε.

Το έκανε.

"Όπως υποψιάστηκα, η κατάστασή τους οφείλεται στις Ερινύες. Έτσι δεν είναι;"

"Ναι, πιστεύουμε ότι είναι αλήθεια. Οι φίλοι σας είναι κατά κάποιον τρόπο τυχεροί, επειδή οι ψυχές τους παραμένουν ανέπαφες. Αυτό που δεν μπορούμε να καταλάβουμε είναι το γιατί, δηλαδή αν έγιναν στόχος των Furies. Σε κάθε άλλη περίπτωση που γνωρίζουμε, έχουν πάρει τις ψυχές των παιδιών. Δεν γνωρίζουμε άλλες σαν τους φίλους σας που παραμένουν ζωντανοί σε κωματώδη κατάσταση".

"Έχω κι εγώ μια ιδέα γι' αυτό, αλλά αυτό που θέλω να μάθω είναι, αν οι Φούριες νικηθούν, τι θα συμβεί στην Πι Τζέι και στον Άρντεν; Τι θα συμβεί σε όλα τα παιδιά των οποίων οι ψυχές βρίσκονται ήδη σε ψυχοπαγίδες; Υποτίθεται ότι δεν έπρεπε να πεθάνουν. Και τι θα συμβεί στις άστεγες ψυχές;"

"Αυτή τη στιγμή, οι Ερινύες χρησιμοποιούν τη δύναμη του διαδικτύου. Τους δίνει πρόσβαση στις καρδιές και τα σπίτια κάθε ανθρώπου στον πλανήτη. Είναι σαν να έχετε όλοι σας αφήσει τις πόρτες και τα παράθυρά σας ανοιχτά - οπότε ο καθένας μπορεί να μπει μέσα. Είναι αλήθεια ότι οι Furies είναι μόνο τρεις - αλλά οι δυνάμεις τους είναι μεγάλες. Είναι μυθικά πλάσματα, θεές των οποίων η προέλευση ανάγεται στον Δία. Έχετε ακούσει για τον Δία, σωστά;"

"Διάβασα ότι ήταν ο θεός του ουρανού και πατέρας των Τριών Χαρίτων. Θα μπορούσαν να μας βοηθήσουν, αν τις έφερνες πίσω;"

"Ο Δίας δεν έχει σχέση με αυτό. Ούτε και οι κόρες του. Εμείς οι αρχάγγελοι δεν παίζουμε με τον χρόνο. Και πάντα πιστεύαμε ότι οι Ψυχοπαγίδες ήταν ιερές. Ανέγγιχτοι. Μέχρι τώρα".

"Ωραία, άρα πιστεύετε ότι οι φίλοι μου έχουν μπει στο στόχαστρο των Ερινύων, αλλά δεν είστε πραγματικά σίγουροι. Όχι περισσότερο από ό,τι εγώ, σωστά;"

"Σωστά. Αυτό συμβαίνει επειδή δεν μπορώ να πω εκατό τοις εκατό ναι ή όχι. Αν οι φίλοι σου έπαιζαν παιχνίδια. Εννοώ να σκοτώνουν μέσα στα παιχνίδια... Τότε θα πληρούσαν τα κριτήρια των Furies.

"Αλλά αν τους ήθελαν νεκρούς - θα ήταν ήδη νεκροί. Εκτός αν... όχι, αυτό δεν θα είχε νόημα. Θα σήμαινε ότι ξέρουν για σένα και την ομάδα σου. Δεν υπάρχει περίπτωση να ξέρουν. Το έχουμε κρατήσει μυστικό. Αν το ήξεραν, τότε θα κρατούσαν τους φίλους σου ζωντανούς σε περίπτωση, που χρειάζονταν μοχλό πίεσης".

"Εννοείς ως διαπραγματευτικό χαρτί;"

"Πιθανόν, για να είμαι ειλικρινής δεν ξέρω. Όπως είπα, κρατήσαμε τα πάντα για σένα και την ομάδα σου κρυφά. Εμείς, συμπεριλαμβανομένου εμού και των άλλων Αρχαγγέλων, θα κάναμε τα πάντα για να σας προστατεύσουμε.

"Οι Furies έχουν αποκτήσει δυνάμεις με την πάροδο των αιώνων. Αλλά ποτέ δεν στόχευσαν αθώα παιδιά. Ποτέ δεν διαστρέβλωσαν την ατζέντα τους για να εξυπηρετήσουν τους δικούς τους σκοπούς".

"Ποιοι είναι οι σκοποί τους;" ρώτησε ο E-Z.

"Αυτό δεν το ξέρουμε."

Ο E-Z είπε: "Γι' αυτό πρέπει να έχουμε τις καλύτερες πιθανότητες, για να τους νικήσουμε".

"Ακριβώς, αλλά κάθε μέρα κλέβουν περισσότερες παιδικές ψυχές και επιταχύνουν τη διαδικασία".

"Επιταχύνουν, κατά πόσο;" ρώτησε ο E-Z.

"Κατά χιλιάδες, νομίζουμε, αλλά σύντομα θα φτάσουν τα εκατομμύρια. Σύντομα θα είναι πολύ αργά για να τους σταματήσουμε".

"Εντάξει, καταλαβαίνω τι κινδυνεύει εδώ, αλλά είμαστε μόνο παιδιά και δεν θέλουμε να πάμε στα τυφλά. Είμαστε θνητοί και το ίδιο και αυτοί. Πρέπει να σκεφτούμε, να εξετάσουμε όλες τις επιλογές πριν ρισκάρουμε τη ζωή μας".

"Καταλαβαίνουμε και όπως είπα θα σας καλύψουμε".

"Τώρα στην επόμενη ερώτησή μου, θέλω να μάθω τι πρέπει να κάνω με έναν δεκάχρονο Κάρολο Ντίκενς;"

"Α, αυτό", είπε ο Ραφαήλ. "Πρώτα απ' όλα, δεν είχαμε καμία σχέση με τη μετενσάρκωσή του. Έχουμε μια θεωρία, εκτός από αυτή που σας είπαμε, δηλαδή ότι εσείς τον καλέσατε. Αναρωτιόμαστε αν η επιστροφή του, ήταν ένα λάθος από μέρους τους. Ίσως το σύμπαν να άνοιξε και να τον έστειλε να σας βοηθήσει, ως ισορροπία. Εξάλλου, είναι συγγενής εξ αίματος. Και είναι και παραμυθάς, και μάστορας της πλοκής. Μπορεί να έχει εργαλεία και γνώσεις που δεν γνωρίζεις ακόμα, για να σε βοηθήσει να νικήσεις τις Ερινύες".

Ο E-Z επέλεξε προσεκτικά τα λόγια του. "Αλλά είναι ένα παιδί. Δεν έχει γράψει ούτε ένα πράγμα ακόμα. Θα μας αποσπάσει την προσοχή και είναι από άλλη εποχή και μπορεί να θέσει σε κίνδυνο εμάς και την αποστολή μας".

"Εξαρτάται", είπε ο Ραφαήλ. "Θα μπορούσε να είναι ένα μυστικό όπλο. Είναι εδώ, για σένα. Αν πιστεύεις σε αυτόν. Ότι γεννήθηκε για να γίνει συγγραφέας. Τότε, στα δέκα του χρόνια θα έχει ήδη όλες τις δεξιότητες που απαιτούνται. Χρησιμοποίησέ τον προς όφελός σου, αν το επιλέξεις".

Ο E-Z έσφιξε τις γροθιές του. "Θέλεις να πεις ότι πρέπει να χρησιμοποιήσουμε τον ξάδερφό μου ως δόλωμα;"

Ο Ραφαήλ γέλασε και φτερούγισε, προκαλώντας ένα περιττό αεράκι.

"Θα βοηθούσε αν σταματούσες να φτερουγίζεις τόσο πολύ", είπε η Ρόζαλι. "Είμαι στρωμένος με πουλόβερ, και παρόλα αυτά δεν μπορώ να ζεσταθώ εδώ μέσα. Παρεμπιπτόντως, θα ήθελα να πάω σπίτι μου τώρα. Ο E-Z και οι άλλοι συμφώνησαν, οπότε έκανα το χρέος μου. Τώρα, αντίο, αντίο. Αφήστε με να πάω σπίτι μου".

BINGO.

Η Ρόζαλι εξαφανίστηκε και προσγειώθηκε πίσω στο δωμάτιό της. Συνομίλησε με τη Λία στο μυαλό της, λέγοντάς της ότι επέστρεψε σώα και αβλαβής και τώρα θα πήγαινε να πάρει έναν υπνάκο.

Η E-Z σκέφτηκε άλλη μια αδιαπραγμάτευτη απαίτηση.

"Θέλω τον Χατζ και τη Ρέικι μαζί μου, στην ομάδα μας".

Ο Ραφαήλ χαμογέλασε. "Ο Χαντζ και η Ρέικι είναι δεμένοι με την Έριελ από τον αρχηγό μας Μιχαήλ".

"Αφήστε με να του μιλήσω τότε. Αυτοί οι δύο μας έχουν βοηθήσει. Έρχονται όταν τους καλώ. Αν πρόκειται να πολεμήσουμε ενάντια στο αρχαίο κακό, χρειαζόμαστε αυτούς τους δύο στο πλευρό μας για να μας βοηθήσουν".

"Ο Μάικλ δεν είναι σε θέση να σου μιλήσει. Ωστόσο, θα θέσω το αίτημά σας. Αν το κρίνει απαραίτητο, θα με ενημερώσει και εγώ με τη σειρά μου θα σας ενημερώσω. Υπάρχει κάτι άλλο;"

"Ναι. Πρέπει να μάθω πώς θα απαλλαγώ από τις Ερινύες. Πρέπει να τις σκοτώσουμε; Να τις στείλουμε πίσω από όπου κι αν ήρθαν; Τι ακριβώς μας ζητάτε να κάνουμε με αυτές τις θεές;"

"Να τις δέσετε, να τις κρατήσετε - και τα υπόλοιπα θα τα κάνουμε εμείς. Αν το σχέδιό σας πετύχει, τότε θα μπορέσουμε να πάρουμε τον έλεγχο των

Ψυχοπαγίδων. Θα επαναφέρουμε τα πάντα όπως ήταν".

"Τι θα γίνει με εκείνους που πέθαναν, πρόωρα;"

"Όλοι θα εξισωθούν... μόλις εξουδετερωθούν οι εχθροί".

"Πριν με στείλετε πίσω", είπε ο E-Z, "χρειάζομαι κάτι, κάποια ασφάλεια ότι δεν πρόκειται να μας ξανασταυρώσετε. Το να μας δώσεις τον Χατζ και το Ρέικι ήταν γραφτό να είναι αυτή η ασφάλεια, αλλά αφού δεν μπορείς να μου το δώσεις αυτό, τότε χρειάζομαι κάτι άλλο. Κάτι που μπορώ να πάω πίσω στους άλλους και να τους πω, ότι αυτή είναι η απόδειξη ότι δεν θα μας αθετήσουν, όπως έκαναν στο παρελθόν".

"Σαν τι;"

"Τα γυαλιά σου πρέπει να κάνουν", είπε.

Η Ραφαέλ έπεσε στα γόνατα, τα φτερά της έπαψαν να χτυπούν και αναδιπλώθηκαν. "Όχι αυτό, οτιδήποτε άλλο εκτός από αυτό", φώναξε. "Χωρίς τα γυαλιά μου δεν μπορώ να βοηθήσω ούτε εσένα ούτε κανέναν".

"Οι αρχάγγελοι κράτησαν τη Ρόζαλι εδώ παρά τη θέλησή της. Τη χρησιμοποίησαν για να φτάσουν σε μένα. Άλλαξαν γνώμη για τις υποσχέσεις που έδωσαν, ακύρωσαν τις δίκες μου...".

Άγγιξε τα χείλη των γυαλιών της και μετά τα αφαίρεσε. Στα χέρια της, τα γυαλιά μετατράπηκαν σε ένα φίδι, ένα κόκκινο φίδι που σύρθηκε πάνω στο χέρι της E-Z και γλίστρησε προς τα πάνω, προς τα πάνω, προς τα πάνω.

"Τι στο καλό!" φώναξε ο E-Z, καθώς το φίδι συνέχισε να ανεβαίνει στο λαιμό του. Πάνω από την άκρη του πηγουνιού του. Γλίστρησε πάνω από τα ερμητικά κλειστά χείλη του. Πάνω και πάνω από τη μύτη του. Μετά κόπηκε στη μέση και τύλιξε ένα άκρο γύρω από κάθε αυτί. Στη συνέχεια επέστρεψε στην αρχική του κατάσταση παλλόμενα γυαλιά.

"Τα γυαλιά μου είναι δικά σου τώρα, ό,τι κι αν κάνεις - μην αφήσεις τις Ερινύες να σου τα πάρουν. Αν συμβεί αυτό, τότε θα καταστραφούμε όλοι".

"Περίμενε!" είπε η φωνή από τον τοίχο. "Κι αν αποτύχεις; Εξάλλου, είστε μόνο παιδιά".

"Δεν μπορώ να υποσχεθώ επιτυχία - αλλά θα δώσουμε ό,τι έχουμε. Αλλά θα ήταν καλό να ξέρουμε, αν χρειαστούμε τη βοήθειά σας, ότι θα χρησιμοποιήσετε τις δυνάμεις σας για να μας βοηθήσετε".

"Σύμφωνοι", βροντοφώναξε η φωνή.

Ο E-Z επέστρεψε στην αναπηρική του καρέκλα στο δωμάτιό του με τα κόκκινα γυαλιά να πάλλονται στο πρόσωπό του.

"Πρέπει να σταματήσεις να το κάνεις αυτό", είπε ο θείος Σαμ, ο οποίος έστρωνε το κρεβάτι του ανιψιού του. "Πριν το ξεχάσω, ο Σαμ κι εγώ επισκεφτήκαμε τον Πι Τζέι και τον Άρντεν σήμερα, ενώ κάναμε εξετάσεις στο νοσοκομείο. Συναντήσαμε τυχαία τον πατέρα του Πι Τζέι- μας ενημέρωσε. Μοιράζονται τώρα ένα δωμάτιο στο νοσοκομείο, αλλά η κατάσταση κανενός από τους δύο δεν έχει αλλάξει".

"Ευχαριστώ, επρόκειτο να τους τηλεφωνήσω. Εντάξει, μαζευτείτε όλοι."

ΚΕΦΑΛΑΙΟ 29

ΤΙ ΝΑ ΚΑΝΕΤΕ?

"Θέλεις να μείνω;" Ο Σαμ έκανε μια παύση. "Γιατί η γυναίκα μου με περιμένει να της κάνω μασάζ στα πόδια. Το μωρό αναμένεται από μέρα σε μέρα, οπότε το να την αφήσω να περιμένει δεν είναι επιλογή".

"Ε, πήγαινε και φρόντισέ την", είπε ο E-Z. "Θα σε ενημερώσω για τις λεπτομέρειες αργότερα".

Η Λία αγκάλιασε τον Σαμ.

"Ευχαριστώ", είπε ο Σαμ καθώς έκλεινε την πόρτα πίσω του.

Το κουδούνι της εξώπορτας ακούστηκε.

"Το βρήκα!" φώναξε ο Σαμ, καθώς έτρεχε προς την μπροστινή πόρτα.

"Έχει πολλά στο μυαλό του", είπε ο E-Z.

"Θα είναι πιο εύκολο, όταν έρθει το μωρό", είπε η Λία.

"Θα είναι πιο χαοτικά", είπε ο Άλφρεντ. "Αλλά ας μην ανησυχούμε γι' αυτό τώρα".

"Λοιπόν, ποια είναι τα τελευταία νέα;" ρώτησε η Λία.

"Ξεκινήστε με τα θετικά αποτελέσματα, αν υπάρχουν. Ελπίζω να υπάρχουν", είπε ο Άλφρεντ.

"Τα καλά νέα είναι ότι έχω μια ιδέα. Τα δυσάρεστα νέα είναι ότι δεν έχω ιδέα αν θα λειτουργήσει ενάντια στους εχθρούς μας. Είναι γνωστοί ως οι Ερινύες. Τους έχει ακούσει κανείς σας; Ήξερα το όνομα από τη μυθολογία και εμφανίζονται σε κάποια παιχνίδια".

Η Λία κούνησε αρνητικά το κεφάλι της.

Ο Άλφρεντ είπε: "Έχω ακούσει γι' αυτές, αλλά ήταν πριν από πολύ καιρό. Νομίζω ότι διαβάσαμε γι' αυτούς στο Γυμνάσιο, παλιά. Θυμάμαι πάντως ότι ήταν κακοί - ίσως τρεις από αυτούς; Και δεν είναι θεές; Έχω μια εικόνα της Μέδουσας στο μυαλό μου. Ήταν συγγενείς;"

"Είναι χειρότερες. Πολύ χειρότερες επειδή είναι τρεις", είπε ο E-Z. "Όταν έκανα εμετό, λοιπόν, αυτό ήταν αμέσως μετά τη δεύτερη συνάντησή μου μαζί τους. Στην πρώτη συνάντηση, ήταν σε ένα ταξίδι με τον Χατζ και τον Ρέικι. Αυτό που αποκαλούσαν μια μικρή αναγνώριση. Και μην ανησυχείς, ήμασταν καλυμμένοι, αλλά έμαθα πολλά. Έχουν εγκαταστήσει το αρχηγείο τους στην Κοιλάδα του Θανάτου.

"Όπως υποψιαζόμασταν, στοχεύουν σε παιδιά. Στον κόσμο των παιχνιδιών. Λία, ρώτησες ποιος είναι ο σκοπός τους... Είναι να σπρώξουν τα παιδιά στα άκρα. Παιδιά της ηλικίας μας, και ακόμα μικρότερα.

"Μόλις τα πάρουν, τους κλέβουν τις ψυχές τους. Και τις βάζουν σε ψυχοπαγίδες που προορίζονται για άλλους ανθρώπους. Έτσι, όταν πεθάνουν, δεν υπάρχει πουθενά να πάνε οι ψυχές τους".

"Αυτό είναι τόσο κακό!" είπε η Λία.

"Οπότε, όταν οι πραγματικοί ιδιοκτήτες των Ψυχοπαγίδων πεθαίνουν, τι συμβαίνει στις ψυχές τους; Θέλω να πω, αν οι ψυχές τους δεν έχουν πουθενά να πάνε - ούτε σπίτι, ούτε παράδεισο - τότε τι τους συμβαίνει;" ρώτησε ο Άλφρεντ.

"Αυτό είναι το θέμα. Δεν έχουν κανένα αιώνιο τόπο ανάπαυσης - οπότε όταν πεθαίνουν, απλώς αιωρούνται τριγύρω. Αυτή είναι τουλάχιστον η συμπυκνωμένη εκδοχή. Και πρέπει να σταματήσουμε τις Ερινύες και πρέπει να τις σταματήσουμε σύντομα".

"Πώς παίρνουν τις ψυχές των παιδιών; Δεν καταλαβαίνω", ρώτησε η Λία.

"Ούτε κι εγώ", είπε ο Άλφρεντ. "Τα παιδιά, ειδικά τα παιδιά που παίζουν παιχνίδια είναι πολύ εξοικειωμένα με τους υπολογιστές. Πώς θέτουν τους εαυτούς τους σε κίνδυνο; Πώς οι Furies αποκτούν πρόσβαση σε αυτά μέσα στα ίδια τους τα σπίτια, κάτω από τη μύτη των γονιών τους;" Σκέφτηκε για μια στιγμή: "Είναι υπεύθυνοι για το ότι ο Πι Τζέι και ο Άρντεν βρίσκονται σε κώμα;"

"Εντάξει, πρώτα η ερώτηση της Λίας. Οι Ερινύες τιμωρούν όσους μένουν ατιμώρητοι - αυτός είναι ο σκοπός τους ιστορικά.   Το κύριο όπλο τους ήταν πάντα οι τύψεις. Κάνουν τους ανθρώπους να αισθάνονται ένοχοι. Να μετανιώνουν που έκαναν λάθος. Και όταν το κάνουν αυτό, παίρνουν τον έλεγχο. Τους τρελαίνουν, τους κάνουν να αυτοκαταστρέφονται.

"Σου είπα για το παιδί που ήρθε στο σπίτι μου και προσπάθησε να με πυροβολήσει; Είπε ότι κάποιος από το παιχνίδι του είπε ότι θα σκοτώσουν την οικογένειά του αν δεν με σκοτώσει. Τον έβαλαν να με κυνηγήσει, εξαιτίας των ενεργειών που έκανε μέσα στο παιχνίδι. Χρειάστηκε να μου δώσει μια υπόδειξη ο Eriel για να κάνω αυτή τη σύνδεση. Μου φάνηκε περίεργο εκείνη τη στιγμή, αλλά δεν το κατάλαβα αμέσως.

"Έτσι το κάνουν. Ένα παιδί παίζει ένα παιχνίδι και για να προχωρήσει στο παιχνίδι, πρέπει να σκοτώσει κάποιον, ή ακόμα και να διαπράξει μαζική δολοφονία, ή, καλά, καταλαβαίνετε. Στον πραγματικό κόσμο, αυτά τα πράγματα είναι αμαρτίες και ενάντια στο νόμο, μέσα στο παιχνίδι είναι μέρος του παιχνιδιού. Με τα περισσότερα παιχνίδια είναι ο μοναδικός σκοπός".

"Για μισό λεπτό", είπε ο Άλφρεντ. "Μου λες ότι τιμωρούν τα παιδιά στο παιχνίδι σαν να διέπρατταν φόνο στην πραγματική ζωή;"

"Ακριβώς", είπε ο E-Z. "Αυτό ακριβώς κάνουν. Πώς χρησιμοποιούν τη βιομηχανία παιχνιδιών για να δικαιολογήσουν - όχι δεν νομίζω ότι αυτή είναι η σωστή λέξη. Εννοώ να συγχωρήσουν τις πράξεις τους, παίρνοντας τις ψυχές των παιδιών".

Η Λία έκλεισε τα χέρια της και τα έκανε γροθιές. Μετά τα χρησιμοποίησε για να καλύψει τα αυτιά της, σαν να μην ήθελε να ακούσει άλλο. "Έχεις απόλυτο δίκιο E-Z. Δεν έχουμε άλλη επιλογή - πρέπει οπωσδήποτε να βάλουμε ένα τέλος σε αυτές τις μάγισσες. Όσο πιο γρήγορα τόσο το καλύτερο".

"Το ξέρω", είπε ο E-Z, "αλλά δεν θα είναι εύκολο. Είναι θεές, γνωστές και ως Κόρες του Σκότους και Ερινύες. Ο υπ' αριθμόν ένα σκοπός τους είναι να τιμωρούν τους κακούς και στο πλαίσιο ενός παιχνιδιού - όλοι είναι κακοί. Είναι ο μόνος τρόπος για να προχωρήσεις στο παιχνίδι".

"Είπες ότι έχεις ένα σχέδιο, ποιο είναι αυτό;" ρώτησε ο Άλφρεντ.

"Κατ' αρχάς να απαντήσω στην ερώτησή σου σχετικά με τον Πι Τζέι και τον Άρντεν. Το ένστικτό μου λέει ότι η απάντηση είναι ναι. Αλλά ρώτησα τη Ραφαέλ αν μπορεί να το επιβεβαιώσει. Είπε ότι δεν μπορεί να πει εκατό τοις εκατό το ένα ή το άλλο. Δεδομένου ότι οι Furies δεν είχαν ποτέ - εξ όσων γνωρίζει - φύγει από το να κλέψουν μια ψυχή. Για να μην αναφέρω, δύο ψυχές.

"Α, κάτι ακόμα που πρέπει να σας πω είναι ότι στην Κοιλάδα του Θανάτου υπάρχουν χιλιάδες Ψυχοπαγίδες. Ίσως περισσότεροι από χιλιάδες και σε αριθμούς που αυξάνονται κάθε μέρα. Βρίσκονται όσο μακριά μπορεί να δει το μάτι". Σταμάτησε, σαν η καρδιά του να ήταν στο λαιμό του και σκούπισε ένα δάκρυ.

"Ήταν δύσκολο να είμαι μάρτυρας σε αυτό. Αυτό που κάνουν είναι τόσο προμελετημένο, σκόπιμο. Αυτό που δεν μπορώ να καταλάβω όμως, είναι, τι τους συμφέρει. Θέλω να πω, ο Χαντζ και η Ρέικι είχαν δίκιο που με πήγαν εκεί για να το δω. Αν μου το είχαν πει, χωρίς να μου το δείξουν... δεν θα με είχε χτυπήσει τόσο σκληρά. Α, και ο Ραφαήλ λέει ότι αυξάνουν την πρόσληψη τους καθημερινά. Έτσι, δεν έχουμε πολύ χρόνο για να καθόμαστε και να σκεφτόμαστε. Χρειαζόμαστε ένα σχέδιο και πρέπει να αναλάβουμε δράση".

"Είναι θνητοί;" ρώτησε ο Άλφρεντ.

"Ναι, είμαστε σε αυτό το επίπεδο", είπε ο E-Z. "Έτσι, το σχέδιο που σκέφτηκα ήταν να φτιάξουμε ένα δικό μας παιχνίδι. Ο θείος Σαμ θα μπορούσε να βοηθήσει. Όταν θα παίζω για να καμαρώνω τους σκοτωμούς, τότε οι Ερινύες θα έρθουν να με πιάσουν. Όταν το κάνουν, θα τους παγιδεύουμε και θα τους σκοτώνουμε στο παιχνίδι.

"Σκέφτηκα ότι οι δυνάμεις τους μπορεί να μειωθούν στο παιχνίδι. Αλλά μετά μου ήρθε στο μυαλό - κι αν το ίδιο συμβεί και με τις δικές μου".

"Δεν θα το μάθουμε, μέχρι να είναι πολύ αργά", είπε ο Άλφρεντ.

"Σωστά. Όσο περισσότερο το σκεφτόμουν, τόσο λιγότερο αποτελεσματική φαινόταν η ιδέα. Για να μην αναφέρω, αν όντως έχουν τον Πι Τζέι και τον

Άρντεν, κολλημένους στο limbo, μέχρι τον έλεγχό τους... Λοιπόν, θα μπορούσαν να πάρουν τις ψυχές τους. Και θα τους χάναμε".

"Εννοείς ότι θα μπορούσε να είναι παγίδα;" ρώτησε η Λία.

"Ακριβώς."

"Μας έδωσες πολλά να σκεφτούμε", είπε ο Άλφρεντ. "Νομίζω ότι πρέπει να κοιμηθούμε, να το σκεφτούμε και να το ξανασυζητήσουμε αύριο".

"Δεν είμαι σίγουρη αν θα μπορέσω να κοιμηθώ", είπε η Λία, "αλλά συμφωνώ, ας κάνουμε ένα διάλειμμα. Χρειάζομαι χρόνο για να σκεφτώ πόσο μεγάλο κίνδυνο θα διατρέξουμε. Πρέπει να βεβαιωθούμε ότι ο ένας καλύπτει τον άλλον".

"Βεβαίως", είπε ο E-Z. "Εν τω μεταξύ, θα δω αν μπορώ να σκεφτώ ένα σχέδιο Β".

Η Λία έφυγε από το δωμάτιο και έκλεισε την πόρτα πίσω της.

"Αναρωτιέμαι ποιος άραγε ήταν στην εξώπορτα;" ρώτησε ο E-Z.

"Μπορούμε να ρωτήσουμε τον Σαμ το πρωί, μάλλον είναι ακόμα απασχολημένος με το να φροντίζει τα πόδια της γυναίκας του".

Γέλασαν. "Ακούγεται σαν σχέδιο", είπε ο E-Z. " Καληνύχτα, 'λφρεντ".

"Καληνύχτα E-Z."

ΚΕΦΑΛΑΙΟ 30

ΟΟΟΗ, BABY BABY

"Το μωρό έρχεται!" φώναξε ο Σαμ μερικές ώρες αργότερα.

Καθώς κατέβαινε στο διάδρομο, κρατούσε με το ένα χέρι το χέρι της Σαμάνθα. Στον ώμο του είχε κρεμασμένη μια τσάντα διανυκτέρευσης. Άρπαξε τα κλειδιά του αυτοκινήτου.

"Δεν θα οδηγήσεις, αγάπη μου", είπε η Σαμάνθα, αφήνοντας τα κλειδιά πίσω στον πάγκο.

Ο E-Z βγήκε στο διάδρομο. "Θέλεις να έρθουμε μαζί σου;"

"Είμαι εντάξει", είπε η Σαμάνθα. "Η Λία κοιμάται ακόμα βαθιά".

"Θα την ξυπνήσω και θα σε συναντήσουμε στο νοσοκομείο, εντάξει;"

Η Λία έριξε μια ματιά πάνω από τον ώμο της: "Έχω ήδη καλέσει ένα ταξί. Δεν θα οδηγήσει".

Ο Σαμ χαμογέλασε, "Αυτή είναι το αφεντικό".

"Τα λέμε σύντομα", είπε ο E-Z. "Παρεμπιπτόντως, ποιος ήταν στην πόρτα χθες το βράδυ;"

"Ήταν η Ρόζαλι. Ήταν εξαντλημένη, γι' αυτό την βάλαμε στον ξενώνα".

"Εντάξει, ευχαριστώ", είπε ο E-Z.

Καθώς κυλούσε κατά μήκος του διαδρόμου προς το δωμάτιο της Λίας, αναρωτώμενος τι δουλειά είχε εκεί η Ρόζαλι, χτύπησε την πόρτα.

"Εγώ είμαι, η Λία", είπε. "Η μαμά σου και ο θείος Σαμ πηγαίνουν στο νοσοκομείο. Το μωρό έρχεται!"

Ακούστηκε πρώτα ένας θόρυβος, και μετά η Λία άνοιξε την πόρτα. Η λάμπα στο κομοδίνο της ήταν στο πάτωμα δίπλα στο κρεβάτι. "Θα είμαι έτοιμη σε ένα δευτερόλεπτο", είπε. Έκλεισε την πόρτα.

Προχώρησε μαζί της προς τον ξενώνα. Κοίταξε μέσα και ο Σαμ είχε δίκιο, η Ρόζαλι κοιμόταν βαθιά. Επέστρεψε στο δωμάτιό του, ντύθηκε και προσπάθησε να μην ξυπνήσει τον Άλφρεντ. Οι κύκνοι δεν επιτρέπονταν στο νοσοκομείο, οπότε το να τον ξυπνήσει θα ήταν κακό - θα ένιωθε παραμελημένος. Έγραψε ένα σημείωμα που έλεγε ότι η Ρόζαλι κοιμόταν στον ξενώνα και ότι θα την πρόσεχε μέχρι να γυρίσουν. Πες της να αισθάνεται σαν στο σπίτι της, έγραψε. Άφησε το σημείωμα για να μην το χάσει ο Άλφρεντ όταν ξυπνούσε.

Ο E-Z έκλεισε την πόρτα πίσω του και την κλείδωσε, έπειτα μπήκαν με τη Λία στο ταξί που περίμενε και πήραν το δρόμο για το νοσοκομείο.

Ακολούθησαν τις πινακίδες και σύντομα βρήκαν τον θάλαμο βρεφών. Ο Σαμ ήταν εκεί και βημάτιζε πάνω-κάτω όπως κάνουν οι μέλλουσες μητέρες στην τηλεόραση.

"Πώς τα πας;" ρώτησε ο E-Z.

"Πώς είναι η μαμά μου;" ρώτησε η Λία.

"Σας ευχαριστώ και τους δύο που ήρθατε", είπε ο Σαμ. Το χέρι του έτρεμε όταν προσπάθησε να πιει νερό από ένα μπουκάλι. "Η Σαμάνθα τα πηγαίνει πραγματικά πολύ καλά. Θέλω να πω, το έχει ξαναπεράσει μαζί σου Λία, οπότε ξέρει τι να περιμένει και εγώ είμαι. Λοιπόν, δεν ξέρω αν μπορώ να το αντέξω. Το μάθημα που παρακολουθήσαμε, για να μας βοηθήσει να προετοιμαστούμε για σήμερα, ήταν καλό - αλλά η πραγματικότητα είναι εντελώς διαφορετική. Μισώ τα νοσοκομεία".

"Όλοι μισούν τα νοσοκομεία", είπε ο E-Z. "Αλλά όταν περνούν αυτές τις ανοιγόμενες πόρτες. Και λένε ότι σε χρειάζονται... Τότε πρέπει να συνέλθεις και να πας εκεί μέσα και να βοηθήσεις τη γυναίκα σου. Να θυμάσαι ότι είστε μια ομάδα, μαζί σε αυτό. Μπορείτε να τα καταφέρετε!" Χτύπησε τον θείο του στην πλάτη.

"Το ξέρω."

Η Λία ακούμπησε το κεφάλι της στον ώμο του Σαμ. "Θα τα πας περίφημα".

Έφτασε μια νοσοκόμα. "Η γυναίκα σου σε χρειάζεται. Δεν θα αργήσει πολύ τώρα. Θα σε πάω να πλυθείς, και μετά μπορείς να είσαι με τη γυναίκα σου όταν την κατεβάσουμε".

Ο Σαμ ένεψε και έφυγε.

Το τελευταίο βλέμμα στο πρόσωπό του θύμισε στον Ε-Ζ κάποιον που στεκόταν μπροστά σε εκτελεστικό απόσπασμα.

"Θα γίνει καλά", είπε η Λία, χτυπώντας το χέρι του Ε-Ζ.

Ώρες αργότερα, ο Σαμ επέστρεψε κοντά τους με ένα πλατύ χαμόγελο στο πρόσωπό του. "Έχω άλλη μια κόρη", είπε, "και έναν γιο"!

"Δύο μωρά;" είπαν η Λία και ο Ε-Ζ ομόφωνα.

"Ναι, δύο. Είδαμε μόνο το ένα στη σάρωση".

"Πώς είναι η μαμά μου;"

"Είναι πανέξυπνη! Καταπληκτική!"

"Μπορούμε να τη δούμε; Και τα μωρά;"

"Δώστε τους λίγα λεπτά, για να ετοιμάσουν τα πράγματα. Μετά μπορείς να γνωρίσεις τον αδελφό και την αδελφή σου, τη Λία, και εσύ, Ε-Ζ, τα ξαδέλφια σου".

"Ξέρεις πώς θα τα ονομάσεις;" Ο Ε-Ζ ρώτησε.

"Ναι, αλλά θα σου τα πούμε μαζί".

"Εντάξει", είπε ο Ε-Ζ.

"Δύο μωρά, σε αυτό το σπίτι - με όλα τα άλλα", είπε η Λία.

"Το ίδιο σκεφτόμουν κι εγώ. Έχουμε ήδη ένα γεμάτο σπίτι... αλλά θα τα καταφέρουμε. Πάντα τα καταφέρνουμε".

Κάθισαν μαζί και περίμεναν.

ΕΠΙΛΟΓΟΣ

Εβδομάδες αργότερα και ήταν 17 Ιανουαρίου. Τα Χριστούγεννα είχαν έρθει και φύγει με όλη τη συνηθισμένη λαμπρότητα και μεγαλοπρέπεια, το ίδιο και η έναρξη του νέου έτους. Ο E-Z ήταν άλλον ένα χρόνο μεγαλύτερος, δεκαέξι χρονών και η παρέα ήταν μαζί στο δωμάτιό του. Ο Κάρολος Ντίκενς ήταν μαζί τους μέσω Facetime.

Στο βάθος του διαδρόμου, τα δίδυμα - ο Τζακ και η Τζιλ - έκαναν φασαρία. Ο Σαμ και η Σαμάνθα ακόμα συνήθιζαν τη ρουτίνα των νέων αφίξεων. Κανείς στο σπίτι δεν είχε κοιμηθεί πολύ, μέχρι που άνοιξαν τα χριστουγεννιάτικα δώρα τους. Ο E-Z, η Λία και ακόμη και ο Άλφρεντ έλαβαν ακουστικά που μπλοκάρουν τον ήχο.

Ο E-Z σκεφτόταν άλλους τρόπους με τους οποίους θα μπορούσαν να νικήσουν τους Furies. Εκτός από την ιδέα του να τους κυνηγήσουν στο παιχνίδι. Λίγες άλλες επιλογές παρουσιάζονταν.

Ενώ οι άλλοι κοιμόντουσαν, είχε κάνει μερικές συζητήσεις με τον Charles στο διαδίκτυο. Ο Τσαρλς πίστευε ότι το να τους νικήσει στο ίδιο τους το παιχνίδι θα ήταν "τελείως γαμάτο". '

Ο E-Z ανησυχούσε λίγο για το ποιες άλλες φράσεις μάθαιναν στον Charles αυτοί οι ανιχνευτές. Μαζί αποφάσισαν να ενημερώσουν την ομάδα για τις συζητήσεις τους σχετικά με το πώς να προχωρήσουν στην ιδέα του παιχνιδιού.

"Είναι εύκολο", είπε ο Κάρολος Ντίκενς. "Ο E-Z και εγώ μιλήσαμε στο τηλέφωνο τις προάλλες και σκεφτήκαμε τι θα μπορούσε να λειτουργήσει. Αν έχουν κάποιες πληροφορίες για τους Τρεις -εννοώ ότι είστε παντού στο διαδίκτυο- θα ξέρουν για εσάς. Αλλά δεν θα ξέρουν για μένα.

"Όχι ότι θα με φοβούνται. Αν και ο Edward Bulwer-Lytton έγραψε κάποτε, "η πένα είναι ισχυρότερη από το σπαθί". Σε αυτή την περίπτωση, ελπίζω να είναι αλήθεια.

"Έκανα λοιπόν εξάσκηση με τους φίλους μου τους ανιχνευτές. Σκεφτήκαμε ότι το καλύτερο παιχνίδι για να τους βάλουμε μέσα, είναι ένα υπάρχον παιχνίδι. Και νομίζουμε ότι ξέρουμε το τέλειο παιχνίδι.

"Ονομάζεται The PK Crew. Η βαθμολογία του παιχνιδιού είναι 13+ ή 12+ σε ορισμένα μέρη και είναι δωρεάν. Το κίνητρο του παιχνιδιού είναι να σκοτώσετε τους πάντες, συμπεριλαμβανομένης της οικογένειας και των φίλων σας. Ανταμείβεσαι για κάθε φόνο, αλλά όταν σκοτώνεις ανθρώπους που είναι κοντά σου, παίρνεις ακόμα περισσότερους πόντους. Περισσότερα μετρητά. Ακόμα και φήμη μέσα στο παιχνίδι. Η εικόνα σας στην τηλεόραση PK TV. Στην πρώτη σελίδα της εφημερίδας The Peachy Keen Times. Το παιχνίδι διαδραματίζεται σε μια φανταστική πόλη που ονομάζεται Peachy Keen. Είναι η τέλεια παγίδα - και είναι ένα παιχνίδι που θα λανσάρουμε εμείς οι ίδιοι. Εγώ θα παίξω ως δωδεκάχρονος, θα μπουν στο παιχνίδι και εσείς θα είστε ήδη μέσα".

"Θα είναι αρκετά ασφαλές", είπε ο E-Z. "Εννοώ, είσαι ήδη νεκρός - εννοώ στην προηγούμενη ζωή σου - οπότε δεν μπορούν να σε σκοτώσουν".

Χτύπησε η πόρτα, "Είναι ανοιχτή", είπε ο E-Z.

Η Λία πετάχτηκε πάνω και πέταξε τα χέρια της γύρω από τη Ρόζαλι. "Χαίρομαι που βλέπω ότι ξύπνησες", είπε καθώς αγκαλιάστηκε με το χοντρό πουλόβερ της φίλης της.

Η Ρόζαλι είχε γίνει ένα σημαντικό κομμάτι της ομάδας τους. Ωστόσο, της επιτρεπόταν να μείνει μαζί τους μόνο για μία ακόμη ημέρα. Μετά από αυτό, έπρεπε να επιστρέψει στο σπίτι.

Καθώς διέσχιζε το δωμάτιο για να καθίσει, χτύπησε τον Άλφρεντ, τον κύκνο, στο κεφάλι. Είχαν γίνει όλοι τους γρήγοροι φίλοι, από τότε που είχε φτάσει πριν από τα μωρά.

"Έχω κάποια πράγματα να σας πω. Πρώτον, σας ευχαριστώ που με καλωσορίσατε. Ήταν υπέροχο που σας είδα και σας ευχαριστώ που με κάνατε να νιώσω μέλος της ομάδας σας".

"Αααααα", είπε η Λία.

"Αυτό που πρέπει να σου πω είναι ότι γράφω σε ένα βιβλίο για άλλα παιδιά με ιδιαίτερες δυνάμεις όπως εσύ. Είναι στο συρτάρι του κομοδίνου μου. Την επόμενη φορά που θα έρθεις να με επισκεφτείς, θα σου το δώσω για να πας να φέρεις και τους άλλους να σε βοηθήσουν να νικήσεις τους Ερινύες".

"Θα χρειαστούμε όλη τη βοήθεια που μπορούμε να πάρουμε", είπε η Λία.

"Ο Ραφαήλ και ο Έριελ πιστεύουν ότι μπορούν να σας βοηθήσουν, γι' αυτό ήθελαν να τους δώσω λεπτομέρειες. Γι' αυτό τα έγραψα - για να μην ξεχάσω τίποτα σημαντικό".

"Γι' αυτό ο Ραφαήλ και ο Έριελ σε τράβηξαν στο λευκό δωμάτιο;" ρώτησε ο E-Z.

"Ναι και όχι. Εννοώ ναι. Ξέρουν για τα άλλα παιδιά. Αλλά όχι, δεν μου ζήτησαν ευθέως να παραδώσω τις πληροφορίες γι' αυτά. Ξέρω ότι αυτά τα παιδιά είναι σημαντικά για σένα και ότι χωρίς αυτά δεν μπορείς να νικήσεις τους Furies".

"Τι ξέρεις για τους Furies;" ρώτησε ο Άλφρεντ.

Η Ρόζαλι ανατρίχιασε και σταύρωσε τα χέρια της. "Ξέρω μερικά πράγματα γι' αυτούς. Όπως, ότι είναι τρεις τρομακτικές αδελφές, οι οποίες επέστρεψαν εδώ στη γη για να μην κάνουν καλό".

Ο E-Z είπε: "Δεν αστειεύεσαι. Έχω δει από πρώτο χέρι τη ζημιά που έχουν κάνει μέχρι στιγμής. Δουλεύουμε πάνω σε ένα σχέδιο. Αλλά πες μας, πού είναι αυτά τα άλλα παιδιά; Πιστεύεις ότι θα μας βοηθήσουν; Αυτό αν μπορέσουμε να βρούμε έναν τρόπο να τα φέρουμε εδώ".

"Είναι καλά παιδιά, αλλά θα πρέπει να τους ζητήσετε, και από τους γονείς τους, την άδεια. Το ένα βρίσκεται στην άλλη άκρη του κόσμου, στην Αυστραλία, το άλλο στην Ιαπωνία και το άλλο στις Ηνωμένες Πολιτείες, στο Φοίνιξ της Αριζόνα. Μπορεί να υπάρχουν και άλλα, αλλά αυτά τα τρία είναι τα μόνα με τα οποία έχω έρθει σε επαφή μέχρι στιγμής", δήλωσε η Rosalie.

"Από την άλλη πλευρά, το να φέρουμε νέα παιδιά θα περιπλέξει τα πράγματα", είπε ο E-Z. "Εξάλλου, αν αποτύχουμε, τότε δεν θα υπάρχει κανείς να μας αντικαταστήσει. Ίσως είναι καλύτερο για εμάς να το διαχειριστούμε μόνοι μας, με τη μικρότερη δυνατή έκθεση. Αν μπορούμε να το κάνουμε εμείς, εννοώ να βγάλουμε τους Furies από τη μέση - γιατί να εμπλέξουμε άλλους; Ξένοι; Γιατί να ρισκάρουμε τη ζωή άλλων παιδιών;"

"Δεν πάει πολύς καιρός που ήμασταν όλοι ξένοι", είπε ο Άλφρεντ.

"Εγώ εξακολουθώ να είμαι ξένος - παρόλο που είμαστε συγγενείς", στάθμισε ο Κάρολος Ντίκενς. "Αλλά δεν είμαι ένας από τους Τρεις. Ο E-Z είναι επικεφαλής και είμαι ευτυχής να κάνω ό,τι νομίζει ότι είναι καλύτερο. Οι ανιχνευτές λένε ότι είμαι αρχάριος. Και είναι αλήθεια".

Η Ρόζαλι κοίταξε το αγόρι στην οθόνη. "Δεν έχουμε συστηθεί σωστά", είπε. "Είμαι η Ρόζαλι και είμαι αρκετά σίγουρη ότι είμαι περισσότερο αρχάριος από ό,τι εσύ".

Ο Τσαρλς γέλασε. "Είμαι ο Τσαρλς Ντίκενς".

"Έχεις καμιά σχέση με, ξέρεις, ΤΟΝ Τσαρλς Ντίκενς;" Ρώτησε η Ρόζαλι.

"Ε, ναι, είμαι αυτός - μετενσαρκωμένος".

Η Ρόζαλι γέλασε. "Νόμιζα ότι είχα ακούσει τα πάντα. Λοιπόν, χαίρομαι που σε γνωρίζω, Τσαρλς".

Ακούστηκε ένα δυνατό χτύπημα στην μπροστινή πόρτα.

Λίγα δευτερόλεπτα αργότερα, πόδια με μπότες πήραν το δρόμο τους κατά μήκος του διαδρόμου παρά τις διαμαρτυρίες του Σαμ.

"Ρόζαλι", είπε ο πιο εύσωμος από τους δύο άνδρες μέσα από την κλειστή πόρτα. "Ήρθε η ώρα να επιστρέψουμε στο σπίτι. Χρειάζεσαι τα φάρμακά σου, γι' αυτό βγες έξω, αλλιώς θα πρέπει να έρθουμε μέσα για σένα".

Η Ρόζαλι σηκώθηκε όρθια: "Φαίνεται ότι σου είπα όλα όσα έπρεπε να ξέρεις και μάλιστα την τελευταία στιγμή". Περπάτησε προς την πόρτα, την άνοιξε και έφυγε μαζί με τους συνοδούς.

Στο πίσω μέρος του ασθενοφόρου, ένα λεπτό, και μετά στο λευκό δωμάτιο. Τα ράφια και τα βιβλία ήταν τα ίδια, αλλά η μυρωδιά δεν ήταν. Πριν δεν υπήρχε μυρωδιά, αλλά τώρα, ήταν άσχημη. Βρωμούσε. Απαίσια. Σαν χλωρίνη και σάπια αυγά.

Μέσα από τον τοίχο μπήκαν τρεις γυναίκες ντυμένες από την κορυφή ως τα νύχια στα μαύρα.

Αντί για μαλλιά, είχαν φίδια. Και περισσότερα φίδια σερνόταν πάνω και κάτω από τα χέρια τους. Πετούσαν προς το μέρος της. Τα φτερά τους που έμοιαζαν με νυχτερίδες έκαναν αντίθεση με την καθαρότητα και τη λευκότητα του δωματίου. Το αίμα έβγαινε αφρός από τα μάτια τους, καθώς τίναζαν τα μαστίγια τους προς το μέρος της.

Και η δυσωδία τους ήταν αφόρητη.

"Πες μας αυτό που θέλουμε να μάθουμε", φώναξαν οι Ερινύες με ομοφωνία.

"Δεν ξέρω τι με ρωτάτε", είπε η Ρόζαλι, κρατώντας τη μύτη της.

ΣΚΟΥΠΗΜΑ.

Το χτύπημα του μαστιγίου άγγιξε το δέρμα στο μάγουλο της γριάς. Όταν άγγιξε το πρόσωπό της και κοίταξε το χέρι της, ήταν γεμάτο αίμα.

"Ξέρεις", είπε η Άλι, ενώ αυτή και οι αδελφές της χτύπησαν για άλλη μια φορά τα μαστίγια τους κοντά στη γηραιά γυναίκα.

"Δεν ξέρω τι εννοείς".

Μια βιβλιοθήκη αναποδογύρισε. Αν δεν υπήρχε η γρήγορα κινούμενη σκάλα, η Ρόζαλι θα είχε συνθλιβεί από κάτω της.

ΣΤΙΓΜΗ.

Ονειρεύομαι, σκέφτηκε η Ρόζαλι. Πρέπει να ξυπνήσω. Πρέπει να ξυπνήσω ΤΩΡΑ και να φύγω μακριά από αυτά τα απαίσια βρωμερά πλάσματα.

Ένα άλλο ράφι έπεσε.

Μετά άλλη μία. Και άλλη μία.

Σύντομα, η σκάλα χτύπησε επίσης στο πάτωμα και αναπήδησε. Μία, δύο, τρεις φορές. Μετά έγινε κομμάτια.

"Ωχ, όχι!" φώναξε η Ρόζαλι.

"Θα μας πεις αγάπη μου", απαίτησε η Τίσι, καθώς σήκωσε τη μεγαλύτερη γυναίκα από το έδαφος, καθώς τα φιδίσια χέρια της τυλίχτηκαν γύρω της.

Τα πόδια της Ρόζαλι κρέμονταν επισφαλώς. Ενώ τα φίδια έσφιγγαν τις λαβές τους γύρω από το πάνω μέρος του σώματός της.

"Πρόσεχε, αδελφή, θα πάθει καρδιακή προσβολή", ούρλιαξε η Μεγκ κινούμενη πιο κοντά στη Ρόζαλι. "Δώσε μας αυτό που θέλουμε αγάπη".

"Δεν σας λέω, τίποτα. Ό,τι κι αν μου κάνετε", είπε η Ρόζαλι.

Ήταν τόσο γενναία. Γιατί ήξερε ότι δεν ήταν μόνη της. Η Λία ήταν εκεί και την άκουγε.

"Αυτό είναι εντελώς χάσιμο χρόνου", είπε η Άλι καθώς έστειλε ένα μαστίγιο στον αέρα και χτύπησε έναν ολόκληρο τοίχο με βιβλιοθήκες. Μερικά φτερωτά βιβλία πάλεψαν να βγουν κάτω από τα ράφια. Ένα προσπάθησε να πετάξει με το μοναδικό φτερό που του είχε απομείνει.

Η Τίσι στράφηκε προς τον μακρινό τοίχο και έβαλε τα βιβλία να καούν. Έπεσαν, σαν ντόμινο, πάνω στη φτωχή Ροζαλί που ήταν θαμμένη κάτω από τα φλεγόμενα βιβλία.

Οι Ερινύες γέλασαν δυνατά και περήφανα.

Η Ροζαλί φώναξε το όνομα της Λίας στο μυαλό της. Πού είσαι Λία; ρώτησε. Πού είσαι μικρή μου;

Πίσω στο σπίτι, ο E-Z άνοιξε το λάπτοπ του. "Εντάξει, είχαμε την ευκαιρία να το κοιμηθούμε. Είμαστε όλοι σύμφωνοι, ότι δεν έχουμε άλλη επιλογή από το να πολεμήσουμε τις Ερινύες;"

Η Λία και ο Άλφρεντ έγνεψαν.

"Και πρέπει να πάρουμε αυτά τα άλλα παιδιά και να τα φέρουμε εδώ. Είμαστε τρεις εμείς και τρεις αυτοί. Λία, πήγαινε στο Φοίνιξ - η Μικρή Ντόριτ μπορεί να σε πάει ή μπορείς να πετάξεις με αεροπλάνο".

"Προτιμώ τη Μικρή Ντόριτ".

"Εντάξει, το πρώτο παιδί είναι ταξινομημένο. Αν και δεν ξέρουμε το όνομά της ή πού ακριβώς βρίσκεται στο Φοίνιξ της Αριζόνα. Και θα πρέπει να το ξεκαθαρίσεις με τους γονείς της. Δεν θα είναι εύκολο, καθώς θα πρέπει να τους ενημερώσετε για το τι είδους κίνδυνο θα διατρέξει το παιδί τους".

"Ναι, θα πρέπει να μάθω περισσότερες λεπτομέρειες από τη Ρόζαλι".

"Άλφρεντ, μπορείς να πας στην Ιαπωνία. Προτείνω να πετάξεις - θα πρέπει να κανονίσουμε τα λογιστικά. Θα πρέπει να πετάξεις πίσω με το παιδί που υποθέτει ότι οι γονείς του θα σου δώσουν το πράσινο φως. Και πάλι, χρειαζόμαστε λεπτομέρειες από τη Ρόζαλι για το πού βρίσκεται το παιδί. Και θα υπάρχει γλωσσικό εμπόδιο, εκτός αν ξέρεις ιαπωνικά;"

Ο Άλφρεντ κούνησε το κεφάλι του.

"Θα φέρω έναν μεταφραστή".

"Θα σου πάρουμε ένα τηλέφωνο και μπορείς να βάλεις μια εφαρμογή που θα κάνει τη μετάφραση για σένα. Θα υπάρξει μια καμπύλη εκμάθησης", είπε ο E-Z. "Ειδικά από τη στιγμή που δεν έχεις δάχτυλα".

"Μου ακούγεται καλό", είπε ο Άλφρεντ. "Θα πρέπει να αρχίσω να δουλεύω με το τηλέφωνο pronto. Δεν θα μου πάρει πολύ χρόνο να το καταλάβω. Εν τω μεταξύ, η Ρόζαλι μπορεί να πει στο παιδί ότι είμαι κύκνος - έτσι ώστε να μην πέσει κάτω και λιποθυμήσει όταν με πρωτοδεί".

"Καλή ιδέα", είπε η Λία. "Αλλά πώς θα δακτυλογραφήσεις;"

"Μπορώ να χρησιμοποιήσω το ράμφος μου".

"Ή ένα πρόγραμμα που ενεργοποιείται με τη φωνή", είπε ο E-Z.

"Ωραία", είπαν ομόφωνα η Λία και ο Άλφρεντ.

"Και θα πετάξω στην Αυστραλία. Θα πάρω το αεροπλάνο της επιστροφής με το παιδί, αλλά θα είναι πιο γρήγορα αν πάω κατευθείαν εκεί. Α, και κάτι ακόμα, πρέπει να σκεφτούμε μια καταπακτή για τον εαυτό μας. Κάπως να μπορέσουμε να βγούμε έξω - σε περίπτωση που ένας ή περισσότεροι από εμάς πιαστούν ή σκοτωθούν ή τραυματιστούν. Πρέπει να είμαστε προετοιμασμένοι για όλα. Αν πεθάνουμε πριν τελειώσουμε αυτό το πράγμα, δεν θα μείνει κανείς να μαζέψει τα κομμάτια".

"Οι αρχάγγελοι", τραύλισε η Λία και μετά σταμάτησε. Ανατρίχιασε, μετά δεν μπορούσε να πάρει ανάσα. Τύλιξε τα χέρια της γύρω από τον εαυτό της.

"Είσαι καλά;" ρώτησε ο E-Z.

"Σσσς", είπε εκείνη. Δεν υπήρχαν ήχοι ούτε στο δωμάτιο ούτε στο μυαλό της, επικρατούσε απόλυτη και απόλυτη σιωπή. Ο καρδιακός της ρυθμός επανήλθε στο φυσιολογικό, όπως και η αναπνοή της.

"Λάθος συναγερμός", είπε. "Νόμιζα ότι κάτι δεν πήγαινε καλά, σαν να έπαιρνα SOS, αλλά τώρα όλα φαίνονται εντάξει".

"Συμβαίνει συχνά αυτό;" ρώτησε ο Άλφρεντ.

"Όχι", είπε η Λία.

"Εντάξει, ας αρχίσουμε τον καταιγισμό ιδεών", είπε ο E-Z. Και πέρασαν το υπόλοιπο της ημέρας φτιάχνοντας μια λίστα, μηδενίζοντας το τι θα μπορούσε να πάει στραβά και τι θα μπορούσε να πάει καλά.

Πήγαν στα δωμάτιά τους και κοιμήθηκαν.

Ήταν μια ήσυχη νύχτα για όλους εκτός από τη Ρόζαλι.

Η Ρόζαλι, της οποίας η φωνή δεν ακούστηκε.

Της οποίας η φωνή δεν απαντήθηκε.

Δεν έφτασε βοήθεια.

Το Λευκό Δωμάτιο καταστράφηκε.

Κανείς δεν ήρθε να σώσει τη Ρόζαλι.

Από τις κακές Ερινύες.

Ευχαριστίες

Αγαπητοί αναγνώστες,

Σας ευχαριστώ που διαβάσατε το τρίτο βιβλίο της σειράς E-Z Dickens... Λυπάμαι για το θλιβερό τέλος, αλλά μερικές φορές συμβαίνουν αυτά τα πράγματα.

Το τελευταίο βιβλίο θα είναι διαθέσιμο πολύ σύντομα!

Ευχαριστώ για άλλη μια φορά όλους τους ανθρώπους που με βοήθησαν να κάνω αυτή τη σειρά ό,τι θα μπορούσε να είναι, όπως τους βήτα αναγνώστες μου, τους διορθωτές και τους επιμελητές. Εύγε!

Στους φίλους και την οικογένειά μου, ευχαριστώ για την ενθάρρυνση και την υποστήριξή σας.

Και όπως πάντα, καλή ανάγνωση!

Cathy

Σχετικά με τον συγγραφέα

Η Cathy McGough ζει και γράφει στο Οντάριο του Καναδά με τον σύζυγό της, τον γιο της, τις δύο γάτες τους και έναν σκύλο.

Επίσης από:

YA

E-Z Dickens Superhero Βιβλίο Τέταρτο: Επί Πάγος